LA OLA DETENIDA

JUAN CARLOS MÉNDEZ GUÉDEZ

LA OLA DETENIDA

HarperCollins *Español*

La ola detenida

© 2018 por HarperCollins Español
Publicado por HarperCollins Español, Estados Unidos de América.

© 2017 por Juan Carlos Méndez Guédez
Autor representado por Silvia Bastos, S.L. Agencia Literaria
© 2017, para edición en España HarperCollins Ibérica, S.A.
Esta edición ha sido publicada con autorización de HarperCollins Ibérica, S.A.

Diseño de cubierta: *Diego Rivera*
Imágenes de cubierta: *Shutterstock*

Editora-en-Jefe: *Graciela Lelli*

ISBN: 978-1-41859-905-8

Impreso en Estados Unidos de América
18 19 20 21 22 LSC 7 6 5 4 3 2 1

A Alberto Barrera Tyszka,
panísima del siempre,
que coreaba los jonrones
de Cardenales de Lara en aquella
Caracas de rugidos.

A Ricardo Azuaje, tan querido, tan viajero, que un día
contó la leyenda en la que el cerro Ávila es una ola detenida.

Las cinco y dos minutos. ¿Han matado o no a la vidente?

Georges Simenon

Nunca sé cuándo empezará a actuar la magia, pero quien cree en esas cosas, es decir, quien cree de verdad en la fuerza de la magia, sabe que solo la paciencia puede producir el cambio.

Batya Gur

Me voy con la manada pa´ que me destroce, porque en la calle hay mucha compe, eh eh, / siempre lo bueno se corrompe, eh eh, / pero me viene otra mujer aprovechándose, / cuando tú eres la que me encanta, chica, / nunca yo me atrevería a dejarte sola / chiqui chiqui chiqui tica nunca sola / por ti yo guardé mi pistola… solo pide que te dé my love */ que te dé* my love. */ Andas en mi cabeza, nena, a todas horas / el mundo me da vueltas tú me descontrolas.*

Chino, Nacho y Daddy Yankee

… y yo pensaba en el día que viviese en Caracas.
Caracas la imaginaba igual al palacio más bello, inmenso, habitado por hombres gloriosos.

Elizabeth Schön

**

Treinta y cinco. Treinta y seis. Treinta y siete. Treinta y ocho.

—Ya está bueno. Debemos irnos.

Treinta y nueve. Cuarenta. Cuarenta y uno.

—Cállate. Yo soy el que dice cuándo.

Cuarenta y dos. Cuarenta y tres.

—Mira cómo lo estás dejando, chamo. Qué asco.

Cuarenta y cuatro.

Al fin, el hombre se detuvo.

Quiso secarse la frente con su brazo y su rostro se convirtió en una máscara de sudor y sangre.

—Vámonos —dijo la mujer que se encontraba a su derecha mientras se apoyaba en un armario de madera—. Hace rato está listo.

El hombre hizo una señal de calma. Contempló el cuerpo. Parecía un muñeco roto. Agarró la cabeza por el pelo. Pensó en escupir sobre ese bulto que hasta media hora atrás fue una nariz, pero finalmente atenazó la mano derecha, cortó el dedo índice con el cuchillo y lo colocó dentro de la boca del cadáver.

—Dile a los muchachos que se lleven lo que quieran, que preparen las motos. Ahora sí nos vamos.

*

El postre se deslizaba en sus labios como una caricia. Magdalena lo desconocía y aceptó la recomendación del camarero. Lo paladeó mucho rato. «Café Gourmand», susurró. Un café oscuro rodeado de un trozo de crema catalana, uno de *mousse* de chocolate y otro de tarta de manzana.

Miró la avenida con gesto sereno: turistas de andar pausado que fotografiaban la fuente *d'Eau Chaude* y luego comprobaban la tibieza del agua con la punta de sus dedos. Junto a ellos, el viento erizaba las ramas de los árboles y ralentizaba la luz que caía sobre la ciudad como una lluvia de cristales.

Con el paso de los minutos vio chicas de ojos rasgados comiendo *pizzas*, melenudos que desafinaban al tocar flautas dulces, ejecutivas que caminaban a toda velocidad, familias que paseaban con indolencia y que cada tanto se detenían a calmar el llanto del bebé que llevaban en brazos.

Respiró hondo.

Después de los días anteriores el cuerpo le exigía esa lasitud.

Se detuvo en una terraza de la *rue* Espariat. Pidió otro café. Luego dudó. Ya había tomado un par a lo largo del día. ¿No sería demasiado? ¿Y si le daba taquicardia? ¿Y si era malo para la tensión? Suspiró impaciente. Otro café y ya. Cierto que los años comenzaban a darle sus primeros aguijonazos, pero si por un subidón de cafeína debía morir en una terraza de Aix en Provence tampoco se trataba de un final terrible. Los tiempos anteriores había estado a punto de morir en lugares siniestros. Este final doméstico podía ser divertido; tenía su toque irónico y perturbador que una mujer como ella, capaz de huir de ráfagas de ametralladora, bombas de amonal y alguna que otra cuchillada, quedase tiesa en una calle por la que caminaban estudiantes y hombres con caras de funcionarios.

Entrecerró los ojos. Su método de huida para situaciones límite había funcionado. Llegó al aeropuerto, escogió la empleada de mayor edad, le pidió un billete para el primer vuelo disponible. Una hora después viajó a Marsella y siguiendo su acostumbrado sistema tomó un taxi del que se bajó abruptamente al llegar a un semáforo y de inmediato se fue andando hacia la estación de trenes. Allí, en tres taquillas distintas pidió billetes para París, Aix en Provence y Lyon. Luego miró su reloj fingiendo desgano. Compró un periódico. Apretó los párpados para atenazar esas letras que la presbicia convertía en figuras escurridizas y después de soltar un suspiro fue a la cafetería, comió un cruasán y bebió un jugo de naranja.

Giró el rostro; detalló cada elemento a su alrededor.

Todo se encontraba en orden.

Rompió dos de los billetes; con minuciosidad, con eficacia. Los guardó en su bolso. Solo utilizaría el de Aix en Provence: era la más pequeña y próxima de las ciudades. Sería el último lugar donde la buscarían.

Durante el viaje durmió una siesta. Jamás supo cuándo desapareció la atmósfera parpadeante que la luz del mar esparcía sobre los árboles. Despertó y sin una razón concreta comenzó a silbar con mucha suavidad una pieza de Clara Schumann de cuyo nombre no logró acordarse.

Al llegar a su destino fumó con deleite un camel.

Miró un mapa y cerró los ojos para que su dedo índice la condujera al lugar más apropiado.

Escogió un bonito hotel en pleno centro, muy cerca de La Rotonde.

Allí pidió una habitación con vistas a la calle y al llegar a ella abrió las ventanas con un gesto lento y satisfecho. Otra vez rezó una larga oración a María Lionza y a don Juan de los Caminos para que mantuviesen lejos de su vida cualquier rastro de dolor. Le pareció que las nubes tenían un brillo de espuma. «He escapado otra vez», susurró.

Ahora bebió con deleite su café. Al fondo a la derecha, le pareció distinguir una fuente con una columna que sostenía una estrella dorada que le recordó a un erizo. Luego bajaría a verla. Le resultaba familiar.

Escuchó las campanas de una iglesia. Sonrió feliz al recordar los domingos en Barquisimeto cuando el aire se llenaba de esos sonidos y su padre la llevaba a misa. «Entrá tú, hija, por si acaso Dios existe… decile que debe perdonar mi indiferencia». Luego el hombre la esperaba leyendo *El Impulso* en los bancos de la plaza de enfrente. A ella le gustaba espiarlo mientras el sacerdote soltaba el sermón. Le parecía simpática la figura de su papá, arropado por ese periódico inmenso donde Cardenales de Lara volvía a perder otro campeonato o donde el gobernador de turno anunciaba una gran obra que jamás se concluiría. Le daba ternura mirarlo y le producía una mezcla de compasión y aturdimiento. La madre de Magdalena los había abandonado hacía muchos años. Su papá la buscó unas semanas hasta que ella le escribió desde un remoto pueblo de Brasil para exigir que la dejase en paz.

Desde ese momento su papá se dedicó a cuidar a su hija y a

renegar de Dios con gestos aburridos. Nunca volvió a la misa ni a la montaña de Sorte; pero tampoco hizo reclamos especiales cuando supo que las tías de Magdalena la llevaban a los rituales espiritistas que se hacían en honor a María Lionza.

Con el paso de los años, Magdalena comprendió con nitidez la situación de su padre. Lo comenzó a intuir en las fiestas de familia cuando contemplaba a sus tías, primas, amigas, rodeadas de sus hijos, hablando pestes de los hombres que las habían abandonado, insultándolos, escupiendo sobre su recuerdo, maldiciéndolos, renegando de cada minuto vivido con ellos. En ese momento descubría a su papá en una esquina, oscuro, como un error del paisaje: el único hombre, siempre el único hombre. Abandonado igual que todas ellas, pero desterrado de cualquier complicidad porque siempre formaría parte del ejército enemigo.

Magdalena entendió en ese momento que las mujeres de su familia se enamoraban con desesperación y canciones de Los Terrícolas, tenían varios hijos y luego sus maridos se hacían humo.

Llegó a imaginar que existía un lugar de la ciudad donde aquellos hombres miserables se reunían a celebrar que habían escapado dejando facturas sin pagar, hijos sin pensiones y camas vacías.

Un lugar así debió ser el destino natural de su padre, allí seguro había una silla esperándolo, pero su esposa fue más veloz y le cambió el guion. Lo dejó tirado en un universo donde siempre se le señalaría como un ser de otro planeta. «Si algo así sucediese en este momento haría tremendo trabajo de brujería para que el viejo no se quedase solo; no hay nada que una manzana cubierta de azúcar y dos velones rosa no puedan resolver; pero muchas soluciones llegan cuando ya no son soluciones», pensó.

¿Y si pedía otro café? No. Otro más no. La tarde soltó desde el cielo una luz dorada. Magdalena miró el reloj con la serenidad de quien no debía ir a ningún sitio. Sacó el libro. Durante años había alabado ante sus amigos el *Tristam Shandy*, pero lo cierto es que jamás lo había leído entero. Su única meta en este viaje era pasar horas en la terraza hasta acabarlo.

Sintió un escalofrío. No le gustó. El día avanzaba con una temperatura estupenda. Llevó las manos a sus sienes y trató de alejar cualquier fuerza oscura que estuviese perturbando su descanso.

El escalofrío volvió.

Hundió los ojos en el libro. Letras. Solo miró letras de tinta en un papel. A lo mejor debía caminar un rato o pasearse por el museo Granet. Quería ver los Cézanne que tenían en el museo y algunas esculturas de Giacometti.

Volvió a poner los ojos en el libro. Un hombre la miró sudoroso y se acercó. Luego con gestos ruidosos se sentó frente a ella. Magdalena observó hacia los lados. Ignoraba si era una costumbre francesa colocarse en la mesa de un desconocido.

—Bueno, es hora de que hablemos —dijo el hombre en perfecto español.

Magdalena descartó la hipótesis de una rara costumbre nacional. Miró a la persona que tenía enfrente. Parecía rozar los treinta años.

Ella contó las semanas que tenía sin hacer el amor. Demasiadas. Si obviaba esa calvicie que el muchacho intentaba ocultar con un peinado que el aire volvía inútil quizá podía plantearse el tema con interés. No le encantaba el chaval, pero no sería el primer polvo insustancial de su vida. Podía imaginar que era viernes en la noche y que estaba borracha. A lo mejor debía concederse ese permiso después de estos ingratos tiempos en Madrid.

—Como supondrás, ya no estudio, y ahora no estoy trabajando porque estoy de vacaciones —susurró con elegante coquetería.

—Lo sé, Magdalena —dijo el muchacho.

Ella sintió un tirón en su cara. Una especie de rasguño.

Al comprobar que el tipo sabía su nombre, a Magdalena le volvieron los escalofríos. Miró hacia la calle: la estampa dulce de instantes atrás se esfumó de golpe; le pareció que los peatones la miraban con burla y desprecio.

—A ver, no te conozco y tú a mí tampoco, así que date la vuelta y si sabes lo que te conviene, informa que no estoy, que yo no soy yo y que nunca me has visto en tu vida.

El muchacho se frotó el rostro.

—Pero es que es muy importante… y es obvio que has descubierto que te estoy siguiendo.

Magdalena se puso de pie. Furiosa. Decepcionada.

—Dile a José María que no hay nada importante que hablar en este momento y que cabreada soy una persona muy peligrosa. El último tipejo que intentó obligarme a algo ya no puede doblar el brazo, y dos semanas después yo seguía paseando sus dientes por Cádiz mientras él intentaba recuperarse en Colonia.

Lanzó tres monedas en la mesa y caminó recto, sin girar el rostro, confiada en que el muchacho no intentaría seguirla.

*

Entró al baño de un bar en La Place de la Mairie y se lavó el rostro hasta que sintió que se despejaba. No. No se había percatado de que alguien la estuviese siguiendo. Qué desastre. Un error de principiante. Y no solo eso, acababa de descubrir por qué le resultaba familiar la fuente con la estrella dorada en la columna. Se encontraba justo frente a su hotel, a unos metros de La Rotonde. Qué idiota. Daba vueltas por la ciudad sin orientarse en ella.

Sacó un mapa; intentó memorizar los datos más importantes. De todos modos, mañana debería marcharse, ya José María la había descubierto. Qué triste. Nunca lo imaginó capaz de enviar a alguien para que le siguiese los pasos.

—Lástima terminar así. Fueron dos años muy buenos.

Se conocieron en la inauguración de una exposición sobre Severo Sarduy. Ella miraba una de las pinturas del cubano y, en ese momento, un hombre guapo y con una preciosa corbata le dijo en susurros:

—¿Puedes leer enteras las novelas de Sarduy?

Magdalena le sonrió. Para ella existía una ley histórica: los hombres guapos merecían sonrisas hasta que se demostrase lo contrario.

—Nunca lo he conseguido, pero me gustan sus poemas y estas pinturas también me interesan mucho.

Hablaron un buen rato paladeando un rioja. Ella vio que al hombre le sudaban las manos. Quiso ser solidaria con él y echarle un cable.

—Hay un libro precioso de Sarduy que te recomiendo: *El cristo de la rue Jacob*. Hay páginas inolvidables, como cuando él describe un encuentro que tiene con un camionero al que nunca le pregunta su nombre. Sarduy creía en el sexo inmediato y feroz. ¿Lo sabías?

El hombre se sonrojó. No podía dejar de mirar a esa mujer de piel pálida, apretados rizos, ojos verdes, boca muy gruesa y nariz achatada. Estuvo mucho rato perturbado con su proximidad y solo logró relajarse cuando media hora después Magdalena lo desnudó con la misma habilidad con que un cazador arranca la piel de una presa.

Lo hicieron varias veces. Rieron mucho. Pidieron que les subieran comida. Durmieron. Volvieron a hacerlo. Escucharon las danzas húngaras de Brahms. Volvieron a hacerlo en el baño y luego junto a la ventana.

«Estuvo bien este rato», pensó Magdalena, hasta que al salir del hotel descubrió que tenían dos días encerrados en una habitación.

Al volver a su casa se sintió lúcida; había retado a José María en la exposición porque le pareció que alcanzaba para un par de fogosas horas. Los hombres primorosamente vestidos solían angustiarse al hacer el amor pensando que podía arrugarse su corbata. Pero José María resultó diferente; prefirió la batalla y el retozo a su maravillosa pieza de Marinella.

Decidió llamarlo.

—Papi, no me parece lógico que te tortures sin hablar conmigo —le dijo al escucharlo al otro lado de la línea—. Solo quería que supieras que por estos tiempos, y sin que eso sea definitivo, he decidido no leer sola las novelas de Sarduy. Y lo cierto es que me odio cuando digo algo así, pero me gustaría volver a verte, porque ríes, follas, y no eres un esclavo de esas corbatas encargadas en esa tienda de Napoli donde van reyes y presidentes; y un hombre que se olvida de su corbata de Marinella para reírse, es un buen hombre.

Al día siguiente comieron juntos en un restaurante en la Platea, por la calle Goya.

Al salir hicieron el amor. Ella tenía prisa y él también, así que fue una reiteración sintética del primer encuentro. Esta vez él se percató del crucifijo y la cinta tricolor que ella se quitaba del cuello antes de desnudarse. Quiso tomarla entre sus manos.

—No, corazón... eso no lo puede agarrar nadie excepto yo —le advirtió ella.

—¿Qué es?

—Me lo dieron bendecido por María Lionza, la diosa de la montaña y los ríos.

—¿Por quién?

—María Lionza, una diosa venezolana muy poderosa que tiene el apoyo de veinte cortes espirituales y que reina en la montaña de Sorte.

—Ah, ya... Una religión como el candomblé brasileño. Una vez estuve en Brasil. ¿Y a ti te bajan los espíritus para dar mensajes?

—Sí, corazón, cuando hace falta lo hacen o los envían a través de otras personas. Si eres bueno algún día te explico de qué se trata, pero nunca deberás ponerle un dedo encima a mi crucifijo o puedes hacerme daño.

Esa misma noche, después de beberse con lentitud una deliciosa chicha morada, Magdalena se echó las cartas a sí misma: en la misma línea le aparecieron una sota y un caballo mirando al as de oros. Buena señal de amor. José María pintaba como una presencia prometedora y feliz.

Comenzaron a encontrarse muchas tardes. Veían alguna película o intentaban leer a medias las novelas de Sarduy, se detenían en la centelleante perfección de alguna línea, pero luego dejaban el libro boca abajo sobre la alfombra y se desnudaban.

Durante uno de esos encuentros, José María recibió una llamada. Lo vio ponerse serio al contemplar la pantalla de su móvil y retirarse hacia la ventana para conversar en voz baja. Luego dijo que debía marcharse de urgencia. Ella suspiró. El momento había llegado. Era inútil seguir posponiendo ese repetido y pequeño rito que había hecho posible tantas novelas, tantos boleros, tantos culebrones.

—Tú estás casado, ¿verdad?

Él asintió. Con rostro grave comenzó a darle explicaciones que ella recibió haciendo un gesto negativo con la cabeza. Se fingió sorprendida.

Cuando José María se marchó, Magdalena miró en la tele una película de Wilder que le encantaba: *Avanti*. Estuvo riéndose un buen rato. Luego se calentó una crema de cardo con almendras, hizo sus oraciones frente al altar y durmió deliciosamente. Al despertarse en la mañana revisó el calendario. Esperaría un par de días para llamar a su amigo. La idea era situarlo en el punto exacto; que no se sintiese totalmente a gusto de buscarla cuando él quisiese pero que tampoco se incomodase como para huir espantado.

A Magdalena le aburría un poco la repetida comedia que se desarrollaba en esos casos. Resultaba tedioso escenificar la sorpresa de que una persona de la edad de José María estuviese casado y luego escuchar sus explicaciones. Pero le gustaba ese hombre y le encantaban las proporciones en que lo tenía. No necesitaba más. A Magdalena le fascinaban las visitas y risas de su amigo; risas de un hombre que no se sentía esclavizado entre las paredes de su apartamento y que mostraba verdadero interés en las tareas que ella realizaba; desde las consultas a clientes mediante cartas, tabaco, fondo de café; hasta la parte más jugosa de su trabajo: las investigaciones que le encargaban para resolver casos donde la policía fracasaba repetidas veces.

Muy lejos se encontraba este momento de plenitud y prestigio, respecto al de aquella mujer que en los años noventa publicaba avisos estridentes en revistas latinas de Madrid: *Bruja marialioncera de fama internacional. Experta en unir parejas; aleja amantes y maridos que no trabajan. Libera de enfermedades, mal de ojos, vicios, eyaculación precoz; hechizos para conseguir buenos empleos y para hacerte invisible a policías de deportación.*

Magdalena ahora recogía el fruto de años de trabajo y José María pareció aceptar con naturalidad esa fama y esas creencias.

Comenzaron a compartir sus días aunque muy de tanto en tanto ella se escapaba con algún otro hombre que conocía en reuniones o fiestas. La experiencia de Magdalena le había hecho comprender que ella era esencialmente monógama y heterosexual, pero sin que la guiase ningún tipo de fanatismo porque el fanatismo era malo para la existencia y traía mucho dolor. Así que en esos tiempos, también un par de amigas gimieron bajo las diestras caricias de una Magdalena que pensaba el cuerpo como la mayor felicidad que los dioses, los espíritus y las fuerzas de otros mundos les habían otorgado a las personas para que compensasen los dolores, sufrimientos e imperfecciones de este plano tierra.

Pero un día José María apareció con el rostro devastado. Ella fue cariñosa con él. Estaba exhausta; acababa de resolver un trabajo donde escapó de los disparos de la Yakuza japonesa; pero igual le preocupó ver a aquel hombre en ese estado ruinoso. Durmieron juntos la siesta y al despertar él se cubrió el rostro con las manos. No pudo retener más esas palabras que lo asediaban. Su mujer tenía una grave enfermedad. Magdalena lo abrazó con firmeza. Sus abrazos solían ser muy alabados y requeridos por los hombres; ella jamás se había molestado en indicarles que cuando los pegaba a su cuerpo, cuando los dejaba que hundiesen su cabeza dentro de sus pechos generosos, en realidad lo hacía porque no le gustaba verlos llorar; resultaba tierno contemplar a esos lobos de rostro peludo derretirse en su propio llanto, pero siempre que un hombre lloraba frente a ella lo hacía por otra mujer. Eso la incomodaba. Era como una invasión. El espacio de otra entrando en su espacio. No. No lo toleraba. Cada quien en lo suyo. A cada quien sus propios orgasmos y sus propias tristezas.

Acarició el cabello de José María. Le dio una taza de café a la que le agregó una cucharada de agua bendita. Le habló de los progresos de la medicina, le dio nombres de cardiólogos en Estados Unidos. Él se marchó a casa. Pero cuando esa noche Magdalena se leyó las cartas a sí misma las señales fueron malas. Extendió sobre la mesa nueve filas de cartas y de inmediato el ambiente pareció ponerse pesado. Miró con alarma: el as de espadas aparecía al revés junto al siete de espadas. Pérdida.

Magdalena respiró hondo. A un lado, el caballo y la sota se daban la espalda. Una pérdida; una pareja que se quiebra por una pérdida.

Se persignó y se limpió los brazos con cuernociervo.

Tres días después, José María la llamó con la voz rota para contarle que era viudo desde hacía quince minutos. Ella intentó consolarlo. Luego rezó por el descanso de aquella mujer tan joven que acababa de abandonar el plano tierra. Le deseó feliz viaje, le pidió a los espíritus de luz que la acompañasen en ese tránsito.

José María tardó en reaparecer dos semanas. No tenían hijos, pero su esposa había dejado asuntos pendientes: pequeños negocios, sociedades con primos y familiares que vivían en Santander. Magdalena preparó un cocido para José María y él lo devoró entre suspiros. Luego lo hizo dormir una larga siesta y le preparó la bañera para que leyese rodeado de espuma.

El problema es que transcurrió un mes entero y José María

no se movió de su casa. Poco a poco, en la cocina, en el baño, en la habitación, en la sala, comenzaron a reproducirse objetos hostiles: relojes, bolis, llaves, navajas de afeitar, calzoncillos, pelos, zapatos, albornoces. Magdalena hizo los ejercicios de respiración que años atrás le recomendó un espíritu en Sorte. Inhalar siete segundos. Retener siete segundos. Exhalar siete segundos. Le pareció que debía armarse de sabiduría; quería comprender ese fenómeno mediante el cual la casa entera parecía reproducir espontáneamente objetos de José María.

Tendría paciencia. Notaba en su amante una tristeza que le barnizaba el rostro con una capa gris.

Se dedicó todas las tardes a practicar en el polígono de Valdemoro. Cincuenta tiros con una Bersa 22 lograban relajarla. Además, había allí un guapísimo instructor argentino que la miraba de reojo; lástima que al ver la excelente puntería de ella, quedaba paralizado y era incapaz de dirigirle una sola palabra.

Pero una de esas noches vio llegar cansado a José María, echarse en el mueble y con voz espesa pedirle que le preparase la bañera, había tenido un día horrible, mujer, los muchachos de *marketing* le habían dado el coñazo toda la tarde, manda huevos, esos gilipollas recién salidos de un máster intentando explicarle a él su trabajo.

Magdalena se quedó helada. ¿La bañera? ¿Otra vez la bañera?

Miró a José María dormir exhausto en el sofá. Hermoso, todavía hermoso, pero ya próximo a que un día lo llamasen sus jefes a una reunión inesperada y lo jubilasen. Entonces lo tendría en casa el día entero, moviendo los muebles de lugar, explicando la cantidad de sal que llevaban las sopas, dándole instrucciones precisas sobre el modo en que debía limpiarse la vitrocerámica.

Esa noche no le preparó el baño. Le dijo que al verlo tan dormido lo dejó descansar. Pero dos días después lo encontró hurgando en los cuadernos que ella guardaba en su mesa: fórmulas para conjuros, oraciones. Él fingió estar ordenando. Ella volvió a inspirar siete segundos. Retener siete segundos. Exhalar siete segundos. Entró a la ducha. Cuando regresó a su cuarto vio que su crucifijo y su cinta tricolor se encontraban en un lugar diferente a donde ella los había colocado. Dio un par de mentadas de madre. Debería llamar a Venezuela, pedirle a algún amigo que le enviase otro crucifijo preparado y bendito.

Tomó su maleta. La llenó de ropa. Le advirtió a José María que debía viajar de urgencia y él la miró desconsolado.

—Bueno, cuando vuelvas te prepararé una paella —susurró—. Y hasta la podemos acompañar con esa chicha morada que te gusta tanto, aunque a mí me parece empalagosa.

A ella le dio ternura el rostro aniñado de su amante. Debió hacer un esfuerzo para advertirle que no podía quedarse en casa mientras ella no estuviese. Él reaccionó con elegancia. Comentó que lo entendía. Recogió varias de sus ropas en un bolso y se marchó, pero a los quince minutos la llamó desde la parada de taxis.

—Por cierto… había pensado… igual deberíamos vivir juntos, eh… además gano buena pasta, podrías retirarte y darte el gustazo de prepararme siempre la bañera; tu trabajo es peligroso y cansado.

Magdalena sintió un escalofrío. Cortó la comunicación y se fue a un hotel cerca del Manzanares. Estuvo allí varios días sin apenas salir de la habitación.

Durmió mucho esa noche y las noches siguientes, atenazada entre la tristeza y el aburrimiento. Supo que se sentía baja de ánimo porque volvió a pensar en su madre: ese fantasma vivo que seguiría habitando algún lugar lejano. Recordó una conversación que había tenido meses atrás con José María. Él le preguntó por qué si era una detective tan talentosa, por qué si tenía poderes especiales jamás había intentado investigar sobre el paradero de su madre. Ella respondió que cuando tienes talento en un oficio sostienes esa capacidad sobre un punto oscuro; el punto sobre el que nunca indagas, el punto de sombra que impulsa todo lo que haces y que no descifras, precisamente porque al iluminarlo puede derrumbarse el edificio sobre el que construyes la vida. Era como esos escritores que jamás iban a un psicoanalista porque si lograban curarse a lo mejor terminarían sanos pero sin nada más que escribir.

—Quizá me hice investigadora para comprender dónde está mi madre, pero saberlo todo es comenzar a morirse, así que jamás voy a mirar qué pasó con ella.

José María pareció entender sus razones. Nunca más tocó el tema, pero Magdalena comprendió que había entrado en un territorio peligroso; el territorio de las confidencias; esa debilidad del amor en la que ofreces al otro tus heridas para que las conozca y las respete, pero también para que las pueda usar en tu contra si alguna vez aparece el odio, la desazón y el hastío.

«Al menos no le conté del cuchillo», se consoló.

Y era cierto. Antes de mudarse a Caracas encontró la carta de despedida de su madre. La encontró en la habitación del patio, ese lugar donde nunca entraba y en el que reposaban los objetos que su mamá dejó olvidados: montones de libros, catálogos de museos, y muchos discos con sinfonías, conciertos o música de cámara. Dentro de un LP con piezas de piano de Clara Schumann estaba el papelito: amarillo, mugriento. Una carta mediocremente escrita que su mamá no se atrevió a entregarle al padre de Magdalena; una sarta de palabras torpes en donde solo existía una frase contundente, esa donde la madre decía que prefería escapar porque estaba tan aburrida en casa que al picar la carne y los tomates tenía fantasías en las que utilizaba el cuchillo contra Magdalena y su papá.

Para espantar esos pensamientos tristes, Magdalena se instaló en su cama y leyó veintidós novelas de Maigret. Una tras otra. Mañana, tarde, noche. Luego rezaba, intentando que sus ojos mirasen hacia ese punto lejanísimo, mucho más allá de la meseta y el mar, donde quedaba la montaña de Sorte.

Pero una mañana comprendió que ni los libros de Simenon la mantendrían a salvo.

En la puerta del hotel encontró a José María. En sus manos llevaba bombones. Magdalena le preguntó a su amigo qué hacía allí, él comentó que por casualidad había pasado por esa calle y la había visto asomada a una ventana. Magdalena intentó ser delicada. Le pidió tiempo, le dijo que ella lo llamaría y él intentó sacar un anillo y colocarlo en su dedo.

Ella empujó al hombre con los bombones hasta que lo echó a la calle con dos besos.

A la mañana siguiente escapó por la puerta trasera del hotel.

Y ahora José María había vuelto, pensó Magdalena. «Quizás ese hombre que envió a buscarme tenga en su bolsillo el puto anillo, la brocha de afeitar de José María, su albornoz, su peine. Quizás en lo alto de la fuente de La Rotonde mañana comiencen a reproducirse y a amanecer colgadas las camisas de José María, las corbatas de José María, las pantuflas, los calzoncillos de José María».

Hastiada, decidió huir muy temprano de Aix en Provence.

Echó en falta la Ruger SP 101 que guardaba en su apartamento en Madrid, pero imaginó que quizá en este caso no le haría falta usar un revólver. De todas maneras, colocó un tubo de gas paralizante en el bolsillo. Luego miró en el mapa hasta que encontró la estación de autobuses. Estuvo atenta de que nadie la siguiese y se fue a Marsella.

«Lástima, no pude ver los Giacometti», murmuró con el rostro crispado.

*

Se alojó por la zona de Noailles. Le pareció un lugar colorido, con olores de especias desconocidas y tiendas que le recordaron lugares populares de Caracas, excepto por las familias africanas o las mujeres con el pelo cubierto que tropezó a su paso.

Alquiló una habitación en un edificio marrón. Batalló muchas horas con el *Tristam Shandy* pero se atascaba una y otra vez en los dos primeros capítulos. Finalmente se acabó una espléndida novela de Greene que sucedía en Haití y un manga maravilloso de Tsugumi Oba y Takeshi Obata donde un investigador debía averiguar una serie de enigmáticas muertes que ocurrían alrededor de un cuaderno. Solía sucederle; sus lecturas las conducía el azar; la dulzura del caos. Bastaba que decidiese de manera racional leer un libro para que se le cerrasen los ojos al pasear por sus palabras y que se le atravesasen otros libros inesperados.

Después de beberse una chicha morada y escuchar una pieza de Bazzini que siempre la ponía de buen humor, salió a dar una vuelta. Entró a una inmensa tienda, compró maní, pero pasó mucho rato mirando extraños granos: lentejas color coral, curris de tonos arenosos, frutas imposibles, brillantes.

Al salir, sintió que le arrojaban un balde de agua helada. Allí estaba otra vez el hombre que la había abordado en Aix en Provence. Caminó como si no lo hubiese visto pero él se puso a su lado. Durante unas cuadras semejaban una pareja de amigos paseando por la ciudad. Cerca de una plaza de aires italianos el hombre la tomó por el codo y ella tensó sus manos.

—Magdalena, perdona, no quiero molestarte, pero es importante.

—Suéltame el brazo. Te lo digo en serio, muchachito.

—Hay algo que debes saber… no sé quién es ese José María del que me hablaste. Si estás huyendo de él no temas, yo no vengo de su parte —dijo el joven y soltó a Magdalena pero continuó caminando a su derecha.

Ella miró el sol metálico que caía sobre Marsella. Entró a un restaurante. Imaginó que un lugar lleno de gente podía ser más seguro. Sin inmutarse, el joven se sentó frente a ella y en un francés impecable pidió la carta y una botella de vino blanco. Magdalena lo miró. Parecía uno de esos cachorros de políticos que estudiaban en el Colegio del Pilar y se preparaban para conquistar el mundo.

—Qué difícil ha sido encontrarte. Me cansé de esperar en el portal de tu edificio, incluso estuve a punto de llamar a la puerta de tu casa, pero varias veces me topé con un señor canoso que tenía una caja de bombones… ¿Será José María?

—No es tu problema.

—Tienes razón. Pero necesito que hablemos. Por lo pronto pienso invitarte a esta comida y quiero que me prestes mucha atención y aceptes mi oferta.

—Puedo pagarme este almuerzo, no te preocupes —dijo ella y miró las dos puertas de salida del restaurante. Una de ellas quedó inutilizada por un grupo de mulatos que comenzó a tocar tambores y hacer acrobacias frente a unos turistas.

—A ver… lamento haberte perseguido de este modo. Quería utilizar los procedimientos habituales, pero no respondes tus correos, no respondes a la mensajería de tu página web. Y el asunto del que debo hablarte es urgente. Tuvimos que poner a cuatro tíos tras de ti; el truco de comprar tres billetes de tren te hubiese funcionado si solo hubiese estado una persona ocupándose del asunto.

Magdalena chasqueó la lengua. Le molestaba que su estrategia para evitar persecuciones no hubiese funcionado. Pero el nombre suculento de los platos despertó su apetito. Sintió un agujero en el estómago.

El chico habló con el camarero, le hizo varias preguntas y luego con amabilidad comentó:

—Nos recomiendan de entrada un pescado marinado y luego una degustación de la *bouillabaisse*, la sopa típica de Marsella, una sopa con varios tipos de pescado.

Magdalena alzó su ceja.

—No lo hablo tan bien como tú, muchacho, pero entiendo el suficiente francés como para saber qué dijo el camarero. Conozco esa sopa, es deliciosa. Además, recuerdo unos personajes de una novela de Hemingway que la comían encantados. Y me fío de Hemingway. Hemingway era muy bueno recomendando cosas que apenas conocía. Así que venga. Que nos traigan lo que dices y dime de una vez qué quieres.

Los chicos que bailaban frente al restaurante aumentaron el ruido de sus tambores. Magdalena suspiró impaciente y el joven se puso de pie. Habló con los muchachos, repartió dinero y les dio una afectuosa palmadita mientras ellos se alejaban del lugar.

—Bueno —dijo el joven al regresar a la mesa—. Ya podemos hablar. Sabemos muy bien quién eres y necesitamos contratarte.

—¿Quién soy?

—La mejor. Ah… y te encanta la chicha morada. Siempre viajas a todos lados con sobres de chicha morada. Pero lo importante es que eres la mejor.

Magdalena se puso en guardia. El halago le había dado un pinchazo en el estómago y ella sabía que la vanidad era muy mala a la hora de hacer negocios.

—Suelta lo que tienes que decir.

—Queremos contratarte.

—¿Quiénes?

—Eso lo sabrás si aceptas el encargo.

—¿De qué se trata?

—No puedo darte detalles. Eso lo hará quien me paga por estar aquí. Alguien de importancia y con contactos; admito que incluso a mí me ha sorprendido, pero ha conseguido apoyo de la policía francesa para que pudiésemos encontrarte. El caso es que estoy autorizado a decirte que habrá un excelente pago por tu trabajo y que es un asunto en Venezuela. Un asunto muy urgente.

Magdalena miró hacia la calle: el aire vibraba como una luminosidad de bronce. Lo cierto es que tenía algún tiempo sin volver al país, pero le producía temor aceptar un encargo de ese estilo. Parte de su sabiduría se basaba en conocer sus límites y su adorado país era ahora mismo un lugar peligroso.

—Joder... algo urgente en Venezuela. Pues tendréis un montón de pasta debajo de la mesa, porque allí están matando cada año más gente que en la guerra de Siria. Veintidós mil homicidios el año pasado.

—En realidad fueron veinticinco mil. Y este año es probable que lleguen a los veintiocho mil. Tenemos nuestros propios informes porque el Gobierno de allí falsea todas las cifras. No hay un solo dato confiable en todo lo que dicen; ni las cifras de secuestros, ni la inflación, ni los niveles de escasez; ni los datos de salud pública ni los datos petroleros. Nada. Igual conocemos perfectamente la situación y eres la persona ideal: conoces el terreno, eres muy buena y sueles triunfar donde otros han fracasado. Aquello es un puto infierno. Y ahora que ha muerto el Comandante nada ha mejorado.

El camarero trajo los platos. Magdalena miró los pescados rojizos y el limón que colocaron frente a ella. Lo probó. Le agregó un poco de sal. Masticó con calma. No se sentía con ánimos de asumir un trabajo delicado, pero desconocía si sus ahorros permitirían que ella extendiese indefinidamente su melancolía.

—Tendría que pensarlo.

—No hay tiempo —dijo el joven—. Te lo digo en serio, Magdalena, no hay tiempo. Y eres perfecta. Sabemos que el Gobierno venezolano tiene montones de listas con sus enemigos y que cada vez que puede los machaca de todos los modos posibles. Y tú no apareces en ninguna de esas listas porque de hecho votaste por los militares un par de veces.

Magdalena sonrió con odio. Era un asunto que prefería no recordar. La política le parecía como esos restos de pollo que se conservan al fondo de la nevera y que un día se vuelven masas verdosas que hay que tirar con los ojos cerrados.

—El voto es secreto, muchacho. Nadie debería saber eso que comentas. Y si voté por esas ratas quizá se deba a que esos días estaba cabreada con los otros gilipollas que estarían de candidatos.

El joven hizo un rictus irónico.

—Les has votado dos veces seguidas.

—Algunos venezolanos cada tanto nos emocionamos con un hombre a caballo para que nos salve y terminamos más jodidos. ¿Pero qué es lo que quieres decirme?

—Votaste por ellos en Caracas, porque coincidió con viajes tuyos a tu país. Luego no votaste... o en realidad sí. En algunas de las tantas elecciones que ellos controlan aparece que votaste aunque sabemos que no estabas en Venezuela, pero alguna mano generosa apretó por ti el botón de las maquinitas que se usan allá en las votaciones. De todos modos, igual nos dieron una información errónea. Circulan muchas informaciones falsas en estos tiempos. Lo fundamental es que no apareces fichada en ninguna de las listas de enemigos del régimen, podrías moverte libremente por todos lados sin despertar sospechas y sin que nadie intente echarte el ojo encima.

Magdalena masticó con desgana los trozos de pescado. Le disgustaba que sus potenciales clientes manejasen tanta información. Prefería que la contratasen personas que la vieran rodeada por un halo de misterio, por un poderío indescifrable; así era más sencillo trabajar con libertad y contundencia.

—Si sois tan buenos para averiguarme la vida, podríais ocuparos de lo que os interesa. ¿No crees?

El hombre negó con la cabeza.

—No puedo hablar de más. Tienes que decirme si aceptas o no este trabajo.

—Ahora mismo te acepto esta comida. Tu oferta es peligrosa y demasiado abstracta. Odio las abstracciones, ¿sabes? En una época intenté leer filosofía y no me enteré de nada. Me pasaba horas quemándome los ojos con Kant o Schopenhauer y sentía siempre que estaba a punto… que ya, que ya casi, que un poco más y… no, nunca entendí nada.

El muchacho se limpió la boca con la servilleta. Parecía nervioso.

—Hoy necesito una respuesta. Esta noche como máximo. Lo siento. Me encantaría darte mil años para que lo pensases pero una urgencia es una urgencia.

Magdalena resopló. El camarero trajo la sopa y ella la probó. El sabor la llenó de alegría y por unos instantes disipó su irritación. Comió en silencio. Recordó que antiguamente esa sopa era una preparación popular de los pescadores pero ahora se había convertido en un plato sofisticado y caro. El mundo terminaba por ablandarlo todo; incluso la antigua miseria terminaba convertida en un manjar para turistas idiotas como ella.

Magdalena alzó los hombros, al llenarse de aire los pulmones vio que el muchacho miró sus pechos durante un segundo y que un chispazo goloso asomó al fondo de sus pupilas.

—El asunto es el siguiente. Tengo hasta esta noche para decidir si acepto un trabajo en Venezuela, del que nada se me dice y del que tampoco se me aclara cuánto voy a cobrar ni cuándo debo empezarlo. ¿Tú aceptarías algo así?

—No me has entendido. Mi función es pedirte que escuches al cliente. He removido cielo y tierra para encontrarte porque él te necesita desesperadamente. Lo único que te pido es que esta noche me digas si aceptas y mañana volemos a Madrid para que hables con él.

Magdalena asintió. Eso le parecía más razonable. Igual decidió molestar un poco más a aquel muchacho que ahora exploraba con deleite su plato de sopa y de tanto en tanto probaba un sorbo de vino.

—¿Y por qué no te ocupas tú de ese asunto?

El hombre detuvo la cuchara junto a su boca.

—¿Que viaje yo a la ciudad más peligrosa del mundo? Ni de coña. Perdona la sinceridad. Soy un puto miedoso. Me gusta hacer bien mi trabajo, pero también me gusta conservar la cabeza sobre mis hombros. Ni por toda la pasta del mundo iría a Caracas. De hecho, ya cometimos un error; al principio enviamos un detective peruano muy famoso que vive en Madrid: Mack Bull; el tío estuvo tres días y, aterrado, volvió con una lista de nombres que podían ayudarnos y poco más.

—He oído hablar de él. Menudo nombrecito el de este señor; aunque la verdad es que mis padres se llaman Juan Perión y Elisena; yo debería estar acostumbrada a los nombres raros... Pero el caso es que soy vuestra segunda opción. Pensasteis primero que aquello era un asunto de tíos muy machos y ahora os veis con el agua al cuello. Eso me cabrea. Y cabreada suelo cobrar el doble o rechazar los trabajos. ¿Qué pasó con Mack Bull?

—Dijo que no hay euros que paguen vivir en medio de esa locura; estaba en un pueblo en Venezuela y vio a la Guardia Nacional golpeando a unos niños que estaban jugando con un balón de trapo; la madre de los chiquillos era colombiana y los guardias acusaron a los chavalitos de ser paramilitares, los amenazaron y luego les destrozaron la casa con un tractor; la tiraron entera, no quedó nada en pie… a la media hora unos oficiales del ejército se aparecieron por allí y mataron a dos de esos guardias a plena luz del día.

—Joder… ¿una venganza?

—No. Eso es lo grave. Era por otro asunto, un asunto de drogas… Mack Bull pilló el primer avión a Madrid y nos devolvió el dinero.

—Pues vaya que hay follones…

—Tú sí eres capaz de soportar esa presión. Lo sabes. Lo sabemos. Si finalmente decides rechazarnos será porque prefieres seguir huyendo de ese tío de pelo blanco.

Magdalena bebió de su copa. Por instantes imaginó que lanzaba el vino sobre el rostro de aquel hombre. Le molestaba que alguien fuese tan certero al analizarla. La historia de José María la tenía alterada, confusa.

Terminó de comer su sopa. Pidió un tiramisú y un café negro.

La cafeína la despejó un poco. Pensándolo bien, el muchacho tampoco era tan certero. Cierto que los líos con su amante la tenían descontrolada, pero también le daba miedo ir a Venezuela. «¿Y si me estoy haciendo vieja?», pensó y hundió la cucharita en el postre. «Nadie quiere vivir más que los viejos; la vida es un vicio que se acentúa con los años».

Pidió un segundo café. Apenas al probarlo sintió taquicardia y apartó la taza con un gesto de cansancio.

*

Caminó un rato. Leyó la tarjeta que le había dado el chico.
Solo un nombre, y en bolígrafo las señas de un restaurante frente al teatro de la ópera de Marsella. Decidió que se haría una
consulta antes de tomar esa decisión. El fondo del café le resultó
la única opción adecuada. No iba a leerse el tabaco o a echarse las
barajas en plena calle. Buscaría un lugar tranquilo, pediría un café
negro y se concentraría para analizar esa propuesta y dejar que la
oscuridad del líquido le revelase los mejores caminos.

Miró varios sitios con terraza. Era extraño. Solo distinguió
hombres sentados bebiendo té. Se detuvo en uno de ellos y comprendió que todas las miradas se posaban en ella. Observó el lugar. No había mesas libres. Intentó continuar su ruta pero frente
a ella se detuvo un joven que comenzó a hablarle en árabe. Ella
no entendió sus palabras pero le parecieron ásperas. Le advirtió en
francés que se apartase. Él no hizo caso. Al fin comprendió que el
chico señalaba su escote y le recriminaba algo. Ella se movió hacia la derecha y siguió su camino pero el tipo empezó a gritar.
Magdalena avanzó con mayor lentitud. Entendió que la insultaban
por su ropa. Le ardió el rostro. Sus pechos seguían siendo bellos
y le habían dado mucha felicidad; que se fuese al carajo ese imbé-

cil; los gritos de este tipejo se encontraban fuera de lugar. Giró el rostro, el muchacho seguía insultándola. Detrás de él iban dos hombres más que también se sumaban a los insultos. Comenzaron a escupir y ella sintió que los salivazos caían cada vez más cerca de sus pies. Miró a su alrededor. La gente observaba pero nadie parecía dispuesto a intervenir. Tampoco se veía ningún policía en las proximidades. Hizo un esfuerzo y mantuvo el paso. Tenía demasiados asuntos importantes en mente para prestar atención a un grupo de cretinos. Llegó a una esquina y giró a la derecha. En ese momento uno de los salivazos cayó sobre su zapato. Magdalena sintió que esa mancha asquerosa le quemaba la piel. Se detuvo. Abrió su cartera. Sacó un bolígrafo e hizo como que iba a apuntar unas letras sobre la palma de su mano. Luego se dio la vuelta. El hombre le lanzó otro par de gritos pero palideció al ver el rostro sereno de Magdalena. Quizás en ese momento comprendió que había cometido un error, un error que no olvidaría nunca y que lo acompañaría el resto de su vida.

Ella sonrió apretando sus labios. Pulsó el botón del boli, tomó aire y con la velocidad de una centella avanzó y hundió la punta de metal en medio del ojo. El grito del muchacho llenó toda la calle. Magdalena fingió amenazarlo con su rodilla izquierda, lo agarró por el cuello y le hundió la rodilla derecha en el estómago. Una preciosa *kao loy*.

Luego corrió. Comprendió que tenía unos segundos de ventaja: un ataque rápido contra un enemigo más fuerte, a la par de dolor, debía producir escándalo y mucho miedo.

Un ojo agujereado era perfecto para paralizar a un adversario el tiempo suficiente para escabullirse. Escuchó gritos tras ella pero sus zancadas fueron veloces. Calculó que la perseguían cinco o seis personas. No tenía muchas posibilidades de defenderse si la atrapaban. Atravesó varias avenidas y evitó avanzar en línea recta. Cada dos manzanas giraba a la derecha y las siguientes dos manzanas giraba a la izquierda. Al fin vio unas salas de cine.

Bajó la velocidad. Comprobó que había dejado atrás a sus perseguidores. Compró varias entradas.

Pasó el resto de la tarde mirando películas mientras no dejaba de empuñar el bolígrafo en su tensa mano izquierda.

Llegó a la hora exacta.

Miró la iluminación del teatro de la ópera. En otras circunstancias le habría gustado entrar y conocerlo. Creía haber leído en alguna ocasión que por dentro era un delicioso lugar *art déco*.

Miró las gruesas columnas de la fachada. Quizás en otro viaje podría intentarlo. Tarareó un aria de Leoncavallo y encendió un cigarrillo.

A pesar del disgusto, las horas en el cine mirando aburridas películas le sentaron bien. Lo había pensado. Venezuela era perfecta para librarse de José María. Allí no se atrevería a importunarla con su anillo ni con sus cajas de bombones. Pensó en él con incomodidad pero también la asaltó una inmensa ternura el recordar sus corbatas. «A lo mejor en un tiempo se cura; para eso debo alejarme; el éxito en el amor es tener abundancia de dos cosas: mucha lejanía y muchos reencuentros».

Apagó el cigarrillo contra una pared. El joven con pinta de político se alegró al verla. Ella le dio la mano con firmeza y habló sin respirar.

—Muy bien, mañana nos vamos a Madrid. Estoy dispuesta a escuchar esa oferta de trabajo. Pero antes deberás pasar por el sitio donde está mi equipaje. Pagarás lo que debo y me traerás las maletas al aeropuerto. No creo que yo deba volver a esas calles por un tiempo.

*

Tenía ojos de perro siberiano.

Magdalena sonrió pero esos ojos de brillante azul le resultaban simpáticos y entrañables en un perro, jamás en una persona que la escrutaba con frialdad y que se acariciaba la barba. Ella miró el despacho. Muebles antiguos, olor de maderas y una ventana que daba a la calle Serrano. Nada que la sorprendiese si tomaba en cuenta el trabajo que se habían dado en ubicarla para contratar sus servicios. Lo único que la desconcentró fue el inmenso crucifijo que el hombre tenía colgado en la pared del fondo. Era demasiado grande. Demasiado rotundo. Parecía una dentellada y no la imagen sufriente de Jesús.

—Cuanto antes comencemos, antes me pondré en marcha —advirtió Magdalena y el hombre volvió a escrutarla con sus ojos de perro siberiano.

Ella estuvo a punto de ponerle un collar o de pedirle que avanzase en medio de la nieve y ladrase al conseguir un pueblo donde se pudiese tomar un trago de *whisky*.

—Le seré sincero —advirtió el hombre y se acarició la corbata—. No comparto en absoluto sus métodos de trabajo, señora Magdalena.

—¿Entonces por qué me ha llamado?

—Le pido que lo entienda, soy un hombre de fe. Detesto las supercherías y me traería disgustos importantes con mucha gente si se supiese que he contratado a una detective que se ayuda con brujerías.

—A la mayor parte de la gente para la que trabajo no le interesa hacer propaganda de que me han extendido un generoso cheque. Si pides a alguien que investigue un asunto delicado no lo publicas en un periódico.

—Pero en cierto modo usted es famosa.

—En mi oficio eso no es necesariamente bueno.

—Yo estaba en Salamanca en el 96. Resolvió usted allí un caso que tenía enloquecida a la policía.

Magdalena asintió. Miró al hombre. Le resultó familiar. ¿Podía ser alguno de aquellos encantadores y alocados muchachos que conoció en esos años? No. No lo imaginaba fumando porros en la calle San Pablo o embrutecido de ron y furiosas salsas en El Savor.

—Y después de eso he resuelto muchos otros asuntos —clarificó ella.

El hombre afirmó con un gesto de su cabeza.

—Tengo excelentes referencias suyas. Pero quiero resultados, Magdalena. Los requiero con urgencia. Ya se lo dije, estoy muy lejos de aprobar la hechicería y las supersticiones, y si bien no termino de aceptar sus métodos de trabajo me rindo a la evidencia de sus éxitos. Ya se lo dije, en el 96 estaba en Salamanca, el partido me había pedido intervenir en varios asuntos allí, y todo el mundo en la Diputación y en la Junta comentaba lo que usted hizo. Entiendo además que fue su primer caso como investigadora.

Magdalena colocó sus manos sobre las rodillas. Ya sabía quién era el hombre que la miraba con esos ojos que parecían ladrar. Un destacado y jovencísimo político de la época que parecía llevar una prometedora carrera y que en años recientes había visto languidecer su estrella por un incidente con un micrófono abierto en el Senado.

Una tarde agria le hicieron varias preguntas sobre su relación con unas fundaciones y unas constructoras que habían llenado España de centros culturales hinchados por los sobreprecios y por la ausencia de programaciones. En cierto momento él le murmuró a una compañera de partido: «Que se jodan. Les construimos centros culturales a un montón de paletos, parados y panchitos para que jueguen al mus; no pretenderán que se los llenemos de libros y obras de teatro. Manda huevos, ahora en España todo el mundo quiere ser doctor».

Su frase retumbó en la sala.

El hombre apagó con rapidez el micrófono, como si de ese modo pudiese borrar sus palabras.

Un par de horas más tarde, después de recibir mil recriminaciones, el hombre de los ojos de perro siberiano convocó una rueda de prensa y entre lágrimas admitió que había hecho ese comentario con sentido irónico, pensando que solo podía escucharlo su compañera, y que en todo caso a él le gustaba el humor negro y le parecía un modo sano de conjurar los horrores de un mundo que había decidido vivir de espaldas a Dios.

A pesar de sus pucheros, un periodista le preguntó si aprovechaba la oportunidad para desmarcarse por completo de la dictadura para la que habían trabajado los padres y abuelos del senador. El político solo comentó que era un crío cuando murió Franco, pero que mucha gente hablaba maravillas del Caudillo y que algo bueno tendrían esos tiempos cuando un millón de personas fueron a despedirse del cadáver del jefe del estado.

Al otro día, la masacre en los periódicos fue total. Recibió más insultos que el entrenador del Madrid al que el Barça le acababa de encajar cinco goles.

En la siguiente legislatura el político ya no apareció en ninguna lista y un periodista confirmó los negocios opacos que aquel hombre había hecho con varias inmobiliarias. Esto último no despertó ninguna respuesta; las averiguaciones en tribunales se cerraron sin aviso previo. Su ostracismo continuó en el mismo punto.

Magdalena pensó que en estos tiempos el problema no eran los actos de una persona sino la estupidez de una frase colgada en Internet.

Desde hacía años aquel político no tenía ninguna responsabilidad concreta en el Gobierno; ella supuso que añoraba regresar a la primera fila, y que antes necesitaba resolver el asunto por el que la había hecho perseguir con tanta urgencia.

—Pongamos varias cosas en claro —acotó Magdalena—. Siglos atrás usted habría hecho que la inquisición intentase salvar mi alma, poniéndome a arder bajo una fogata en la plaza de la Cruz Verde. Pero ya esos tiempos han pasado. Usted me necesita y yo trabajo para gente que me necesita. Yo no tengo interés en convencerlo de nada ni en decirle que sustituya ese crucifijo por un busto de María Lionza, entre otras cosas porque quizás usted no sabe que los marialionceros también somos católicos y yo en lo personal pienso que Jesús es un buen colega, un pana estupendo, pero se encuentra demasiado ocupado con sus asuntos, así que quien me resuelve la vida es mi Reina, mi Diosa querida de Sorte… aclarado este punto, dígame qué necesita.

El hombre apretó los dientes. Magdalena creyó que estaba a punto de persignarse y lo vio entrelazar sus manos con dureza.

—Se trata de la mayor de mis hijas. Tengo siete hijos, todos estupendos, claro. Ella también. Pero en los últimos tiempos… se distanció de nosotros, de su fe, de sus amigos. Ya conoce usted el caso, es un topicazo en toda regla. La chica se fue de casa, se puso una camiseta del Che, se fumó algunos porros, desapareció un tiempo en Francia, y luego reapareció como ocupa en una casa en Barcelona. Me llevé un disgusto, pero la comprendí. A esas edades... sin ir más lejos, yo una vez pasé casi seis meses sin ir a misa.

Magdalena apretó los labios para no sonreír.

—A ver —dijo ella intentando centrarse—, su hija desapareció y estaba en Barcelona... ¿Y Venezuela qué tiene que ver con este asunto?

—Ella regresó a Madrid después de un tiempo. Lo sabemos porque vimos que comenzó a hacer retiradas de dinero en cajeros de esta ciudad.

—Digamos que ella mantenía acceso al dinero de la familia.

—Por supuesto. No iba yo a dejarla en la calle. Sacaba dinero en Barcelona, luego en Madrid. Yo no me preocupé demasiado. Pedí ayuda a un amigo de la policía y verificó que ella estaba en asuntos inofensivos. Nada de etarras, ni yihad, ni anarquistas ni bombas. Ya regresaría a casa o tal vez no lo haría nunca, pero al final aceptaría reunirse con nosotros. Yo quiero mucho a mi hija, estaba dispuesto a soportar que en Navidades me leyera *El Capital* con tal de que en Reyes comiéramos juntos el roscón. Mis otros seis hijos estaban bien encaminados, y ella no era mala chica, decía tacos y de tanto en tanto le lanzaba algún botellazo a los antidisturbios. Nada grave.

—¿Por qué habla de ella en pretérito?

El hombre se frotó el rostro pero ni las cejas ni la barba perdieron su perfecta apariencia. Era como si las llevase pintadas sobre la piel.

—No sé nada de mi hija desde hace un mes.

—¿Pero qué noticias tenía? Me dice que se fue de casa. ¿Los llamaba? ¿Hablaba con su madre o con alguno de sus hermanos?

—Claro que no. Todos tienen prohibido tener comunicación con ella. Saben muy bien que Begoña solo podrá regresar si habla primero conmigo. Pero ya se lo dije, en el banco me informaban de sus reintegros. Todos los viernes sacaba una cantidad.

—¿Cuánto?

El hombre lanzó un suspiro de impaciencia. Miró a Magdalena con reprobación.

—Lo normal. Para sus gastos. Unos dos mil euros a la semana.

Magdalena hundió sus uñas en las rodillas. Estuvo a punto de saltar sobre ese hombre y llamarlo «papá».

—Bien, ¿y qué pasó con las retiradas de dinero?

—Hubo un cambio. En el banco me avisaron de que Begoña estaba utilizando cajeros en el extranjero. Sacaba dinero desde Venezuela. Me preocupé mucho y pensé si la habrían atracado o raptado, si alguien estaría utilizando su tarjeta, pero comprobé que había comprado en efectivo un billete de ida y vuelta para Caracas. Usó el de ida, y el de vuelta no lo utilizó nunca. En Barajas pudimos verificar que sí tomó ese avión.

—¿Iba sola?

—Sí. Me dieron una copia de lo que grabaron las cámaras de seguridad. Se veía pletórica. Descuidada en el vestir, pero pletórica. Y llevaba en las manos una pequeña guitarrita, pequeña… creo que un instrumento venezolano.

—Un cuatro.

—Sí, supongo que sí.

—¿Ella sabe música?

—Estudió solfeo y piano. Pero no tenía talento. Creo que jamás fue capaz de leer una partitura.

Un rayo de sol atravesó el despacho y pintó un cuadrado de oro en la pared. Magdalena lo contempló un rato. Hurgó en su bolso y sacó un cuaderno. Fingió tomar notas. Tenía excelente memoria pero a los clientes les daba buena impresión mirar que rayaba letras en una hoja en blanco.

—¿Y qué pasó luego? ¿Cuál es su alarma?

—Hace un mes dejó de hacer retiradas de dinero. Ni una. Ni un solo euro. Nada. Hablé con gente de la embajada. Fueron amables. Me prometieron hacer averiguaciones, pero me advirtieron que ella no figuraba en ningún registro consular, lo que no es raro porque los pocos españoles que se aventuran a ir allí no pasan por esas oficinas a menos que tengan un problema.

Magdalena mordió con suavidad la punta de su lápiz.

—Habrá pedido informes a la gente del CNI en Venezuela. Usted puede hacerlo.

—Decirle que sí supondría que tenemos gente del CNI en Venezuela y, claro, oficialmente yo...

—El CNI, el G2, la CIA, el Mossad, el SVR, el MSS de los chinos, el VEVAK de los iraníes, la DGSE de los franceses... todas las agencias de inteligencia y espionaje están allí. Debajo de esa tierrita hay mucho petróleo. No me trate como a una idiota. Estoy trabajando y no soy una periodista que va a revelar secretos de estado.

El hombre miró hacia la derecha unos segundos. Había algo de desaliento en ese gesto. En sus sienes asomó el latido de una vena azulada.

—Mi hija Begoña asistió a marchas del Gobierno venezolano, estuvo haciendo fotocopias y preparando café en una fundación donde hay profesores españoles que asesoran a los militares; averiguó vagamente la posibilidad de estudiar Ciencias Políticas en una universidad de allí. Luego desconocen qué sucedió con ella y no creen que sea prioritario averiguarlo. Me han dicho que solo me informarán si saben de algo grave, por lo que espero que no me informen de nada más... En Venezuela ocurren miles de secuestros; me pregunto si se tratará de eso.

—Eso sería una explicación muy razonable. Una española es muy apetecible para los secuestradores.

—Eso me han dicho. Hay un grupo de la policía española que viaja una vez al mes para seguir los casos de españoles secuestrados que hay en ese país; casi siempre personas que emigraron en los sesenta o sus hijos o sus nietos, pero, en este caso, lo extraño es que no se hayan puesto en contacto conmigo para pedir un rescate.

Las manos del hombre quedaron sobre la mesa. Recordaban el yeso. Magdalena las miró unos segundos y llegó a imaginar que ni siquiera en la infancia esas manos habían tenido el placer de jugar con un buen charco de lodo.

—Entonces usted quiere que yo vaya a Venezuela, encuentre a su hija y luego…

—Vamos a ver, lo primero es que la encuentre y podamos tener garantías de que está bien. Luego si usted logra hacerla razonar y que vuelva a España habría un plus en sus honorarios.

—¿Y en principio hablamos de qué cantidad?

El hombre rayó unos números en una hoja y mostró la cifra a Magdalena. Quizá pensó que la impresionaría pero ella hizo un ruido con su nariz y se sonó los dedos de la mano izquierda.

—Creo que le han informado mal. Yo no soy un todo a cien ni un baratillo y por esa cantidad no me muevo ni a Gibraltar. Si quiere que hablemos en serio, duplique esa cantidad, y luego agregue el precio de mi billete de avión y de mi alojamiento en el hotel Pestana de Caracas.

Los ojos de perro siberiano del hombre se agrandaron. Su impulso inicial era nítido: echar a Magdalena de aquel lugar con un par de gritos, pero miró hacia el crucifijo, acomodó un par de papeles en su escritorio y con voz espesa murmuró:

—Delo por hecho.

Magdalena se puso de pie. Él la imitó e intentó estrecharle la mano al tiempo que le advirtió que su secretaria le extendería un cheque.

—Ni hablar. Efectivo. Deme efectivo, los bancos son unos ladrones y no pienso dejar comisiones a esa gente por el trabajo que hago. Y también necesito que su asistente me facilite unos cuántos datos: fotos de su hija, documentos escritos con su letra, un inventario de los lugares que frecuentaba en Madrid, informes médicos sobre su salud, vídeos, lista de amigos, vecinos y compañeros de estudio. Todo. Todo lo que me la haga muy familiar.

—Así lo haremos. Y le daremos una dirección de correo electrónico y un smartphone para que nos envíe mensajes encriptados informando de todo lo que sea necesario. Es muy importante que nadie sepa que mi hija ha desaparecido.

—Y mucho menos que se sepa que usted ha contratado a una investigadora como yo. No se preocupe.

El hombre intentó volver a sentarse con esos aires díscolos del jefe que da por cerrada una reunión con sus subalternos. Magdalena alzó su dedo índice.

—No tan rápido, señor. Todavía no me voy a marchar. Ahora haga el favor de acercarse hasta aquí y desnúdese.

El hombre se puso blanco como la harina.

—¿Pero qué dice?

—Lo que escuchó, carajo. Venga acá. No tengo todo el día. Desnúdese.

*

¿Era necesario? Quizá.

Magdalena no tenía un método único de trabajo. Improvisaba en cada ocasión. Dejaba que su instinto y sus poderes la guiaran.

Por un lado, era positivo despejar energías, y por el otro, la insolencia de aquel hombre merecía un pequeñísimo correctivo; así que cuando, pálido y tembloroso, avanzó hacia ella y se quitó la ropa con lentitud, Magdalena le indicó que conservase puestos los calzoncillos. Él la contempló con la barba erizada y ella lo encaró.

—No sé qué suposiciones habrá hecho pero yo no mezclo trabajo con placer, y le aseguro que ese cuerpecito peludo y reblandecido que usted tiene no me despierta otro instinto que el del curro.

—Sigo sin comprender…

—Usted sabía que mis métodos son particulares. Coloque los pies muy juntos y extienda los brazos hacia los lados.

El hombre obedeció. Ella lo observó un rato. Los españoles solían tener mucho vello en el cuerpo; ella había terminado por acostumbrarse y hasta le había tomado el gusto a esa aspereza, pero este hombre tenía pelos hasta en la espalda.

—Igual una depilación láser…

—¿Qué dice usted?

—Nada. Ni caso. Estaba pensando en Figo, el futbolista. ¿Lo recuerda?

—Soy madridista. Tengo abono hace veinte años.

—Lo supuse. Figo quedó muy bien después de una depilación láser, pero creo que dejó de hacer goles y el Madrid vendió su contrato. Así que mejor olvidemos ese tema. Cierre los ojos. Ciérrelos bien y piense en su hija.

Desde la calle entró el sonido de un coche de bomberos. Un estremecimiento de pocos segundos que luego se fue disipando. Magdalena sacó de su bolso unas ramas que arrancó en El Retiro antes de su cita. Habría preferido tener algo de ruda o albahaca, pero debía conformarse con los materiales a mano.

Miró un instante las fotografías que aquel hombre tenía en sus paredes. En dos muy grandes se repetían sus ojos de perro siberiano acompañando a un par de presidentes españoles. En las más pequeñas se le veía sonriente junto a Pedja Mijatovic, Teodoro Obiang, Camilo José Cela y dos cardenales obesos y pálidos.

Magdalena comenzó a murmurar una oración indescifrable por la rapidez con que soltaba cada frase, luego movió en círculos sus dos manos y lanzó un ramazo en la espalda del hombre.

—¡Me cago en…! ¿Qué hace?

—A ver, concéntrese —cortó Magdalena—. Ya por lo pronto tendrá usted cita urgente con el cura para confesarse por haber soltado un taco. Necesito que aguante. Si se pone muy cobarde, me puede tomar un espíritu de la corte india y con esa cara de conquistador extremeño del siglo XVI que usted tiene se puede llevar una paliza. Esa no es la idea. Solo necesito despojarlo de malas fuerzas.

Volvió a darle un ramazo y a murmurar una oración. Cuando golpeó por séptima vez se detuvo. Luego recordó la primera cifra que le había ofrecido como pago aquel hombre y decidió darle otros siete ramazos más en la espalda. «Perdóname, Reina, pero es que alguien que intenta ahorrar dinero cuando quiere salvar a una hija merece unos carajazos».

Sacó un envase rojo de su cartera. El hombre la miró con los ojos entrecerrados.

—¿Qué es eso?

—Pólvora. Y ahora cállese la boca o no terminaremos nunca.

Magdalena hizo un círculo alrededor del hombre. Luego con una tiza trazó varios signos detrás de él: un escarabajo, una estrella de David y un triángulo. Después arrojó las ramas en una esquina.

—Muy bien, dígame algo. ¿Qué relación tenía su hija con Venezuela?

—Ninguna.

—¿Seguro?

—Una vez dijo que quería pasar un verano en Isla Margarita… Eso es Venezuela, ¿verdad?

—Isla Margarita es un lugar que queda en las agencias de viaje. Esa vaina se llama Margarita. A secas.

—Pues eso… dijo que quería ir con unos amigos, pero al final se fue a República Dominicana. Mi hija nació el 11 de octubre, y como todos los años en esa fecha yo la enviaba a Bilbao para ofrecerle un buen puñado de oraciones a Nuestra Señora de Begoña, pero esa vez prefirió el Caribe. Es todo lo que puedo decir.

—Muy bien. Ya sabe que no debe ocultarme nada. Nos llevaremos bien si usted es bueno y me lo cuenta todo. Ahora escuche bien. Cuando yo le diga… salte hacia adelante. No lo haga antes de que se lo ordene ¿Entendido?

Sacó un mechero, encendió el círculo y de inmediato surgió un sonido silbante y una chispa fue avanzando por el rastro de pólvora. Magdalena abrió la boca para dar sus instrucciones, pero, asustado, el hombre saltó hacia adelante antes de tiempo. Unas pequeñas llamitas lamieron sus talones.

—¿Pero qué carajo hace? —gritó ella—. Le dije que yo le avisaba.

El hombre la miró con odio mientras se frotaba los pies. En la planta se le notaban dos pequeñas manchas rojizas.

—¿De verdad era esto necesario? —dijo con rencor.

—Era y es necesario. Tendremos que repetirlo, y ahora no salte hasta que yo lo diga. Debe hacerlo después de que se queme la pólvora, justo cuando salga el humo blanco y ya no pueda quemarse. Y no se preocupe por esas manchitas, si le salen ampollas búsquese unos cristales de aloe vera para que se curen. En dos días ya podrá ponerse de nuevo sus zapatos.

*

Magdalena se despidió de la secretaria, una rubia de bote que la miró alzando la nariz. Ella prefirió ignorarla aunque al llegar a la puerta chasqueó los dedos un par de veces y la mujer tuvo un imparable ataque de estornudos. «Pendeja, así la próxima te acuerdas de sonreír cuando te encuentres con una marialioncera», pensó, mientras la secretaria se marchaba al baño para empaparse el rostro de agua fría.

Magdalena avanzó por un largo pasillo y tomó por el brazo al joven que la había abordado en el sur de Francia.

—Tenemos que hablar. ¿Cuál es tu nombre? No el que estaba escrito en la tarjeta que me diste en Marsella, el de verdad.

—Siempre uso el mismo nombre, Magdalena, eres tú la que tiene seudónimo. Tenemos una idea de tus datos reales, pero ¿cómo te llamas de verdad?

—Eso no importa. Para montarte trabajos de brujería mala es indispensable que usen tu verdadero nombre. Así que lo mejor es que la gente se conforme con llamarme Magdalena Yaracuy… Y el caso es que tú te llamas Gonzalo González Fariñas.

—Así es.

—No te habría venido mal cambiarte el nombre, por cierto.

Qué soso por Dios. Pero bien, acompáñame a tomar un café. Y dile a la secretaria de tu jefe que le lleve unas gasas y que le compre unas sandalias.

El joven la miró con reprobación.

—¿Pero qué has hecho? Hoy tiene un par de reuniones con gente del partido.

—Le vi mala cara, que se vaya a casa a reposar y que intente recordar algún dato que pueda servirnos. Mañana mismo vuelo a Caracas. El billete lo pagarán ustedes. Nada de *business*; eso es de nuevos ricos y de artistas de medio pelo que consiguen una contraportada en un periódico y se les sube la mierda a la cabeza. No quiero que nadie me confunda con esa gentuza. Venga, vamos a por ese café.

Caminaron un pequeño trecho. Magdalena se dio cuenta de que el hombre con ojos de siberiano jamás le había mirado el escote. Parecía eso tan cursi que llamaban un hombre probo. Le resultó antipático con esos ojos de perro, pero los ramazos en la espalda tal vez lo ayudarían en el futuro a ser menos insolente.

Descubrieron un bar en una esquina. Magdalena cada tanto miraba hacia los lados, no era imposible que por esta zona apareciese José María. Rogaba que no ocurriese esa coincidencia. Le resultaría desolador verlo de nuevo y sufrir esa mezcla de rechazo y compasión; de gratitud amorosa y sensación de asfixia. Necesitaba concentrarse en este nuevo caso. Ser los ojos, la conciencia, el espíritu, las manos que conducían inevitablemente hacia Begoña. Nada de lo que le habían dicho le parecía demasiado concluyente ni demasiado alarmante. La chica podía estar pasándola de miedo con un mulatote en la isla de Coche o podía estar con algunos panas en los caños del Delta y en esos casos no tendría a mano un cajero, ni demasiadas ofertas para gastar el dinero que le sacaba al padre cada semana. Pero también podía estar bajo tierra, llena de gusanos, o amarrada en un rancho de bahareque rodeada de ratas y pistoleros impacientes. Hacía bien el padre en averiguar qué sucedía y hacía muy bien en pagarle a ella por encargarse del caso.

—Gonzalo, pídeme un cortado y una ensaimada.

El muchacho llamó al camarero. Susurró el pedido, como si le doliese la garganta. Para él pidió un té verde. Hoy iba de traje. No le quedaba mal. Parecía la versión juvenil de su propio jefe. Quizá su fidelidad, su constancia, tenían que ver con el hecho de que imaginaba que el naufragio definitivo de aquel político significaba también su completo hundimiento.

—¿Estás casado? ¿Ya tienes siete hijos o estás en vías de tenerlos?

Gonzalo se echó un poco hacia atrás.

—Pensé que hablaríamos de Begoña, del caso de Begoña. Mi vida personal…

—Tú eres parte del caso. Trabajas con su padre, pusiste de cabeza el sur de Francia para contratar mis servicios y conoces a Begoña, ¿verdad?

—Conozco a toda la familia, claro. El partido hace cinco años me asignó como asistente de don Manuel y yo…

Magdalena sonrió. Incluso un hombre con ojos de perro siberiano tenía nombre.

—Bueno, yo podría ponerme un rato a rondarte y rondarte hasta llegar al punto preciso de las preguntas que necesito hacer, pero no tenemos tiempo. Debo estar en Caracas lo más pronto posible. Así que nos ahorraremos muchas horas si me cuentas todo lo que sabes y no le has dicho a don Manuel.

El camarero trajo el pedido; Magdalena le dio un sonoro mordisco a la ensaimada. Sintió un pinchazo de nostalgia: los inesperados desayunos con José María, esos impredecibles despertares en que ambos se adivinaban a través del humo del café con leche.

—¿Qué te hace pensar que puedo saber algo que no he compartido con don Manuel?

—Usas sus mismas corbatas, te peinas de la misma manera;

hace años, cuando a él le iban mejor las cosas, te planteaste ser como él y luego llegar a ser todavía más importante. Para lograr eso en algún momento de la vida tendrás que vencerlo, que pasarle por arriba, y para eso es necesario conservar secretos que no compartes. Ese es el único poder de un subalterno: todo lo que calla. Pero ahora hablamos de la vida de una chiquilla de veinticuatro años. Quédate con todo lo demás que no le has dicho, pero hablemos de Begoña.

Gonzalo bebió un sorbo de té. Miró hacia la puerta del bar.

—Pues… le gustan mucho los porros, creo que también las pastillas.

Magdalena dio un manotazo en la mesa.

—Sí, me dirás que es porrera y que folla mucho. Sorpréndeme, Gonzalo. Dime algo que yo no pueda imaginar y que me ayude a saber por qué está desaparecida en Venezuela.

—Nos acostamos dos veces. Tres, porque también lo hicimos una vez en mi despacho —dijo Gonzalo y Magdalena sonrió. El chico era bueno. Había logrado sacudirla con sus palabras—. Yo estoy casado y ya tengo dos hijos, pero Begoña es un huracán, resulta difícil negarse a ella. Sé que fue un error, pero antes de que saques conclusiones aceleradas, a Begoña acostarse conmigo le resultó tan conmovedor como para mí beber este té verde. Después de que estuvo conmigo desapareció un tiempo en París y volvimos a saber de ella cuando se fue a Barcelona. Así que esta no es la primera vez que se pierde su rastro.

—Pero ahora ha desaparecido en un infierno. ¿Y te jodió eso que me dices? ¿Lloraste? ¿Te sentiste herido cuando se hizo humo la primera vez? ¿La perseguiste, la amenazaste con contarlo todo?

La carcajada de Gonzalo inundó el bar.

—¿Pero qué dices, Magdalena? Nunca fui tan feliz. Tuve tres encuentros maravillosos y mi vida continuó como siempre. Le tengo afecto a esa muchacha. Me preocupa que pueda haberle pasado algo. Tiene la cabeza en otro sitio.

—¿Y qué más? Dime otras cosas, has empezado por lo más jugoso, pero una chica que se acuesta con el asistente de su padre puede servirle a un psicoanalista, eso a mí no me aclara nada. ¿Se comunica ella con su madre? ¿Te dijo alguna vez que pensaba ir a Venezuela a algo en concreto?

—No entiendo por qué te sorprende que se haya ido a Caracas. Con esas ideas que tiene Begoña es un lugar muy lógico para viajar.

—La lógica no me sirve. Si me dejase guiar solo por la lógica no me levantaría todas las mañanas a rezarle a la figura de una mujer desnuda sobre una Danta. Soy una mujer con fe, es decir, me importa lo que veo, pero sobre todo lo que no veo. Y lo que dices es verdad, Venezuela es un destino muy lógico para chavales a los que les gusta ver a gente con banderas rojas y un señor que grita que deben aniquilar a la burguesía y lleva un Rolex carísimo en la muñeca. Pero yo necesito un detalle preciso. Muy bien, ella se fue a Venezuela a salvar al mundo y a matar canallas con su cañón de futuro y bla bla bla... ¿Pero qué fue a hacer allí en concreto? No puedo llegar a Caracas con tanta imprecisión.

—La madre no sabe nada. A veces hablaban por teléfono. Yo recibía las llamadas y le pasaba mi móvil a la señora. Solían hablar en francés. La señora es hija de franceses, pero solo conversaban sobre tonterías cotidianas. Nada importante.

—¿Ni una palabra concreta sobre Venezuela o los militares venezolanos o el «Proceso» de cambios?

—Ni una palabra.

Magdalena mordió el último trozo de ensaimada. Cada tanto echaba un ojo hacia la calle.

—Muy bien, te lo pondré más fácil... piensa unos segundos. Piensa en Begoña y piensa en la palabra «Venezuela». Intenta juntar las dos palabras y mira qué hay en común entre ellas. Lo que sea. No temas decir ningún disparate.

Gonzalo quedó en silencio; durante varios minutos sus ojos

parecieron flotar dentro de su rostro. Se le notaba concentrado, viajaba hacia muy adentro de sí mismo. Eso a Magdalena le gustó.

—A ver —susurró el hombre—, Begoña quiso ir de vacaciones a Isla Margarita una vez porque la vio anunciada en la tele y así se escapaba de un viaje de oración al que la enviaba su padre. Begoña en una ocasión comió en un restaurante por la calle del Barco, un restaurante de comida venezolana, y cuando me dio un beso me dijo que quería que probase el sabor de algo llamado majarete. Y finalmente Bego tenía un amigo, sí, hace tiempo tenía un amigo llamado Carlos Montoya, que estudiaba un máster en administración de empresas. Debo tener su currículum en mi despacho porque ella quería que lo ayudase, él chico estaba económicamente jodido y creo recordar su lugar de nacimiento... era un nombre un poco gracioso... Carabobo... vaya forma de llamar a un sitio ¿eh?

—Estado Carabobo, sí... —susurró Magdalena muy seria, pues hasta ese momento no se había percatado de que el nombre de ese lugar podía resultar ridículo a oídos extraños—. ¿Y políticamente, este chico...?

—Ya sé lo que piensas, se enamoró de un rojillo venezolano y se fue a Caracas a hacer la revolución. Pues no. Este Carlitos odia a su Gobierno. Ella me lo comentó. «Ayudarás a un colega tuyo del facherío si le consigues curro». El chaval sigue viviendo en Madrid. Eso me dijo.

—Sí, es extraño y por eso mismo resulta interesante. Dame sus datos. Antes de irme miraré de qué puedo enterarme con ese carajito —dijo Magdalena y en ese momento Gonzalo le pasó el sobre con su pago. Magdalena contuvo su sonrisa; cuando llegó el camarero alzó su dedo índice.

—Yo invito. No te acostumbres, pero esta noche habrá cuarto creciente. Es el momento en que mi Reina María Lionza continúa su viaje hacia el mundo terrenal y les da fuerzas a las personas para iniciar proyectos. Suelo ser generosa cuando la luna está en cuarto creciente.

Magdalena suspiró, satisfecha. Sus ojos brillaron. «Qué buena mezcla son una ensaimada y un trabajo con un sobre que huele a euros; son casi tan buenos como una chicha morada cuando llega el viernes y una se quita los zapatos para ver una peli con un hombre bello y desnudo en el sofá».

*

El muchacho reposaba en un banco de madera y ojeaba unos cuadernos llenos de notas. Magdalena avanzó con lentitud. El rostro de Carlos le pareció una escayola. Se le notaba el hambre golpeando duro en medio de las costillas. Su ropa era correcta. Magdalena intuyó que los agobios del muchacho eran recientes. Eso podía ser un buen augurio. Carlos todavía no estaba sumergido en esa desesperación que tornaba invulnerables a quienes la sufrían. Ya se sabe, quien nada espera nada teme; quien se sabe definitivamente aplastado jamás permite la debilidad de la esperanza. El chico seguía viviendo su desgracia reciente como una perplejidad. Eso facilitaría la conversación que Magdalena necesitaba tener con él.

Se sentó al lado de Carlitos y encendió un cigarrillo. Él la miró de reojo. Siguió atento a la puerta del edificio de enfrente. El muchacho tenía rotas las uñas de la mano; se notaba que solía comérselas hasta hacerse sangre.

—Entonces, ¿cómo estás, chamo? —dijo ella y Carlitos la miró unos segundos, ensayó una sonrisa y lanzó una brevísima mirada a su escote.

—Mami, qué bueno verte. ¿Qué hay de nuevo?

—Bien, bien, ahora mismo con ganas de conversar contigo.

Carlitos entrecerró los ojos. No era guapo pero sí bastante joven; ese era su único poder, como no desarrollase con el paso de los años algún tipo de encanto, languidecería con lentitud.

—Mami, disculpa que no te haya llamado antes. He estado en mil vainas. Pero pensé mucho en ti estas semanas.

Magdalena asintió.

—Buen intento. No nos conocemos pero si hubiese sido una madurita de esas que te estás tirando últimamente habría funcionado. ¿Te las ligas en el Toni 2? Me gusta ir allí a cantar con los señores que tocan el piano, pero no suelo tomarme en serio a los chamos que tienen cara de estar pasando frío.

El muchacho arrugó la cara, hizo un gesto para levantarse del banco. Magdalena lo retuvo tomándolo del brazo.

—¿Adónde vas? ¿Cuál es el apuro?

—No hablo con comemierdas de la embajada ni con gente del SEBIN.

—Ah, me parece estupendo... Qué nombre tan estúpido el de la agencia de inteligencia venezolana, ¿verdad? SEBIN... suena a antibiótico. Yo tampoco tengo tratos con ellos. Les encanta vestirse con dos tallas menores de las que deberían. No entiendo por qué andan siempre con la ropa tan ajustada ¿Suelen fastidiarte?

Carlos hizo un gesto negativo con la cabeza. Luego miró con detalle a Magdalena. Quedó perplejo unos instantes y luego sus ojos parecieron alegrarse.

—Carajo, pero si yo te conozco, eres Magdalena Yaracuy. La bruja que investiga casos.

—Investigadora. Mejor llámame así. Me has puesto dos nombres y Hacienda querrá cobrarme dos veces por mi trabajo.

—Leí sobre un caso que resolviste... uno en... carajo, no me acuerdo... uno hace un par de años. En la radio lo contaron.

—No te esfuerces. Pero te agradezco que me hayas reconocido. No suele ocurrir demasiado.

—Bueno, eres venezolana y una vez en la radio te entrevistaron y cuando te escuché hablar me pareció simpático lo que decías. Resolviste la muerte de dos adolescentes en Portugal leyéndole el tabaco al padre de las muchachas. La policía no quería creerte hasta que fueron al lugar donde estaban enterradas.

—No fue exactamente así, no fue tan sencillo. Pero ya sabes, a los periodistas les gusta resumir. Y la policía me estuvo ladillando un tiempo, pensaban que yo estaba implicada y además les daba una inmensa arrechera que toda su tecnología no hubiese servido para encontrar a esas dos pobres muchachas.

Carlos asomó sus dientes y se mordió el labio inferior. Tenía la boca reseca.

—Así que quieres hablar conmigo —murmuró—... y seguro tendrá que ver con Begoña, ¿verdad? Eso quiere decir que el asunto se complica.

Magdalena sintió un pinchazo en el estómago. Pensó en fumar otro cigarrillo pero recordó su tos cavernosa de las mañanas. Invitó a Carlos a almorzar. Le dio pena comprobar el modo en que le brillaron los ojos al muchacho, pero le sorprendió cuando él le explicó que no podía moverse del lugar pues esperaba a sus compañeros del máster para tomar los apuntes de clase.

—No pude seguir pagando la matrícula, así que estoy intentando reunir el dinero, y mientras tanto cada mañana me pongo aquí y anoto lo que mis compañeros están dando y así poder recuperar los cursos cuando me dejen regresar.

Magdalena preguntó de cuánto era su deuda. Él se lo dijo. Era una buena cantidad para un estudiante, pero no para alguien que acaba de cobrar la mitad de sus jugosos honorarios.

—Mira, hagamos negocios. Si me cuentas cosas sobre Begoña te daré dinero, y depende de lo que me cuentes recibirás una u otra cantidad. Por dedicarme un rato, solo por eso, te hago una compra en el automercado para un mes. Y si me sorprendes, podemos ir al alza.

Carlos palideció. Se levantó del banco.

—No puedo elegir. Estoy bastante jodido…, pero además quiero ayudar a Begoña. Si le pasa algo malo no me lo perdonaré; se ha metido en un problema por culpa mía.

Carlos repitió tres veces la sopa castellana. Magdalena le dijo que se estaba ganando una indigestión, pero él le confesó que llevaba un mes comiendo fabadas de bote que robaba de un automercado cercano a su casa.

—Hay un cajero muy cachas y se ha liado con el jefe. Allí vuelan sonrisas todo el tiempo y se miran de reojo, y hasta ahora a nadie le ha llamado la atención que yo entre dos veces a la semana y salga sin comprar nada. Imagino que pensarán que ninguna persona es capaz de robarse las fabadas de lata. Son un asco. Estoy dudando si llevarme comida de perro.

—¿Por qué viniste a España si no tenías plata? —preguntó Magdalena.

Él la miró con ojos feroces. Desde sus pupilas parecieron saltar cuchillos.

—No soy un pendejo ni un loco. Tengo mi dinero, pero hace meses que el coñoemadre Gobierno venezolano prometió autorizarme a cambiar mis bolívares en dólares y al final no lo hacen. Esos mierdas controlan el acceso a las divisas.

Magdalena le dio un toque afectuoso en el antebrazo.

—Cuéntame algo ¿Dónde vivías en Caracas?

—En El Marqués.

Ella miró al techo. Luego soltó un resoplido.

—A ver, repetiré la pregunta. ¿Dónde vivías en Caracas?

Carlos colocó la cuchara en el borde del plato y se limpió la boca con la servilleta.

—En Caricuao, coño. ¿Qué más da? Vinimos a hablar de Begoña, ¿no?

—Sí importa. Me mientes en esa pendejada, ¿cómo sabré que el resto de lo que hablemos es verdad?

—¿Y cómo sabes que miento?

—Por dos motivos, todos los venezolanos que me encuentro en Madrid desde hace años dicen que vivían en El Marqués. Supongo que en algún caso será cierto, pero es imposible que todos hayan vivido en el mismo lugar. Imagino que les produce desconfianza decir la verdad porque no saben si quien les está preguntando es un secuestrador o un sapo del Gobierno y si pueden afectar a sus familias al contar la verdad… además, los chamos de zonas populares sienten que si dicen esa mentira Europa les abrirá las puertas porque El Marqués es mucho más bonito que El Valle, que Caricuao, que San Martín o La Vega. Pero lo cierto es que aquí les importa un carajo de dónde hayas venido. Para la mayoría de la gente todo lo que queda después de Barajas es parte de un mismo territorio desconocido y excitantemente peligroso.

—¿Y cómo supiste que yo te mentía? A lo mejor sí vivía en El Marqués. Carajo… va a ser verdad lo de que tienes poderes.

—Lo de mis poderes es cierto, pero, además, cuando hiciste la lista de la compra de lo que necesitas, pusiste de último una crema hidratante para evitar las bolsas de los ojos y al ver que yo la estaba espiando colocaste el dedo para que no viese que al lado de los espaguetis, la carne y el jamón anotabas esa pendejada. Y le digo pendejada porque no sirven para nada. Te lo digo yo que las usé y nunca me hicieron efecto.

—Sigo sin entender, Magdalena.

—En Caricuao o en El Valle o en La Vega a tus amigos rudos les daría risa saber que usas crema hidratante. Incluso lo más probable es que te dijesen que eres un rolo de marico o que esas cremas son vainas de jevitas.

—Quizá.

El camarero preguntó si Carlos pediría un cuarto plato de

sopa; Magdalena lo fulminó con la mirada. Le ordenó que trajese la carne que habían ordenado y que cambiase las copas de agua.

—Bueno, esa será la última mentira que me dirás o tendremos un problema muy jodido. Vamos a empezar. ¿Te acostabas con Begoña?

—Sí, claro, éramos algo así como novios. Digo algo así porque ella decía que esas eran definiciones burguesas. Pero ella tenía un cepillo de dientes en mi baño.

—Y si se llevaban bien ustedes, ¿por qué sigues aquí y ella en Venezuela?

—Salimos un buen tiempo, luego dejamos de vernos. Tuvimos una discusión, creo que se largó fuera de España y luego volvió. Pero me buscó otra vez. Ella acababa de estar en Barcelona. Supongo que allá se había echado algún noviete, pero al vernos todo volvió a ser muy especial. Begoña es maravillosa. Es de una generosidad infinita.

—Te dio dinero todo este tiempo y después de que se pelearon empezaste a arruinarte.

—No. Solo me ayudaba a hacer la compra. A mí y a otros estudiantes que estábamos jodidos. Llenaba siempre mi nevera, pero cuando quiso pagarme el máster me negué.

—¿Y por qué fue la discusión?

—Ya te dije, es una tipa increíble… en todos los aspectos. También sexualmente. Es como un terremoto. Pero tiene la costumbre de hablar cuando está cerca del orgasmo.

—Eso puede ser muy excitante; he conocido hombres que son insuperables en la cama por lo que dicen, no por lo que hacen. Tampoco es inusual —acotó Magdalena.

—Sí, pero no cuando ella empieza a decirte: «Mi facha bello, facha delicioso con tu deliciosa polla de facha, córrete y cántame el *Cara al sol* con la pollita al viento». Me tenía cabreado. Se lo advertí varias veces. No era justo que me llamase de esa manera, no soy ningún fascista, pero además me jodía mucho que ella lo soltase justo en ese instante. Ya al final pensaba que no me miraba a mí cuando hacíamos el amor sino al fantasma de Primo de Rivera.

Magdalena cortó su filete.

—Y digamos que un día te hartaste y entonces ella desapareció y se quedó vacía tu nevera.

—No. Me molesté una mañana y me largué de mi propia casa hasta que Begoña se marchó. Ella llamó un par de veces y le dije que no deseaba que volviéramos a vernos. Pero lo cierto es que cada semana aparecía una bolsa con el mercado en la puerta. Todos los viernes.

—Hasta que se marchó a Caracas.

—Así es.

—¿Y por qué se fue?

Carlos tragó grueso y dejó los cubiertos sobre la mesa.

—Cuando discutimos le dije que era muy fácil desde Europa alabar las barbaridades que pasaban en mi país, le dije que cualquiera de mis primos cambiaría su vida por ella. Que era una habladora de paja. Pasado un tiempo me dejó una carta donde decía que viajaba a Caracas. La llamé varias veces para decirle que se dejase de tonterías. Pero ahora fue ella la que no respondió.

El camarero pasó junto a la mesa y miró de reojo los platos. Era obvio que deseaba que desocupasen la mesa. Por ese motivo, Magdalena comenzó a comer con extremada lentitud.

—Carlitos, ¿y qué contactos tenía allí Begoña?

—Ni idea. En un par de ocasiones habló con Marcos, un conocido mío en Caracas que se puso a la orden si ella finalmente viajaba, al parecer se vieron varias veces. Luego él también le perdió la pista.

—¿Y por qué piensas que corre peligro?

Carlos se pasó la mano por el cabello.

—Al llegar a Venezuela me mandaba mensajes. Y en el últi-

71

mo mensaje que recibí, ella escribió que tenía miedo, que había presenciado algo terrible.

—¿Te dejó un mensaje? ¿Desde dónde te habló? ¿Qué decía exactamente?

—Solo escribió: *Tengo miedo, acabo de presenciar algo espantoso, algo muy gordo que saldrá en muchos periódicos. Tengo las manos llenas de sangre, pero yo no hice nada. Tú no tienes certeza, pero yo vivo en ella provisionalmente.*

Magdalena dejó escapar el aire con lentitud.

Muy mal. Lo que escuchaba le parecía muy mal.

—¿Y no debiste ir a la policía? ¿Avisar a la familia?

—Le escribí a su padre un mensaje donde le resumía lo que pasaba. Le dejé un papel en su oficina. Él puede hacer más que yo.

—¿De qué fecha me hablas?

—Febrero. Mediados de febrero.

Un ardor lento bajó desde la garganta de Magdalena hasta su estómago. ¿Cómo le habían ocultado ese detalle? Miró sus manos. Lo hacía siempre que deseaba ahorcar a alguien. Sintió cierta compasión al ver su piel: pequeñas manchas y una textura arenosa en la que asomaban sus venas. Los años la estaban tratando con generosidad pero se habían olvidado de proteger sus manos.

—¿Y qué te respondieron?

—Nada. Ni una palabra.

Magdalena pidió orujo para ambos.

—¿Sabes por qué llevaba un cuatro el día que viajó?

—¿Llevaba un cuatro? —Carlos abrió los ojos y bebió su chupito de un sorbo—. Otro de los estudiantes a los que ayudaba le regaló uno. Toni, un buen tipo que tampoco ha podido continuar su posgrado. Un cuatro normal y corriente. Desafinado. Nunca nadie debe haberlo tocado y Begoña desde luego no sabría qué hacer con él. Pobre chama, me da ternura imaginarla con su cuatro en la mano viajando al sitio donde podía haber comprado cientos de ellos.

—Bueno, Carlos, necesito recibir ese mensaje.

—También tengo otros anteriores; pero de voz... solíamos hacerlo así... me mandaba mensajes de voz. Ahora te los reenvío. Y por eso, que el último mensaje sea por escrito indica que no podía hablar, que andaba jodida o escondiéndose.

—¿Y qué te decía en esos mensajes de voz?

—Saludos, comentarios sobre el clima. Los lunes me mandaba un correo con un mensajito y me contaba que estaba yendo a comerse un helado. Siempre los lunes al mediodía de aquí me contaba que iba buscando su heladito.

—¿Alguna clave entre ustedes?

—No. Para nada. Pero es cierto que me preocupé la semana que no me mandó el mensajito... y entonces el martes o el miércoles siguiente escribió ese correo donde me decía que tenía miedo y que acababa de presenciar algo espantoso. Luego ya no supe más de ella.

Magdalena alzó su ceja derecha imperceptiblemente. Pagó la cuenta y se puso de pie. Miró su reloj; comprendió que no haría nada de provecho hasta que le diese unas buenas caladas a un cigarrillo. La conversación la había puesto nerviosa, pero a ella le pagaban para mantener la calma y encontrar resultados.

Alzó la mano para despedirse del camarero.

Le lanzó un beso volado y susurró sin que la oyese: «Que no pares de vomitar tres días, cabrón; el que se burla del hambre de otro merece que el estómago se le vuelva una piedra».

No dejó propina.

En la calle encendió un cigarrillo y le dio una calada feroz.

**

En algún lugar. Allí otra vez. La saciedad. Un cierre que fuese realmente un cierre. El olvido del asco. La mañana que se abre. Porque allí en el fondo aparece un perro con cara de hombre. Un perro con su propia cara que no cesa de soltar números: cincuenta, cincuenta y uno. Un perro que se ahoga, que se asfixia. Cincuenta y dos. Pero es tan dulce el sonido. El cuchillo que se abre paso. El cuchillo que limpia y cura. Sonido. Piel penetrada. Ruido. Hueso. Cincuenta y tres. Cincuenta y cuatro. Pero el alivio solo en ese instante. Al recordar. Cincuenta y siete. ¿Cincuenta y nueve? Y la voz que le dice que pare, que se marchen. Y el sonido de las motos. Rugido dulce. Rugido. Pero… ¿qué hacía allí ese cuatro inútil apoyado en la pared? ¿Ese cuatro que nunca antes estuvo en esa habitación? La do mi la. La do mi la. ¿Qué hacía allí ese cuatro desafinado con que él improvisó aquella broma? Vengo a darte serenata, hijo de la gran puta, vengo a darte serenata. Escupe el dedo que tienes en la boca y canta conmigo, desgraciado.

*

No conocía el hotel. Se lo habían recomendado y al llegar a la habitación se arrojó a la cama y ronroneó. Otra vez Caracas. Poca gente lo entendería, pero al volver, Magdalena siempre experimentaba una felicidad sin nombre que cubría cada uno de sus poros.

Le gustaba la ciudad de su memoria, esa de la que huyó para hacer un doctorado que no acabó nunca. La ciudad de la que debió mudarse hace veinte años para alejarse de un inmenso desamor que ahora mismo, en comparación con el agobio por José María, le resultaba una anécdota graciosa.

Miró por la ventana de su habitación. Una calle tranquila: árboles, un pequeño jardín hacia la izquierda y una farmacia hacia el fondo donde vio una inmensa cola de gente que miraba hacia el suelo. Cerró la cortina. Le gustaba esa noche artificial de los hoteles. Noche construida a voluntad. Noche de aire acondicionado, ruido de moquetas, grifos de agua tibia y televisores de plasma donde se escuchaban los jadeos poderosos de un par de tenistas que en todos los hoteles del mundo y a todas las horas jugaban un partido interminable y remoto.

Se preparó una chicha morada. Había traído decenas de sobres para que no le faltase nunca. La bebió con fruición. Supo de esa bebida años atrás, por una novela de Bryce Echenique que leyó en un agosto feliz; y cuando la probó en un restaurante cercano a la Universidad Central quedó completamente enganchada. Al saborearla sentía que caminaba dentro de un libro risueño, entrañable. Le gustaba esa sensación. La vida era jodida, había que activar de tanto en tanto la ensoñación de moverse dentro de las páginas de una novela con sabor morado, una novela con dulzor de maíz.

Volvió a mirar a la calle.

Basura; calles rotas; tres mendigos tirados en una esquina. Recordó una de sus sabrosas conversaciones con José María: desnudos, sudorosos. Él preguntó cómo podía haber terminado en la postración un país donde en estos últimos años habían ingresado tantos millones por el petróleo.

—Todo comenzó por un burrito —le dijo ella—. Tuvimos un presidente civil en el XIX, un médico: el doctor Vargas. Al poco de gobernar los militares le dieron un golpe y él debió escapar en un burrito mientras le disparaban. Desde ese momento, casi siempre nos han gobernado los militares. Y entonces cada tanto las personas nos montamos en el burrito del doctor Vargas y tratamos de escapar mientras los milicos saquean y saquean. ¿Lo entiendes?, es un asunto zoológico. No hay quien nos baje de ese burrito. Si te bajas te pegan un tiro.

Ahora Magdalena se apartó de la ventana. No quería seguir pensando en José María, ni en el siglo antepasado ni en burros aterrorizados.

Tomó una larga bocanada de aire. Miró en su ordenador las fotos de Bego. Chica mona. Ojos hermosos. Y una nariz respingona y dulce que los dos *piercings* que le atravesaban la piel no habían logrado volver feroz. Begoña se veía delgada, flexible. Seguramente compensaba su falta de agresivas curvas con un sentido acrobático que podía impresionar a algunos hombres. Tenía carita de chica buena. De no ser por Carlos y ese reto que le lanzó en un momento de ira, aquella muchacha habría terminado domesticándose. Parecía una rebelde juguetona que en el fondo de sí misma y de esos tatuajes de actriz porno que llevaba en su cadera conservaba la misma pasión del padre por la compasión y las oportunas limosnas.

Magdalena intentaba siempre mantener una distancia profesional con sus casos. No sentir simpatía o desagrado por sus clientes para que sus sentimientos no empañaran sus acciones. Pero así como el padre le parecía repulsivo, Begoña le resultaba entrañable. No era difícil imaginar la asfixia que cualquier persona lúcida podía sentir junto al hombre con ojos de perro siberiano.

Resopló, quiso escupir sobre el cartel que avisaba sobre la prohibición de fumar.

Buscó un vaso de agua y sacando un sobre de su maleta se preparó otra chicha morada que llenó de paz todo su cuerpo.

La vida era impredecible y mutante. Hasta hace días, Magdalena se imaginaba bebiendo pastís antes de las comidas, escuchando canciones de Yves Montand y deleitándose con las esculturas de Giacometti, pero ahora se encontraba mirando El Ávila.

Suspiró al ver la montaña: temblor absenta; suavidad de curvas; agua dormida y tinta. Eucaliptos, pinos.

Escuchó las campanas lejanas de una iglesia.

«Me dan ganas de llamar a mi padre». Tenía semanas sin oír su voz. Solían hablar con frecuencia, aunque no vivían juntos desde que Magdalena se marchó a Caracas a los dieciocho años. Una decisión abrupta que ella no se molestó en explicar aunque tuvo una razón muy sencilla. Magdalena se enamoró de un vecino y una tarde mientras lo esperaba se escuchó a sí misma tarareando una canción de Los Terrícolas. Al percatarse de ello se imaginó embarazada, mientras aquel muchacho de la casa de al lado comenzaba a llegar tambaleante de cervezas y mal humor hasta que una mañana escapaba sin avisar.

Magdalena le dejó una nota a su papá. Se fue al terminal de autobuses. En unos meses consiguió cupo en la Universidad Central. Luego destrozó todos los discos de Los Terrícolas que por error había llevado en la maleta.

Pero la distancia nunca le pareció suficiente.

Acabó la carrera y se mudó a España. Nunca había vuelto a su ciudad. Las pocas veces que viajó a Venezuela le enviaba a su papá un billete de avión para que fuese a Caracas. Lo alojaba en un bonito hotel donde pasaban días enteros conversando; le hacía rezos y tratamientos con conchas de papas para curarlo de sus ocasionales gastritis; comía con él jugosos filetes de carne y luego se despedían en el aeropuerto con un abrazo.

—Magdalena, hija... llevas una vida peligrosa. Trata de asentarte —le decía él con un beso frío en la frente.

Y ella le prometía que haría lo posible.

Pero no era cierto. Seguía llevando una vida muy peligrosa.

Recordó algo que debía hacer de inmediato.

Llamó al despacho de sus clientes en Madrid. Escuchó la irritada voz de la secretaria. Imaginó a la rubia de bote con su bolso sobre la mesa, las llaves del coche, la bolsa con los ingredientes de la cena. Por la hora, seguro la llamada le había resultado un contratiempo justo cuando pensaba llegar a casa para hacerse otro retoque y seguir siendo la rubia más rubia de la calle Serrano. Eso podía explicar el tono áspero con que respondió que el señor Manuel no se encontraba disponible y también podía explicar el modo en que cortó de golpe la comunicación.

—Será cabrona —gritó Magdalena y sintió que le ardía el pecho.

Intentó llamar un par de veces más para insultar a la mujer pero nadie respondió.

Ofuscada, Magdalena se dio una ducha. Luego estuvo un buen rato peinándose el cabello. Al ver junto al váter dos rollos de papel higiénico recordó la alegría con que los empleados del hotel le advirtieron que hoy en la habitación sí encontraría todo lo necesario.

Oyó el sonido del smartphone que le había entregado Gonzalo. Al responder, escuchó la voz alterada del hombre preguntando por qué se había saltado el procedimiento acordado y había llamado directamente a la oficina.

—Joder, tía, pensé que eras una profesional, me cago en todo.

—Eh, eh —respondió ella con el rostro enrojecido por una mezcla de vergüenza e ira—. Menos gritos. La habéis cagado vosotros. La habéis cagado y bien. Por buscar rebajas en los honorarios me habéis ocultado información fundamental.

—Espera, espera… ya la hemos jodido con este terminal. Te haremos llegar otro. Allí me lo cuentas todo. Ni una palabra más; te lo pido. Espera mis noticias.

Gonzalo cortó sin despedirse.

*

Subió a la piscina. El cielo parpadeaba entre las nubes.

Magdalena alzó los brazos y apuntó con sus dedos hacia arriba. Un gesto que a ojos extraños parecería casual pero que en ella significaba un saludo a las tres potencias, un modo de pedirles que condujesen el inicio de su investigación por la mejor ruta: «Reina María Lionza, madrecita que cuidas la montaña; Cacique Guaicaipuro, vencedor de cien batallas; Negro Felipe, rey de la inteligencia y de las noches, cuiden mis pasos, alejen ladrones, asesinos; denme fuerza, claridad y rapidez para vencer a las serpientes que atraviesen mi camino».

Miró el reloj.

Escogió la mesa del fondo. Desde el propio Madrid había fijado un encuentro por correo electrónico para esta hora; un encuentro que definiría sus actos siguientes. El sol mordió sus hombros. Un aire de pinos la envolvió mientras pedía al camarero una cerveza.

A su derecha distinguió a un hombre con una corbata dorada.

Él la miró con coquetería y se acercó a su mesa.

—¿Te puedo invitar un trago? —dijo, y alzó la mano hacia el camarero.

—Ya pedí, ni te molestes —respondió ella.

—Pero no te importará que me siente contigo —dijo, y sin esperar su respuesta movió la silla.

Magdalena lo miró con irónica complacencia.

Cuando el camarero trajo la cerveza y se retiró a la barra, el hombre de la corbata dorada estrechó la mano de Magdalena.

—Soy el mexicano calvo —dijo.

—Y claro, no eres mexicano ni calvo, igual me han dicho que eres el mejor en lo tuyo —murmuró Magdalena.

—Soy el mejor. Así que manos a la obra. Tienes dos minutos. Entra al baño, escoge la tercera puerta. Es allí. Solo puedes decir el nombre. Nada más. Entonces te toca esperar. Y luego ninguna pregunta. Ni una.

—¿Y tú?

—Conmigo luego puedes hablar un poco. No demasiado. Pero aquí te estaré esperando.

Magdalena soltó la mano del hombre, se puso de pie. Movió mucho sus caderas al caminar hasta el baño y dio pasos muy cortos. Tantos años fuera había olvidado caminar como las venezolanas; pasitos pequeños, siguiendo una línea recta, y una prestancia como si estuviese desfilando en el momento decisivo de un concurso de belleza. Quería que la gente pensase que estaba seduciendo al hombre de la espantosa corbata dorada.

Empujó una puerta naranja. Contó. Una. Dos. Tres. Abrió el tercer cubículo y vio una poceta reluciente. Se sentó. La mareó el olor a desinfectantes y la fragancia de fresas que inundaba el baño. Quedó sorprendida de que no la esperase nadie. ¿Una trampa? No le parecía posible. Solo había pagado la mitad del servicio. Entonces escuchó que una voz femenina decía: «Nombre y apellido. Rápido, rápido». Magdalena intuyó que la voz venía del lado izquierdo, pero cuando volvieron a insistirle en pedir esos datos ella se limitó a susurrar: «Begoña de Sotomayor».

Escuchó con nitidez cómo tecleaban en una computadora.

Pasaron unos segundos. Le pareció oír el ruido lejano de unas personas braceando en la piscina. Luego ya no escuchó nada. Esperó alguna respuesta pero fue inútil. «Oiga, oiga, dígame algo». Solo distinguió el sonido de las tuberías.

Abrió la puerta y encontró un papel pegado del lavamanos. Un papel que solo decía: *No*, con tinta azul. Lo arrancó y después de guardarlo en su bolso regresó hasta la mesa con el mexicano calvo.

—Mami, cada día más rica —gritó el tipo.

Magdalena sonrió y de nuevo agarró su mano.

—Dicen que no.

—Cuando yo me vaya rompes ese papel, *¿okey?*

—Entendido, pero ¿cómo puedo interpretar lo que me dicen?

—Muy fácil, Magdalena —respondió el hombre—, ni lo interpretes ni lo analices. La persona que buscas no se encuentra secuestrada.

—¿Y qué certeza tengo de que la información que me dan ustedes es buena?

—Mi servicio principal es poner en contacto a secuestradores con familias de secuestrados. Ese es el negocio. Que la gente hable, que unos cobren, que otros paguen, y que personas como tú me consulten cuando hay dudas y se marchen con la absoluta certeza de que no voy a estafarlos y a ponerlos a hablar con secuestradores mentirosos.

—¿Sucede?

—Hay montones de falsos secuestros en este momento; mucha gente que se aprovecha. Yo doy garantías. Manejo una base de datos actualizada al minuto. Si te dijeron que no, es que la persona que buscas no se encuentra en manos de nadie. Dalo por hecho.

—¿Cómo puedes saberlo todo?

—No pienses que el secuestro en Venezuela es un asunto improvisado, con rateros y ladrones chimbos. Esto es una industria muy profesional. Cada grupo, aparte de sus militares, sus policías, sus ladrones, sus personas en los bancos, tiene también especialistas en informática que en poco rato saben del secuestrado más cosas que él mismo, y pueden enterarse de qué contactos tiene y cuánto dinero pueden pedir por su entrega.

—¿Y ellos te informan?

—Esto es una transacción elegante. Tú das treinta mil, cien mil, doscientos mil dólares y ellos te dan la posibilidad de seguir vivo y de conservar los dedos y de que no te vayan devolviendo a trozos a tu familia.

—Así que debo fiarme… si me dicen que no…

—Coño, ¿cómo quieres que te lo repita? Esa persona que buscas no se encuentra en poder de secuestradores. Y eso no es necesariamente una buena noticia. Quizás estaría mejor si estuviese secuestrada. Piensa algo, a lo mejor el que andas buscando está muerto. Es alguien que ya no interesa. Ya no vale ni quinientos mil, ni cien mil, ni mil dólares. No vale nada.

*

Al regresar a su habitación se vistió de violeta, el color que sus maestros marialionceros consideraban el más elevado pues dentro de él se condensaba lo espiritual y lo activo. Luego, sentada en posición de loto, intentó concentrarse varios minutos. No se atrevía a invocar el espíritu de Begoña porque si se encontraba recién desencarnada sería peligroso transportarse y que la muchacha entrase en su cuerpo. Mucho menos debía intentarlo sin la presencia de un buen «banco» que ayudase en el ritual. Magdalena no olvidaba aquella mujer de Maracay que con desordenados poderes invocó a un hermano que se había suicidado días atrás. Después de varias convulsiones la señora se lanzó por la ventana y se mató del mismo modo que lo había hecho el espíritu atormentado que invocó en sus rezos.

Ella trataría tan solo de comunicarse con el otro mundo. Quería ver si algún espíritu de luz accedía a darle un mensaje y le confirmaba si Begoña ya había cruzado el umbral o si por el contrario continuaba en este plano tierra. Lo intentó tres veces. La primera vez, con los ojos cerrados creyó distinguir unas manchas azules que la rodearon. Las otras dos oportunidades solo escuchó los quejidos del hombre de la habitación de al lado que parecía estar resolviendo sin éxito un problema con la próstata.

Se dejó caer de espaldas sobre la cama.

Inútil. No pudo confirmar nada. Ya estaba acostumbrada a que sus luces se apagaban y se encendían sin aviso previo. Tenía poderes, pero fluctuantes, difusos. No se quejaba. Muy útiles le habían sido, pero ese fue el motivo por el que se quedó a vivir en España; cuando se mudó, allí no tenía competencia; no existían otros marialionceros que pudiesen superarla al leer el tabaco, la borra del café, que pudiesen ser más efectivos al hacer los ritos de curación y de despeje de energías. Ella era como los beisbolistas que se iban a jugar a la pequeña liga de pelota que había en Galicia. Daba la talla si no la comparaban con gente de primera.

Se sintió melancólica. Le sucedía siempre que comenzaba una investigación. Sus limitaciones parecían pesarle más que sus virtudes. En la tele, los dos tenistas seguían corriendo detrás de la pelota y ofrecían su mejor esfuerzo para que en todos los hoteles del mundo las personas aburridas tuviesen algo que mirar en la pantalla. Se puso de pie. Sacó sus barajas del saquito de tela roja con que las envolvía. Despejó el escritorio y esparció las cartas en siete filas. Intentó leer la fortuna de Begoña; su futuro inmediato; las claves de su presente. Si ya había desencarnado, las cartas no pintarían ningún mensaje terrenal y Magdalena podía irse preparando para buscar un cadáver y no una linda veinteañera.

Estuvo un rato concentrada: a Begoña le aparecían peligros infinitos, desgracias posibles, y solo si lograba superarlas, le surgía un remoto destino con muchos hombres, muchos viajes y una fiesta de carnaval llena de máscaras en una ciudad luminosa. Nada especial. Pero eso podía indicar algo: continuaba viva. Cierto es que las cartas debían haber pintado una hilera de mensajes nítidos, pero Magdalena no podía exigirse más; si le resultaba difícil leerle la fortuna a una persona que estuviese frente a ella y que cortase las barajas con sus propias manos, mucho más complejo era mirar la vida de un ser que solo conocía por fotos.

Escuchó de nuevo los archivos de voz que Begoña le enviaba a su amigo Carlos. Quiso centrarse primero en los mensajes corrientes, los mensajes repetidos en los que enviaba saludos. Pensaba que contenían información importante porque es en la normalidad donde permanecen las huellas más nítidas de las personas.

Por lo general, Begoña daba dos o tres saludos, contaba alguna obviedad sobre el clima y mencionaba que iba camino de un delicioso helado. Magdalena escuchó infinidad de veces ese tipo de frases. Analizó palabra a palabra y no logró encontrar en ellas nada que sirviese para rastrear a la muchacha en una ciudad inconmensurable como Caracas. Cerró los ojos. Se llenó de la voz de la muchacha, de cada sonido de su boca, de cada sonido de su entorno.

Lo primero que tuvo claro es que Begoña envió esos mensajes como un modo de dejar una marca de sus días en la ciudad. El propio Carlos lo había dicho: el lunes cuando no recibió noticias de la muchacha comenzó a preocuparse de inmediato. Begoña había logrado tatuar en su amigo la rutina de un saludo que comunicaba que ella se encontraba en buenas condiciones. A Magdalena le pareció una actitud muy hábil por parte de la chica. Una forma sutil de protegerse en la ciudad más peligrosa del mundo.

Luego descubrió que existían sonidos comunes. Murmullos de personas, mensajes por altavoces. Pitidos. «Quizás está en el metro», pensó, «grababa esos mensajes desde el metro».

Volvió a cerrar los ojos; reprodujo una y otra vez los mensajes. Fue anotando en un cuaderno lo que podía descifrar como frases de fondo. Cada tanto una voz neutra insistía: «Señores usuarios, dejar salir es entrar más rápido»; eso le confirmó que Begoña se encontraba en el metro; sí, carajo; luego oyó voces infantiles:

«Mi querida tropa, hoy promoción, dos por uno, dos sambas por el precio de una, no se lo pierdan, mi gente»; eso la sorprendió un poco, cuando ella vivió en Caracas era imposible la venta ambulante dentro de los vagones. Siguió repitiendo los mensajes. En uno de ellos, oyó un reguetón de Nikky Jam y Enrique Iglesias. Sonrió. Desplegó un mapa con las rutas del transporte subterráneo. Miró las estaciones que quedaban en zonas populares. Sabía que los pijillos y culturetas no oirían una música de ese estilo. Eso al menos era una pista inicial; una pista no demasiado consistente pero que le hacía sentir que al fin la ciudad comenzaba a desplegar sus mínimos secretos frente a ella.

Pasó un par de horas más oyendo y oyendo. Se trataba de concentrarse en la sonoridad que estaba en segundo plano; borrar las palabras de Begoña para que fuese la ciudad quien hablase. Al fin tuvo premio. Mientras Begoña se despedía de Carlos pudo adivinar una voz que le gritaba a otra: «Papi, llegamos, esta es la estación El Valle».

Se puso unos vaqueros viejos, una camiseta blanca y el cinturón de cuero que había comprado en Sayula.

Se fue en taxi hasta plaza Venezuela. La sorprendió el olor de flores pútridas que parecía hervir en el aire. Dos veces sintió un largo escalofrío. «Mi pobre Caracas», pensó, «mi pobre Caracas se ha llenado de sombras y malos espíritus».

Bajó al metro. Un mar de gente la condujo a la línea 3. Se alegró de no ser fóbica. Estaba atrapada en muro de hombros y cabezas. Entró a un vagón atestado. Se convirtió en una mirada que escuchaba; se concentró en cada murmullo, cada voz. Disimuló su sonrisa. Aquella atmósfera le resultó familiar. Eran los sonidos que envolvían los mensajes de Begoña. Estaba siguiendo algunos de sus pasos. Ignoraba qué buscaba o adónde se dirigía pero se trataba al menos de un inicio.

Vio a un par de niños muy pequeños vendiendo golosinas. Sintió una olvidada tristeza al ver las ropas ajadas con las que cubrían sus cuerpos. Cuerpos esmirriados, huesudos, pieles con cicatrices y manchas. Se fijó en las personas que la rodeaban. Mulatos, rubios de pelos crespos, negros delgados, mujeres de rostros cobrizos, muchachas caucásicas. Todas las mezclas posibles apretadas en un espacio estrecho que olía a jabón azul.

Un chico con una cicatriz que le atravesaba el cuello besó la frente de una muchacha. Dos ancianas hablaron en susurros y hurgaron en unas bolsas oscuras que vigilaban con celo. Cerca de la puerta, tres mujeres con pechos grandes y redondos cruzaron unas palabras sobre un vecino al que acababan de dispararle.

Magdalena notó que las ropas de las personas tenían cierto descuido: parecían de tallas más grandes o más pequeñas de lo necesario; se notaba una calidad precaria; ropas que no soportarían un par de lavadas antes de encogerse.

¿Por qué Begoña habría ido a esa zona a comerse un helado? ¿Por qué precisamente allí? Hacia el este existían montones de lugares más elegantes, más surtidos. Claro que zonas como la Intercomunal podían resultarle más adecuadas para la curiosidad política que guiaba sus pasos. Pero en este momento, Magdalena no deseaba analizar, formular hipótesis; quería dejarse ir, ser un tronco que la corriente arrastraba, contactar con los lugares hasta que ellos le revelasen algo sobre Begoña y su desaparición abrupta.

Al salir de la estación vio el centro comercial. Ella conocía muy bien la zona. Había tenido buenos amigos por el lugar, y hasta un amante fortuito, que afirmaba hablar inglés porque se sabía de memoria muchas canciones de Los Beatles. Pero el centro comercial no lo conocía; era posterior a su viaje a España. Dio una vuelta: lo rodeaban aceras rotas, una montaña de basura, calles llenas de baches y charcos de agua aceitosa con olor a perro muerto. Alguna vez había leído que el presidente actual del país y varios de sus altos funcionarios habían vivido en esa avenida de la ciudad. «Qué ingratos con su barrio. Vaya hijos de la gran puta que son todos…», pensó.

Se fumó un cigarrillo junto a una línea de taxis destartalados y luego entró por la puerta principal: tiendas con vidrieras medio vacías; agencias de lotería; ventas de empanadas. Magdalena se fue abriendo paso entre la gente y se colocó en el patio central. Desde allí le pareció adivinar una heladería en la segunda planta.

Miró a su alrededor y adquirió la velocidad exacta con la que se desplazaban las otras personas; ni muy rápida, ni muy lenta. Procuró que su mirada fuese opaca, que nada le sorprendiese, así que apenas levantó el rostro cada vez que encontró soldados armados con fusiles de guerra paseando por los pasillos. ¿Qué objetivo militar era un centro comercial con pisos grasientos?

Llegó a la heladería. Dos muchachas con gorritos morados servían unos conos con sabor a yogur, coco y melocotón. Dio un par de vueltas sin perder de vista aquel negocio. No encontró nada anormal o llamativo. Se plantó frente al mostrador y con una sonrisa le dijo a una de las muchachas:

—Oye, ¿Begoña no ha venido hoy?

La muchacha arrugó el entrecejo y acomodó unas cucharitas de plástico dentro de un envase.

—¿Quién, mi amor? —preguntó apretando los labios.

—Begoña.

La muchacha alzó los hombros.

—No sé de quién me hablas…, pero yo soy nueva —aclaró la muchacha y con un silbido llamó a su compañera, una mujer alta que recordaba a una caña de bambú.

La otra chica tampoco conocía a nadie con ese nombre. Magdalena miró a ambas con gesto cordial, perplejo. Apretó los labios. Giró el rostro, se sonó los dedos de la mano. Les pidió un helado de yogur y sacó de su bolso una fotografía impresa en papel. La mostró a las dos muchachas y la chica alta se mordió un nudillo.

—Sí, ya sé quién me dices, venía por aquí todas las semanas. Una galleguita. Lo sé porque pronunciaba así, como con muchas eses. Simpática ella. Tengo tiempo que no la veo.

—Qué raro, pidió que nos encontrásemos aquí. ¿Venía sola o la acompañaba alguien?

—Hablaba siempre con una viejita que se pone en las mesas a tejer —dijo la muchacha, pero de repente pareció arrepentirse de su elocuencia—. La verdad no me fijo tanto en los clientes, aquí viene mucha gente cada día.

Magdalena puso gesto de contrariedad y se despidió de las chicas. Conocía el momento exacto en que alguien iba a dejar de colaborar.

Se sentó en una de las mesitas blancas del negocio. Le gustó el sabor del helado y el rumor de las personas que se movían por el centro comercial: una especie de zumbido picante.

Miró un buen rato las siluetas a su alrededor: zapatos de imitación, torpes cortes de pelo, uñas largas y pintadas, gorras de béisbol, señoras con piernas llenas de varices, adolescentes con ajustadas camisetas amarillas. Se sintió a gusto. Aquellas personas le recordaban a su familia, a sus amigos de la infancia y adolescencia, a sus tiempos de la universidad.

Escuchó un nuevo reguetón. Alguna tienda colocó a un volumen imposible una melodía pegajosa de varios cantantes: Wisin, Yandel, Chris Brown y T. Pain.

Magdalena sonrió. Le encantaba esa música barata, feliz. Lástima que ya estuviese mayor para aprender a bailarla. Se puso de moda cuando ella vivía en Europa y sus músculos estaban perdiendo esa gracia feroz de barrio pobre, duro, donde las caderas celebraban con ritmo cada día que se le robaba a la muerte.

Le habría gustado compartir este momento con José María; solo para que él contemplase cómo ella hinchaba el pecho y sonreía al ver ese despliegue de colores y voces que le hacían presentir el aire como una melodía invisible. Le habría encantado compartir con él ese momento; un momento de su memoria en Venezuela, porque esa era la fulguración del amor, su verdadero tiempo: instantes cuando ofrecías tu pasado como un tesoro que vivificaba los instantes actuales.

«Pero debo concentrarme del todo», pensó, «no estoy de paseo, ni estoy para nostalgias pendejas por un enamoramiento en fase agónica».

Aguzó la mirada. Miró el reloj. ¿Qué podía estar buscando una chica como Begoña en un lugar como este? Descubrió frente a la heladería dos oficinas bancarias. Anotó mentalmente ese detalle. Luego vio que a su derecha se sentaba una viejecita que sacó de una bolsa unas agujas de tejer y unos rollos de estambre. Fingió ignorarla los dos primeros minutos, luego le preguntó la hora y la anciana le mostró que no tenía reloj pero la contempló con curiosidad, apretando los ojos, llenando su rostro de un puñado de arrugas.

En pocos minutos intercambiaron informaciones sobre el tiempo, sobre el precio imposible de los tomates. La señora se notaba ávida por conversar; debía de ser una viejecilla solitaria que salía a dar una vuelta y a gastar las horas en cualquier diálogo que le disipase el aburrimiento.

Magdalena la invitó a un helado, la señora pareció dudar. Por la blandura de sus gestos era obvio que pensaba aceptar la oferta, así que después de unos minutos en los que habló de su diabetes permitió que le trajesen una barquilla.

—Ay. Qué sabroso, mija. Al menos un heladito, ya que no se consigue nada —dijo la señora y después dio un largo suspiro—. Qué raro cómo hablas… hay momentos que me recuerdas a una muchacha con la que me encontraba aquí.

Magdalena hizo un esfuerzo para no alzar la ceja o dar un brinco en la silla.

—¿Ah sí? ¿Le recuerdo a alguien?

—Sí, una muchacha flaquita, jovencita.

—¿Begoña?

La anciana sonrió.

—Esa misma. ¿La conoces? Venía siempre. Pero hace tiempo que no sé de ella.

—Sí, la conozco. De Madrid. Éramos vecinas. Me dijo que viniese a visitarla, pero ahora no la ubico, doñita. Yo me mudé a España hace años y allí nos encontramos. Pero ahora…

—Es que esa muchacha anda desaparecidísima —susurró la viejita abriendo mucho los ojos—. Ojalá no le haya pasado nada malo. Ya se sabe… en esta ciudad…

—¿Y ella le contó que tuviese miedo por algo?

—No, no. Era una muchacha normal. Muy tranquila y siempre conversaba un ratico conmigo y me invitaba a un helado. Le daba risa verme que yo tejía y destejía un suetercito, pero es que no tengo más estambre, así que cuando lo acabo lo destejo y empiezo otra vez. Una de vieja ya se fastidia.

—¿Y a qué venía?

—Se comía su heladito. Luego aparecían amigos de ella y se iban al cajero automático. Sacaban dinero y Begoña se iba con ellos. Los tipos no me gustaban, eran malencarados, lo único es que todos llevaban un pañuelito en el cuello. Les quedaba bien feo. Ella en cambio era muy buena, una vez hasta me trajo harina pan porque en un automercado por su casa vendieron unos paqueticos. Si hasta me dejó la dirección del negocio —dijo la anciana y mostró un papelito con unas notas que Magdalena memorizó de inmediato—. Parece que allí sí se consiguen cosas de vez en cuando, pero eso para mí es muy lejos.

—¿Y cómo eran esos hombres que acompañaban a Begoña?

—Muchachos jóvenes, pero no siempre eran los mismos.

—¿Parecían amigos de ella?

—Sí, sí, era gente que ella conocía; se saludaban, se daban su besito y todo.

Magdalena mordisqueó la barquilla de su helado.

—Y un día sin más, Begoña dejó de venir…

—Así mismo. Ella venía los lunes, y un lunes, no recuerdo cuál… es que ya mi cabeza… bueno, un lunes yo la esperé buen rato, hablábamos siempre de las noticias y el día anterior, sí, el día anterior había pasado algo horrible, lo escuché en la radio y la gente en la calle no dejaba de comentarlo así que pensaba conversarlo con ella, pero no apareció nunca.

—¿Qué sucedió?

La abuela suspiró. Desde su pecho brotó un sonido como de máquina de vapor.

—Ay, hija, no me acuerdo… algo feo, muy feo.

—¿Un crimen, un robo, una manifestación?

—Algo con muertos, algo muy feo, un montón de sangre, pero la verdad, se me olvidó… Aquí pasan demasiadas cosas feas como para guardarlo todo en la cabeza. Si uno piensa mucho todo lo que está pasando en este país, se vuelve loco rapidito.

*

Magdalena despertó de golpe.

—Hace rato amaneció y nosotros seguimos tirando.

Tardó en comprender que la ronca voz de mujer salía del cuarto de al lado. Una voz rota, grumosa, recorrida por el cansancio y la felicidad. Suspiró con envidia mientras escuchaba el frenético ruido de una cama.

Encendió la lamparita.

Se frotó el rostro y estuvo varios minutos contemplando el espejo de la pared.

—Pero yo no me quiero volver a casar. Eso ni me pasa por la mente.

La voz de la mujer sonó de nuevo con claridad al otro lado de la pared. Magdalena soltó una risa sorprendida. «No sabes decir mentiras, muchacha; mejor sigue en lo que estabas y deja de hablar tanto».

Se preparó una chicha morada y en su ordenador puso en volumen muy bajo el concierto número 1 de Paganini para violín y orquesta. Le gustó la idea de que el día se abriese con esa música jubilosa, tersa, y con los jadeos de una mujer anticuada que mentía al hombre con el que había pasado la noche sin dormir.

Rezó sus oraciones.

Se dio una ducha rápida y miró sus notas.

Se trataba de sumar.

Contaba por un lado con el mensaje que Begoña envió a su amigo Carlos: *Tengo miedo, acabo de presenciar algo espantoso, algo muy gordo que saldrá en muchos periódicos. Tengo las manos llenas de sangre, pero yo no hice nada. Tú no tienes certeza, pero yo vivo en ella provisionalmente.*

Y también contaba con lo que el día anterior había explicado la viejecita sobre un crimen horrendo sucedido antes de que Begoña desapareciese.

No eran datos demasiado nítidos pero resultaba algo tangible por donde empezar.

Volvió a acostarse en la cama y tomó la lista de contactos posibles que le había facilitado Gonzalo. La había preparado Mack Bull, el detective peruano que inundado por el pánico huyó de Venezuela. Aquel hombre apenas alcanzó a dejar un inventario de nombres que podían ayudar a resolver la desaparición de Begoña. Era una buena lista. Muy buena. Magdalena conocía a la mayor parte de aquellas personas: funcionarios bien enterados, periodistas, policías de dudosa reputación, gente enredada en negocios sombríos.

Sin dudarlo, se decidió por los dos primeros nombres.

A uno lo conocía bastante. Habían estudiado juntos en la universidad. El gordo Dimas. Uno de esos seres escurridizos capaces de vender carros casi totalmente legales, importar *whisky* adulterado y dar charlas sobre gestión cultural sin haber leído un libro en su vida. El otro le sonaba menos, pero lo acompañaban muy buenas referencias: Jaime Leal Silva. Una persona joven y sigilosa que pateaba constantemente las calles.

Le molestaba mucho pero el mundo no cesaba de llenarse de personas jóvenes. Cada vez aparecían más y más: ruidosos, de cabellos brillantes, con jugosos cuerpos y suaves pieles. Era insoportable tanto poderío. Menos mal que ya se curarían todos ellos. Los años ya los curarían, claro que sí. Lástima, pensó Magdalena, que ella ya no estaría en este plano tierra o se encontraría tan cegata que no podría verlos sucumbir.

Abrió la ventana. Sintió cómo la pareja de la habitación de al lado reanudaba su batalla amorosa. Subió el volumen de la música para que Paganini la ayudase a concentrarse.

Comenzó a fumar intentando que el humo no activase las alarmas de su cuarto. Daba una calada feroz y luego soltaba el humo hacia la calle donde en pocos segundos se disipaba como otro trozo de la luminosidad del aire.

Miró los teléfonos a los que debía llamar.

Decidió empezar por el gordo Dimas. Le escribió un mensaje y lo citó en el restaurante del hotel.

Le dijo a las doce, así que conociendo la puntualidad de sus paisanos bajó al restaurante a las doce y media. Igual debió esperar cuarenta minutos, y cuando el gordo apareció, sudoroso, sonreído, Magdalena había paladeado dos cervezas.

—Mi amor, tú por aquí. Qué vaina más buena. Pero maquíllate un poco, mami, que pareces enfermita de tan pálida —dijo el hombre y le dio un abrazo poderoso.

A ella le llamó la atención su olor. Un penetrante olor femenino.

—En España las mujeres no se maquillan tanto, mi gordo. Pero mira… ¿Estabas de juerga tan temprano? Hueles muy raro. Tu esposa se va a arrechar.

Él se puso serio y miró la carta del restaurante.

—No, mi vida, ojalá… es que hace semanas que no consigo desodorante de hombre, así que utilizo el único que encontré: uno de mujer. Pero eso es preferible a oler mal. Expropiaron un montón de empresas y ahora no se consigue nada.

Pidieron asado negro y estuvieron un rato hablando de antiguos compañeros de la universidad. Dimas le contó que la mayor parte se había marchado del país, y otro par de ellos trabajaban para el Gobierno en cargos menores. Se detuvieron mucho rato en recordar las fiestas de la universidad, cuando entre varios juntaban dinero y se iban a El Maní es Así para bailar sin descanso y fingir que media docena de cervezas bastaban para emborracharlos a todos. El gordo recordó que en ese tiempo Magdalena era su eterna pareja de baile.

—Es que eras el mejor de todos para echar un pie. Ninguno te superaba —le dijo ella.

Se tomaron de las manos en un gesto fraterno y hasta tararearon *Taboga*, la inmortal canción de la Dimensión Latina.

—Me encantaba bailar contigo, Magdalena, y además te estaba muy agradecido porque me curaste de aquella verruga horrible que me salió en la frente.

—Es verdad. No había vuelto a pensar en eso.

—Mi esposa todavía hoy no me cree esa vaina. ¿Cómo era la fórmula?

—Muy sencilla. Invocaste a mi Reina María Lionza y a la corte médica, lanzaste siete cristales de sal gruesa en una fogata y te tapaste los oídos para no escuchar cuando explotaron.

—Es verdad. Y mira que yo no soy creyente, pero en quince días tenía la cara lisita y curada.

Se volvieron a tomar de las manos y pasados unos segundos él volvió a enseriarse.

—Magdalena, espero que tengas algo jugoso que investigar y que me pagues bien. Ahora mismo debería estar en una cola. Mi cédula de identidad termina en 6, y hoy es mi turno de la semana para poder comprar. El resto de los días no me venderán nada, así que hice cálculos y me dije: mi panita merece que yo me salte mi turno una semana y seguro me dará un buen dinerito para premiar mi sacrificio.

Ella suspiró. Había escuchado lo de los turnos de compra, pero imaginaba que el gordo Dimas tendría mecanismos poco ortodoxos para conseguir los productos que necesitaba. Lo que sucede es que él no iba a perder la oportunidad de sacarle más pasta usando un argumento conmovedor.

—Mira, en principio es fácil lo que te pido. Necesito que me digas cuáles han sido los crímenes recientes más escandalosos. Eso es lo que estoy buscando. Algo que haya salido mucho en los periódicos y en la tele, hacia mediados de febrero. No tengo tiempo de ponerme yo a hacer esa búsqueda.

Dimas miró al techo. Su papada se estiró un poco y la luz del día iluminó los surcos de su cuello.

—Carajo. Eso no está sencillo, mi amor. Aquí todo es un escándalo y por lo tanto ya nada importa. ¿Cómo te digo? Aquí pasa una vaina gravísima cada día, pero a la mañana siguiente pasa otra y entonces la anterior se borra. Lo primero es definir qué quieres: ¿político o delincuencia común?

—No lo sé, Dimas. Quiero un crimen que haya sido muy comentado y muy terrible. Algo especialmente sangriento y llamativo. Ya sabes, que en la televisión y los periódicos hayan dicho bastante...

—Aquí ahora todo se mezcla, cualquier asesinato parece delincuencia común y a lo mejor es político, o parece político y es delincuencia común o es las dos cosas a la vez. Así que si te parece, pensemos en crímenes... y con sangre, es decir, mucha sangre, nada de un tiro seco en el pecho y ya.

—Me parece bien —dijo Magdalena y al probar el asado le pareció insólito que esa masa pringosa pudiese ser considerada carne de vaca en un hotel cinco estrellas—. Pero eso sí, gordo, dame al menos tres opciones. La única manera de que yo me oriente es mirando varias posibilidades.

El gordo hizo un guiño con sus ojos. Luego sacó de su maletín un cuaderno lleno de notas y una *tablet*. Se había devorado su plato en pocos minutos y ahora se notaba adormilado pero con una vivacidad punzante en el fondo de sus pupilas, como si allí le hubiesen inyectado un chorro de cafeína.

—Mira —dijo haciendo un sonido con la lengua—. Lo primero es aclararte algo, me dices que te hable de crímenes que hayan salido mucho en los periódicos y en la tele. Vamos a ver, mi amor, tienes años fuera, aquí la tele hace mucho que no cuenta nada peligroso. Yo he estado en la calle viendo estudiantes tiroteados en el piso, señoras con la cara ensangrentada y autobuses echando candela, he visto medio país paralizado por las protestas, y en las teles están pasando *El Chavo del 8*, *Mi bella Genio* y algún concierto de la orquesta juvenil tocando un mambo. Así que de la tele olvídate. Lo poquito poquito que no controla directamente el Gobierno está muy vigilado. Los medios andan tranquilitos porque o los multan o les quitan la concesión o aparece un empresario fantasma y compra el canal y echa a toda la gente incómoda o en la puerta les aparecen cuarenta motorizados armados.

—¿Y los periódicos, Dimas?

—Amor, ¿dónde vives tú?, yo sé que vives en España, pero hablas como si más bien estuvieses en el planeta Marte.

—Yo estoy trabajando, gordo, trabajando siempre, y de tanto en tanto escucho alguna noticia. Si te digo la verdad, una vez en una fiesta en Madrid me atreví a comentar algo sobre el país y dos venezolanos que siguen viviendo en Caracas dijeron que yo no tenía derecho a hablar, que si estaba fuera debía callarme la boca para siempre. Les hice caso, aunque también les menté la madre porque un mes atrás esos dos pendejos que me mandaban a callar estuvieron detrás de mí para que les mandase un medicamento que necesitaba su abuela. Y también menté madre porque en Madrid hay gente que dice que como no nací allá tampoco tengo derecho a opinar sobre España. Así que soy una mudita educada que solo se interesa en lo que tiene que ver directamente con lo que investiga en ese momento.

—Está bien, amiguita, pero no te vayas a arrechar. Ya se te puso cara de culebra brava. Vamos a pedir unos cafecitos y nos concentramos en lo que te interesa.

Magdalena respiró hondo. Dejó la mitad de su plato sin probar. Se dio cuenta de que Dimas miró de reojo los restos de comida.

—Los periódicos también están controlados. Casi todos. Y los que todavía se atreven a contar algo los terminarán cerrando. Mira, no sé cuántos directivos de periódicos tienen prohibición de salida del país. Pero es verdad que allí sí aparecen ciertas noticias jodidas, aunque sin muchos detalles, con mucha prudencia, tú sabes. Aquí el que se vuelve loco lo paga. Hace dos meses un pana periodista que trabaja en la radio denunció unos negocios fraudulentos con dólares de unos militares que tienen una empresa; al salir de la estación lo estaba esperando un motorizado con una barra de hierro. Le dio por la cara cuatro veces. Solo un avisito, algo en plan suave. Apenas par de fracturitas y unos treinta puntos.

Magdalena bebió un sorbo de café.

—Gordo, ya sé que tu asesoramiento es fundamental. Pero concretemos, chamo, concretemos.

—Magdalena, es que me lo pones muy difícil. Lo que me pides es demasiado amplio. Estoy dándole vueltas al asunto y pensando en cómo darte una información buena, en darte lomito, mi amor. Pero entiende, aquí que maten a alguien no es historia. Tiene que ser algo muy muy muy arrecho para que le den un huequecito en un periódico, y lo que privilegian será la versión del Gobierno.

—¿Y cuáles serían tus tres asesinatos que cumplen ese último requisito? Creo que es algo así lo que estoy buscando.

—Mira, primero el asesinato de la actriz Maryann Olaizola.

—No la conocí.

—Es que era jovencita. Se hizo muy famosa cuando ya tú

tenías tiempo fuera. Hacía telenovelas y películas muy taquilleras. Preciosa muchacha. Vivía en Nueva York. Se vino con la familia a pasear por Venezuela. Fue poniendo fotos preciosas de su paseo. Pero un día se le accidentó el carro, aparecieron unos tipos e intentaron robarla, ella se asustó y no les dio la plata de inmediato, la mataron a ella, al esposo, y dejaron herido al hijito de tres años. La policía apareció como seis horas después. En ese lugar atracan todos los días, pero el escándalo internacional fue tan grande que por fin agarraron a los ladrones. Vivían en un terreno invadido en esa parte de la carretera, tenían meses atracando con total tranquilidad. Mira, aquí hay fotos de la muchacha que salieron en las redes.

Magdalena adivinó un rostro ausente, casi como de cera, y a una mujer bellísima con el cuerpo atravesado por las balas. Se persignó. Era espantoso. La belleza, el vigor, era un hilo tan delgado que en pocos segundos se marchaba y dejaba una cáscara sin expresión, un envase de piel y huesos donde solo se podía adivinar el miedo.

—Gordo, no me jodas, no me muestres esas vainas. ¿Cómo puede ser alguien tan hijo de puta como para hacerle fotos a esa familia después de que los mataron y luego colgarlo en la red?

—Magdalena, tú me pediste información y yo te la doy. La gente es mala, muy mala. Aquí y en París… recuerdo que cuando se mató Lady Di los fotógrafos se estacionaron al lado de su carro pero no para salvarla sino para hacerle fotos mientras estaba agonizando.

—¿Cuándo fue esto de Olaizola?

—A finales del año pasado.

—No. No. Ya te dije: mediados de febrero.

El gordo asintió; siguió mirando en su *tablet* y su cuaderno de notas.

—Aquí está mi segunda opción. Dos muchachas, una era hija de un embajador extranjero en Venezuela. Iban de noche por

Caracas, vieron una alcabala de la Guardia Nacional. La gente sabe que la Guardia hace alcabalas ilegales y aprovecha para atracar a los pasajeros o secuestrarlos. La duda es por qué la muchacha no se detuvo. De entrada, a veces los guardias no matan si haces lo que ellos te piden. A lo mejor estaba oscuro y la chama solo vio hombres armados, así que aceleró y los guardias la masacraron a ella y a la amiga. Eso fue hace como un mes. Se supo por el peo que armó el país del embajador.

Con gesto tímido el gordo le mostró a Magdalena varias fotos que ella miró intentando que el rigor profesional fuese superior a ese nudo que se le hizo en el estómago.

—Por las fechas, esto igual podría ser lo que busco, pero veo que sucedió un jueves... ¿Y el tercero?

—Pues... déjame mirar...

—Te lo repito, gordo: mucha sangre, escándalo y mediados de febrero. No me decepciones. ¿Estás fuera de forma?

—Que no, que no. A ver, a ver, este es más reciente... mira, es duro, pero ya está resuelto. Un antiguo ministro del Gobierno. Varios paramilitares se le metieron en la casa. Lo volvieron mierda.

Un chispazo saltó en los ojos de Magdalena. Al lado de un guiñapo sangriento, descubrió un cuatro tirado en el suelo junto a una camiseta. Tomó a Dimas por la muñeca, le pidió que hiciese silencio unos segundos y miró su propia *tablet*. Verificó el video de Begoña cuando embarcó en Barajas. Carajo, sí. Era el mismo instrumento. Sin duda. La mitad marrón oscuro, la otra mitad color crema, un triangulito verde debajo de las cuerdas, incluso el mismo adhesivo hacia la altura de las clavijas.

—Dimas, ¿cuándo fue esto?

—Hace un mes, amor. De domingo para lunes... Hace un mesecito, sí, mediados de febrero... la pegamos, ¿verdad? Por tu cara adivino que esta es la piecita que estabas buscando.

—Quizá sí, gordo, no puedo afirmarlo.

—¿Y qué estás mirando sobre este tema? Porque ya te lo dije. Esto es un asunto cerrado.

—No puedo decírtelo.

—*Okey*. Lo entiendo —dijo Dimas y pidió un segundo café.

El gordo parecía repentinamente serio, como si lo hubiese asaltado una melancolía que hinchaba todavía más las bolsas de grasa de su abdomen. Bebió su café en silencio mientras Magdalena seguía contemplando las fotografías del crimen del ministro. A ella, salvo el cuatro, nada más de esa imagen le resultaba llamativo: un hombre destrozado y amarrado en una silla, una habitación oscura, un armario de madera, unas ventanas rodeadas de cables que parecían formar parte de un circuito cerrado de video.

—¿Qué me puedes decir de este asunto, gordo?

Dimas sopló la taza de café como si quisiera enfriarla o quitarle un insecto que se hubiese posado en la superficie del líquido.

—De los tres que te dije, el más jodido y peligroso. Pero fueron unos paracos colombianos. El ministro era una figura querida en el Gobierno; un hombre muy activo que venía de los sindicatos. Imagino que tenía algún contacto con la guerrilla colombiana y le quisieron dar una lección. ¿No me dirás que vienes a investigar ese crimen?

Magdalena se miró las uñas y luego pasó las yemas de sus dedos por la copa de agua. Se sentía torpe por el regaño que le lanzó Gonzalo el día anterior. Tenía razón ese gilipollas. El cabreo que ella sintió porque le hubiesen ocultado que Begoña había enviado a España un mensaje de auxilio la hizo saltarse los términos acordados; debía ser más sigilosa.

—Gordo, querido. Puedes tener la seguridad de que no me interesa para nada quién cometió ese crimen. Si tú dices que está resuelto, pues entonces está resuelto.

Para Magdalena fue sencillo detectar cómo el gordo Dimas

se relajaba y el aire parecía entrar de nuevo en sus pulmones. Su espalda pareció fortalecerse y se colocó recta sobre la silla. Era un gordo feliz, oloroso a desodorante de mujer, se había ganado su dinero y la nube oscura que por segundos se colocó sobre su cabeza se había disipado. El rostro se le iluminó de nuevo y hasta soltó un grito agudo de satisfacción.

Magdalena comprendió que Dimas prefería no mezclarse con aquella historia y como a ella solo le interesaba llegar a ese cuatro y a la persona que lo llevaba encima, debía encontrar el modo de acercarse de forma oblicua a ese asunto.

—Muy bien, Dimas, te lo repito, no me interesa ese crimen, eso es tema de otros, pero en concreto ¿qué fue lo que descubrió la policía allí?

—Cinco paramilitares. Todos huyeron a Colombia de inmediato. Incluso dieron los nombres de varios de ellos.

—¿Alguna mujer?

Dimas la miró de reojo. Abrió la boca y con una media sonrisa respondió.

—No. En las listas de los responsables que dio el Gobierno no viene ninguna mujer. Así que si estás buscando a alguna, debo comentarte que la única mujer que estaba allí también fue asesinada.

Magdalena sintió que se le enfriaban las manos.

—Bien. ¿Y había algo especial en ella?

—¿Algo como qué?

—Gordo, ahora eres tú quien intenta sacarme información.

—Era asistente personal del ministro. Una muchacha de treinta y siete años que lo ayudaba con sus asuntos y que por mala suerte estaba allí en ese momento. La encontraron en la puerta de la casa. Lejos de donde mataron al ministro. Y es obvio que no es ella quien te interesa. Era una muchacha de Petare, humilde, nunca terminó el bachillerato; no creo que nadie te haya pagado por averiguar sobre esa caraja.

—Gordo, me has ayudado. Pero estás a punto de hacerme arrechar. Sé que quieres tirarme de la lengua porque en algún momento podrías vender a otro la información que me saques a mí. No me trates como si fuese idiota.

Dimas mostró las plantas de sus manos a Magdalena y le sonrió.

—Tranquila, tranquila. Pero si me dijeses más cosas, te podría ser de utilidad.

—Si te quieres ganar un buen dinero necesitaría que hicieses algo.

—¿Hacer algo? Con respecto a ese caso… No sé, Magdalena. Depende.

—Necesitaría tener acceso a algunos de los objetos que la policía encontró en el lugar del crimen.

Dimas silbó y miró hacia el techo. Luego juntó sus manos, como si rezara, y el contraste de sus dedos delgados con el resto de su cuerpo, inmenso, redondo, produjo un efecto ridículo que desconcentró a Magdalena. «Parece un muñeco hecho por un niño chiquito». Tardó varios segundos en ver que Dimas abría y cerraba la boca, que de sus labios surgían balbuceos, evasivas.

—A ver, gordo. Dime la verdad y así terminamos antes. ¿Quieres mucho dinero por eso? ¿O es que ni de vaina te atreves?

Dimas miró de reojo las espaldas de uno de los camareros: espaldas anchas, fornidas. Luego suspiró y con la servilleta se limpió los labios.

—No me atrevo, chama. Creo que podría conseguirlo, pero ese caso en particular no me gusta. Hay asuntos que dan mala vibración. Carajo, imagínate cómo puede estar de jodido un país si a un ministro se le meten en su casa y lo matan. Cierto que desde hace dos meses ya no era ministro. Pero lo seguían llamando así. Un tipo que salía en la tele todo el tiempo, que tenía guardaespaldas, que iba armado, un carajo bien poderoso en el Gobierno. Remover cualquier cosa de ese asunto… la pinga, al que haga eso le va a ir muy mal. A mí esa vaina me pareció el principio de un peo. Eso no ha acabado.

—Pues hasta el momento lo único que has hecho es darme un buen resumen de las pocas noticias que salen en los periódicos. Dame algo poderoso que justifique que yo te pueda seguir recomendando para que te salgan muchos trabajos.

Dimas se rascó la barbilla. Luego le hizo un gesto a Magdalena y le pidió que se acercase. Aproximó su boca al oído de ella y cubriéndose con la mano le susurró:

—Guillermo Solano te vende lo que quieras, busca su número en Internet y por supuesto no le digas que vas de mi parte.

*

Antes de seguir adelante necesitaba fijar las huellas que Begoña hubiese podido dejar en la ciudad. Cierto era que existía la tentación de un camino corto; un camino que conectaba el mensaje enviado a Carlos en Madrid con el dato de la abuelita que comía helados en El Valle y también con la presencia de un cuatro en el escenario del asesinato.

Pero aun así necesitaba pisar tierra firme, apoyarse en un piso que le permitiese volar hacia las respuestas que necesitaba con urgencia.

«Ya sé dónde comía barquillas de mantecado», dijo con cierta desazón irónica, «ahora debo saber dónde y cómo vivía».

Recordó la dirección del abasto que Begoña le había dado a la ancianita en El Valle. Desde ese lugar, Begoña había traído harina pan diciendo que era un negocio muy próximo a su casa. «Panadería Blancaflor, avenida A 2, El Paraíso». Magdalena apretó un poco los párpados; de esa manera sentía que apretaba su recuerdo de la ciudad, el mapa interno que conservaba de ella. Recordó que cerca de esa calle había una iglesia con una colorida cúpula de tonos azules, rojos y amarillos. También le pareció que por la zona se encontraba una clínica veterinaria; alguna vez acompañó a una amiga de la universidad para que vacunasen a su dálmata en ese lugar.

Era el momento de visitar esa zona.

Frente al espejo, se puso base facial, polvo compacto y un poco de rubor. Luego sacó el delineador negro y lo usó alrededor de su ojo. Terminó con un pintalabios marrón que había comprado en El Corte Inglés de Goya y que estaba casi intacto. Sonrió al verse. En Madrid apenas se maquillaba desde que en una ocasión un par de amigas le preguntaron por qué siempre iba como si estuviese a punto de asistir a su boda.

Pidió un taxi a la recepción del hotel para que la llevase hasta El Paraíso. Recordaba una calle inusualmente tranquila, con chalés de un lujo anticuado, olorosos a arroz con leche, jardines con flores de Navidad, césped impecable, viejecillos silenciosos sentados en mecedoras.

Se le hizo eterna la ruta. Consiguieron cientos de atascos. Le ardió en la nariz el aire: caliente, áspero, con olor a gasolina.

En una esquina se estremeció al ver pintada una advertencia en la pared: *Prohibido arrojar cabezas de chivos en este lugar*. Se persignó y luego apuntó al sitio con su dedo índice y meñique para conjurar las malas vibraciones; zape gato, zape gato. La pinga, eso sonaba a brujería de la mala y de la oscura. Bien lejos con esas vainas.

Cerró los ojos.

Era imposible volver a la ciudad que uno quiso. Las ciudades se iban con uno. Regresar era encontrar una fotocopia arrugada del lugar que una vez se amó.

Abrió los ojos. Se estaba adormeciendo, como si el olor dulzón de los árboles de mango la embriagase.

Al fin arribaron a El Paraíso. Encontró en la esquina un inmenso edificio gris que no recordaba. Probablemente era una construcción reciente. Allí, en los locales comerciales de la entrada, descubrió la panadería. Tardó un rato en ver que la iglesia se encontraba justo frente a la puerta del negocio.

«Begoña dijo "la panadería está cerca de mi casa". Es de suponer que cerca no incluye al mismo edificio, porque lo correcto sería decir: debajo de mi casa…, y ojalá que así sea porque este edificio es tan grande que aquí no voy a ubicarla nunca». Magdalena se asomó a la calle. Allí continuaban los mismos chalecitos que ella recordaba. Caminó por la acera: se notaban envejecidos, algunas grietas en sus paredes, rejas con marcas de óxido, y jardines que ya no daban una impresión de tersura y pulcritud. En varios puntos notó pequeñas ampliaciones de las casas; habían construido anexos en los estacionamientos.

Casi en la esquina vio una reja en la que brillaba un buzón verde. Tuvo una corazonada. Se acercó con prudencia y distinguió con nitidez el nombre escrito con rotulador naranja. *Begoña de Sotomayor*. Comprendió que la muchacha vivía en el minúsculo anexo de uno de los chalecitos. Avanzó un poco y vio que la casa de al lado era un colegio privado. Por la hora, la escuela ya se encontraba desierta. Tocó la puerta un par de veces y luego caminó hasta una esquina.

Supo que debía conseguir pronto un arma. Ir por calles solitarias en una ciudad tan peligrosa era un suicidio. Por el momento solo contaba con su cinturón de Sayula. Una prenda de cuero que compró en ese poblado y que parecía un artilugio normal, pero cuya hebilla, al desprenderse, se transformaba en un cuchillo que podría abrir con limpieza la piel de un león. Era una defensa útil pero limitada. Debía lanzarse sobre su adversario y rogar que este no tuviese buena puntería si llevaba una pistola.

«Para tener miedo debe sobrarte el tiempo y ese no es mi caso», pensó. Se regresó hasta el colegio, apretó el bolso sobre su pecho y saltó hacia la pared. Sintió el crujido de una alambrada de púas rasgando su ropa. Logró encaramarse y saltó hasta el otro lado. Calculó que tendría unos cinco minutos antes de que los vecinos o la policía pudiesen dar problemas. Cayó en un jardín. Con celeridad buscó una piedra, apuntó hacia una de las ventanas del colegio y la lanzó con fuerza. Quebró una ventana. De inmediato se activó una alarma. Magdalena tomó impulso y brincó otra pared y cayó frente a la puerta del anexo. Los brazos le ardieron. Se había hecho daño con las púas de las paredes.

Sigilosa, caminó hacia la entrada. Sonrió. Encontró una reja y una puerta pintada con un color azul que las lluvias y el sol comenzaban a transformar en una capa grumosa. Sacó de su bolso un cuadrado de plástico que llevaba especialmente para estos casos y lo deslizó por los bordes de la reja. Tardó treinta segundos en abrirla; la puerta le resultó aún más fácil. Supuso que los viejecillos dueños de la casa no se habían esmerado en cuidar a su inquilina.

No encendió la luz, así que debió esperar unos instantes hasta que sus ojos se acostumbraron a la penumbra. Era una habitación pequeña, con pocos muebles. Intentó contemplar el espacio y memorizarlo. Siempre en el recuerdo se podían descubrir cosas que la mirada no lograba detectar al principio.

Libros en una esquina. Una mesa de madera. Una cama sin hacer. Una maleta vacía. Ropa colgada en un armario sin puertas.

Miró la ropa. Nada especial. Prendas sencillas, baratas, y un abrigo invernal inútil y lujoso. Exploró en los bolsillos de la ropa, solo consiguió un mechero, un lápiz Mongol y una fotografía de Begoña con su madre en la calle Serrano de Madrid.

Miró en cada esquina, curioseó el suelo, entró al baño. Allí olió los dos envases de champú, rompió en pedazos la pastilla de jabón. Después pasó a la cocina. En la nevera consiguió un envase de leche. La olió: agria, grumosa. También encontró una ensalada podrida que revisó con paciencia pero en la que solo encontró tomates pringosos y lechugas ennegrecidas.

Exploró la mesa. Una mesa normal, vieja. Quizás había pertenecido antes a algunos niños porque se encontraba llena de garabatos y pequeños dibujos.

En uno de sus bordes se leían varias letras: *be brema rro ad win se.*

Luego hurgó en la montaña de libros. Una colección de volúmenes políticos editados por el Gobierno; biografías de guerrilleros; proclamas patrióticas; discursos del Comandante Eterno; un manual de cocina venezolana.

También miró un cuadernito con el logo de la Óptica Rubio donde solo encontró escritas unas frases: *Venezuela: clima cálido el año entero. Comer arepas; teléfono de Marcos (coleguita de Carlos Montoya): 212 4932 2257.*

Se aprendió de memoria aquellas palabras y contempló la cama. Las sábanas revueltas parecían indicar que Begoña se había levantado una mañana con intenciones de regresar más tarde y nunca lo hizo. Magdalena las olió. Estornudó por el polvo. Volvió a olerlas. Algo le resultó extraño. Insistió una tercera vez pero le pareció escuchar voces. Creyó distinguir luces encendidas en el chalé. Miró hacia la calle. La reja era inmensa y tenía puntas filosas en la parte superior. Ni siquiera a los veinte años habría podido dar ese salto sin abrirse el abdomen. Le quedaba la opción de regresarse por el mismo sitio por donde había entrado, pero su experiencia le decía que quien escapaba por el mismo lugar que había entrado terminaba con un disparo en la cabeza o con unas esposas enganchándole las muñecas.

Se asomó por una ventana del chalé. Descubrió a dos ancianitas en el salón con sus rosarios en la mano. Caminó unos pasos y les tocó el timbre:

—Doñitas, doñitas… es el SEBIN… —murmuró y les mostró con rapidez el carné de la biblioteca municipal de El Retiro.

Las dos señoras parecieron agobiarse y Magdalena les hizo una señal de tranquilidad.

—No se preocupen. Unos estudiantes intentaron colocar una bomba en el colegio pero la hemos desactivado. Ábranme la puerta y luego retírense hasta el fondo de la casa y no abran a nadie.

Como lo supuso, las señoras abrieron la reja sin salir de casa, pulsando un timbre.

En la calle vio algunas personas asomadas a las ventanas mirando hacia el colegio pero nadie intentaba acercarse. Magdalena avanzó con tranquilidad hacia la avenida Páez. Le sudaban las manos. Tomó un taxi cuyo conductor no le pareció peligroso, pero mantuvo siempre la correa de Sayula bien sujeta para sacar el cuchillo en pocos segundos si resultaba necesario.

El taxista comenzó a hablar del tiempo y de las lluvias de mayo.

*

Al día siguiente desayunó con ligereza, se curó con alcohol los rasguños en los brazos y esperó un par de horas en su hotel por si llegaban noticias desde España. Ya en la habitación de al lado no se escuchaba a nadie. Le pareció triste no sentir la compañía de esa pareja que gastaba las noches embistiéndose desnudos. «La gente aparece y desaparece muy pronto», murmuró acariciando la pared.

Encendió un cigarrillo con la ventana abierta. Pensó mucho rato en el anexo de Begoña. Todo parecía normal allí. Nada se encontraba fuera de sitio. Probablemente Begoña había pagado varios meses por adelantado así que las dueñas no habían movido sus pertenencias. Repasó mentalmente todos los detalles. Le resultaron inocuos. Mudos.

«Pero la cama solo olía a polvo», pensó con extrañeza. La había olido bien. Era imposible que una mujer joven no dejase su aroma, que no hubiese al menos un pequeño rastro de saliva junto a la almohada. Quizá había cambiado las sábanas el día antes de desaparecer, pero al menos en el colchón habría quedado un rastro de perfume o de sudor. «La carajita nunca dormía en esa casa», concluyó. «A lo mejor se había echado un novio o se quedaba con amigos».

Pensar eso le pareció una mala noticia. Sería más difícil saber de ella. Seguir por esa línea era golpearse contra una pared.

Debía retomar la pista del cuatro y el crimen espantoso del exministro. Era lo más firme que tenía ahora mismo.

Miró el reloj. No tuvo noticias de Gonzalo ni del nuevo smartphone que prometió enviarle, así que decidió seguir trabajando y volver a la calle. Imposible gastar el día encerrada en el hotel.

Hizo una llamada. Acordó una reunión para esa misma mañana.

El día anterior había pasado miedo. Por las prisas corrió riesgos innecesarios. Debía cuidar mejor ciertos aspectos. Llamó al taxista de confianza que su propio papá utilizaba cuando se encontraba de paso en Caracas y le pidió que la llevase a la Universidad Central. Le sorprendió ver los árboles de la ciudad llenos de coloridas guacamayas. No recordaba ese detalle. La ciudad mutaba, se movía, se impregnaba de nuevas imágenes. No todo en ella era desgaste y deterioro.

Se bajó en la entrada de Las Tres Gracias. Allí descubrió dos pájaros en los árboles picoteando una fruta que después de un rato cayó al suelo.

Le sorprendió descubrir que una línea de mototaxis trabajaba en las puertas de la UCV. Era bueno saberlo, en el tráfico infernal de la ciudad moverse así era la posibilidad de llegar mucho más rápido a cualquier sitio. No le gustaban las motos pero en su trabajo los gustos personales eran solo una anécdota.

Caminó hasta la Tierra de Nadie. Sonrió al pasear por su antigua universidad y ver la escultura de Baltasar Lobo que durante tantos años fue la señal de belleza que acompañaba sus tardes.

Se sentó en la grama; una grama un poco recrecida, con vetas amarillentas en los bordes. Sacó el libro de Sterne y trató de avanzar unos párrafos. Cada tanto miraba la escultura de Lobo: una figura de hierro que a ella le hacía pensar en una mano jubilosa que desde el fondo de la tierra aparecía para saludar al cielo y a las nubes.

Pensó luego que le gustaría volver a ver el mural de Wilfredo Lam: formas vegetales y en relieve que producían en los ojos el deseo de tocar con las pupilas, de morder formas con una crujiente mirada.

¿Dónde se encontraba el mural? La universidad entera era un museo vivo. ¿Podía verlo si avanzaba hacia la plaza cubierta? No... Allí estaba *El pastor de nubes* de Jean Arp. Lam quizá estaba hacia el jardín botánico. Sí. Eso era. Y ahora mismo le quedaba lejos. Pero además se encontraba trabajando, y trabajo es trabajo, aunque no pudo dejar de recordar que frente al mural de Lam se dio un montón de besos con Bencomo, uno de los hombres más feos y sensuales que conoció en ese tiempo y con el que nunca llegó a fugarse un fin de semana. ¿Qué habría sido de él? Le pareció que recién llegado a la universidad tuvo una novia pequeñita y narizona, que luego estuvo saliendo con una profesora de Economía. ¿Y después?

Ay, Bencomo, tan feo, tan inculto y sin embargo con una boca inolvidable.

Resopló.

Sintió el ruido de una moto. Dos hombres la miraron. Uno de ellos se bajó, caminó hasta ella y se sentó a su lado.

—Soy Jaime Leal —le dijo.

Ella se sonrojó al mirarlo. Era guapísimo. Rostro de chico malo, mulato y unos irresistibles ojos amarillos. Parecía un gato arisco. Miró al hombre que seguía en la moto. Eran muy parecidos; el otro se notaba mayor y tenía las espaldas más anchas, aunque en su cara también brillaban esos ojazos solares que contrastaban con su piel tostada. «Qué maravilla este mestizaje nuestro», pensó Magdalena y sintió cosquillas que bajaban desde su abdomen hasta su entrepierna. Nada mal estaría tener una poderosa batalla con ese par. Sonrió con ligereza. Le gustaba sentirse bravucona pero lo cierto es que no se habría atrevido. Uno y otro tenían cicatrices en los brazos. Parecían peligrosos; no se imaginaba ella desnuda y a solas con dos muchachos que a lo mejor tenían costumbres descontroladas.

—Estás como grande para ir al trabajo con tu amigo. ¿Te da miedo salir solito? —dijo ella.

—Es mi primo Amadís. Crecimos juntos y en estos días me está ayudando. Me robaron la moto hace poco. La dejé diez minutos en la avenida Sucre y cuando regresé ya no estaba. Pero ya me voy a enterar de quién fue el coñoemadre que lo hizo y seguro la próxima vez se fija mejor a quién le roba las vainas.

Magdalena hundió sus dedos en la tierra. Miró a su alrededor. Se dio cuenta de que los estudiantes con sus cuadernos abiertos y sus sillitas de extensión los miraban de reojo y murmuraban. Comprendió lo que sucedía. Ella estaba demasiado mayor para permanecer echada en la grama; a lo mejor podía pasar por profesora pero en ese caso no estaría tirada en el césped; y los dos tipos que la acompañaban tenían pinta de policías o pistoleros. Vaya mierda. Otra vez había metido la pata. Quería discreción pero a lo mejor hasta ese momento había pensado que ella era la misma mujer que se sentaba en ese lugar en 1988.

Lo que sí le pareció distinto era el aire de miedo que notó a su alrededor. En sus tiempos de estudiante, dos tipos como los que la acompañaban no se habrían atrevido a meterse en la universidad, y de haberlo hecho en poco rato se habrían visto rodeados por un tropel de estudiantes. Nunca olvidaba un día en que por la entrada de plaza Venezuela escuchó gritos. Un bigotudo con una cámara se había asustado al ver que tres chamos de periodismo le preguntaron qué hacía por allí. Salió corriendo y se le cayó una pistola. Los muchachos lo agarraron por las piernas.

En dos minutos el carajo estaba rodeado. La propia Magdalena se recuerda dándole con un tacón por la cabeza. «Tombo de mierda, sapo, qué carajo vienen ustedes a hacer aquí». Fueron los vigilantes los que rescataron al policía infiltrado y a toda velocidad lo montaron en una camioneta antes de que lo lincharan. Días después ella se sentía avergonzada de haberle dado carajazos al tipo. «Seguro era una rata, pero veinte contra uno es injusto», se decía, incómoda al descubrir que, en pocos segundos, veinte dulces personas que estudiaban a Saussure o Kapuściński en sus clases se podían convertir en un grupo de linchadores.

Ahora nada pasó. Magdalena sabía que los tiempos eran otros y recordó fotos que había visto en Internet: motorizados del Gobierno disparándoles a los estudiantes dentro de la universidad, pateándolos e incluso robándoles la ropa para dejarlos desnudos en plena calle.

—Lo mejor es que tu primo se vaya y que tú y yo caminemos rápido hacia la salida y nos sentemos en algún banco del paseo Los Ilustres —dijo ella.

Jaime asintió. Miró a su alrededor. Los cuchicheos aumentaban. Nada sucedía. Pero pasados diez minutos sí podía ocurrir algo. Magdalena vio varios estudiantes que se reunían a hablar y los observaban desde la plaza cubierta. «Carajo, venir a mi universidad y que me pase esto. No. No quiero que parezca que ahora estoy con los malos». Jaime metió la mano derecha en su chaqueta. Ella empezó a caminar a su lado, pero intentaba poner cierta distancia para que pareciese que no iban juntos. Ninguno caminó con excesiva prisa. Le pareció que muchas miradas se clavaban en su espalda. Una opresión se le encajó entre los senos igual que si le estuviesen hundiendo una aguja. Solo cuando se vio en la calle aflojó la tensión de sus brazos. No era miedo lo que sentía, era más bien vergüenza. Si algo sucedía y Jaime sacaba la pistola para dispararle a uno de esos muchachos de la universidad no se lo perdonaría nunca.

Llegaron a un banco de madera.

Jaime se notaba mal encarado.

—A ver. Me dijeron que tú puedes ayudarme, que eres bueno en tu vaina, pero eres bien chamo todavía, te doy un consejo: para ganar dinerito hay que hacer las cosas tranquilo. Quita ese carón porque si se arma un peo con esos muchachos, el negocio que tú y yo podemos hacer se va al carajo. Serás un tipo bien macho, pero con muchos euros menos en el bolsillo.

Jaime la miró con recelo. Así estuvo unos segundos hasta que el eco de la palabra euros pareció calmarlo.

—Bueno, ¿y qué es lo que necesitas?

—Dos cosas, la primera es un revólver. Tengo encima una pistola pero no termino de fiarme de esa vaina —mintió Magdalena que había viajado limpia porque ni en el más audaz de sus delirios se habría atrevido a ir al aeropuerto de Barajas con un arma.

—Eso está hecho. Ya mismo. ¿Pero por qué no una pistola?

—Una vez en Medellín se me encasquilló una cuando tenía un par de señores corriendo detrás de mí.

—Ahora le digo a mi primo y te lo dejamos. ¿Y qué más? Imagino que necesitas un modelo particular.

—Un Ruger SP 101 me vendría muy bien.

—Ese que trae un láser… Bonito, bonito, pero está difícil en estos días. Dame otra opción.

—Qué vaina, pues… un *pink lady*. Te parecerá muy femenino, pero a mí me luce mucho en las manos y es ligerito y fácil de llevar.

—No está nada mal. Te daremos uno. Es más caro, porque no solemos tener demasiados. Nuestros clientes suelen ser rudos y no usarían un arma rosada, pero hace poco le hicimos una confiscación a unas lacras que entraron en casa de una sifrinita y consiguieron uno. ¿Y qué más necesitas?

—Información. Quiero saber varios asuntos. Me dijeron que

tú te enteras de muchas cosas y que si hay buena platica eres generoso y las compartes.

—Tú lo has dicho. Si hay buen dinero.

Magdalena se movió un poco en el banco y rozó sin querer la rodilla de Jaime. La apartó, como si hubiese recibido un corrientazo.

—¿Qué me puedes decir del asesinato del ministro?

A Jaime no se le movió un músculo de la cara. Era un tipo duro, jodido, no parecía tener los temores de Dimas. Apenas tensó la boca y apretó un poco los ojos, como quien administra la información que puede compartir.

—Eso ya está resuelto. Cinco paracos que vinieron a Caracas mataron a ese carajo y se escaparon a Colombia.

—Ajá. Con eso me basta. Pero ese tipo tenía un montón de guardaespaldas. ¿Qué pasó con ellos?

—Él los había mandado a comprar unas cervecitas. Los muy güevones se distrajeron en la licorería. Tardaron cinco minutos más de lo normal. Cuando volvieron encontraron el sangrero.

—Qué vaina, ¿no? Todo muy casual. Pero a mí lo que me interesa es saber si hay modo de conocer exactamente quiénes estaban dentro de esa casa antes de que llegasen los paracos.

—Lo hay. Te va a costar bastantes euros, pero lo hay. La policía dice que solo estaban dos personas: el ministro y su asistente…, pero si quieres salir de dudas podemos mirar lo que te interesa.

—¿Y podrías conseguirme algunos objetos que estaban en el escenario del crimen?

—No. Eso no puedo. Ya te dije. Soy serio. Lo que me pediste primero sí, porque yo sé qué material fue a la policía y cuál quedó en la calle. Y si quieres obtener algo a lo que le echaron manos los de criminalística, mejor háblate con Guillermo Solano, un abogado que consigue muchas cosas. Cuéntale que yo te dije que hablases con él. Así me cae una comisión. Pero yo con tombos prefiero no tener tratos ahora mismo.

Magdalena tomó nota mentalmente del nombre del abogado. Era la segunda vez que se lo nombraban el mismo día. Debía ser una buena pieza, un encantador hijo de puta de esos que exhibían dientes blancos y colonias caras.

—Pensé que eras policía en tus ratos libres. Y ahora me dices que no te gusta tener tratos con ellos —acotó Magdalena.

—No soy policía; tampoco soy ningún pendejo. Trabajo en temas de seguridad e inteligencia con otras personas afines al Proceso. La policía está muy infiltrada y no me fío. Hago negocios con esa gente si es necesario, pero ahora mismo creo que es mejor perder dinero y conformarme con una comisión, a que uno de esos coñoemadres me meta un tiro y diga que yo acababa de atracar a alguien.

—¿Quién infiltró a los policías?

—Mucha gente. ¿Eso te va a servir para lo que estás averiguando? Porque si no es así te aconsejo que no preguntes sobre ese tema. De pana te digo algo. Aquí ahora mismo hay que ser muy concreto; nada de desvíos; nada de asomar la cabeza donde no lo llaman a uno. Si te van a escoñetar que sea exactamente por lo que te interesaba, pero que te vuelen la cabeza por distraerte es una pendejera.

—Gracias por el consejo. Tienes razón.

Una moto pasó tras ellos. Era el primo de Jaime. Los dos hombres cruzaron una seña. Ella los miró unos segundos. Imaginó que se los tropezaba en una calle de Madrid cualquier madrugada de viernes para sábado. «A lo mejor allí sí me atrevía con estos dos», pensó, «Caracas me encanta, pero también me debilita».

*

No pudo entender lo del cepillo de dientes.

Marcos, el conocido de Carlos Montoya, se apareció en el hotel Pestana para cenar en la terraza con vista a El Ávila y en su bolsillo asomaba un cepillo de dientes. Después de encontrar su número en la habitación de Begoña le pareció indispensable conversar con él. Lo citó a las ocho; él pareció dudar, soltó frases inconexas, balbuceó justificaciones, pero finalmente aceptó conversar un rato. Era ojeroso, delgado. Quizá por eso sus ojos recordaban a los de las vacas, pero sin una pizca de ternura.

Estuvieron conversando un rato sobre El Ávila y en silencio observaron la montaña mudar su tono azul oscuro por eléctricos grises y texturas de ébano.

Magdalena recordó la historia que le contó un amigo de la universidad hace más de veinte años. Una falsa leyenda indígena según la cual una inmensa tromba marina se lanzó para devorar la ciudad, momento en que sus habitantes rogaron por ayuda. Fue entonces cuando el dios Amaliwaka petrificó el agua como una ola detenida que desde ese momento protegió a Caracas a la vez que permaneció junto a ella como una amenaza perenne; un recuerdo constante de que la ciudad tendría siempre a su lado la belleza, pero también la posibilidad de una catástrofe.

Marcos se quedó mirando el vaso de refresco que había pedido. Tomó aire y habló.

—Dime en qué puedo ayudarte. Quiero que Begoña salga de este asunto. Quiero que sepamos algo de ella.

—Me parece muy buena actitud. Algo emotiva. La has visto pocas veces en tu vida, ¿no? —susurró Magdalena.

El muchacho suspiró con fuerza. Tenía antiguas marcas de acné en el rostro.

—Yo soy así. Me apego pronto a las personas.

—Y dime algo, chamo... ¿Te acostaste con ella las pocas veces que la viste?

El chico se mordió los labios. Un bigote de sudor asomó sobre su boca.

—Esos son asuntos personales. No hablo de temas íntimos que impliquen a una amiga —acotó.

—No me interesa la vida sexual de Begoña ni la tuya tampoco, pero necesito saber desde dónde me hablas. Lo normal es que si viste a una muchacha pocas veces le tengas alguna simpatía, pero te noto demasiado conmovido. La gente no suele conmoverse tanto por personas a las que solo han visto vestidas.

—Ella es especial. Solo eso. No suelo gustar mucho a las mujeres y con ella me sentía muy bien.

—¿Y qué piensa tu amigo Carlos de eso?

—No lo sabe, coño. Pero tampoco somos tan cercanos él y yo. Conocidos y ya. Nos tropezábamos en la universidad y a veces nos mandamos un correo electrónico y él me contaba de cómo la estaban pasando él y los otros estudiantes en Madrid. Le pedí que le diera mi teléfono a Bego porque vivo cerca de donde ella se iba a alojar cuando llegó a Caracas. Esos favores que haces por rutina, sin pensarlo mucho... el caso es que al final yo fui el que vio a Bego por última vez.

Magdalena miró hacia el cielo. Nada. Ni una estrella. Recordaba que en su infancia podían verse a montones. ¿Dónde habían ido a parar?

—Dime qué sucedió ese día.

—Nada especial. Pasó por casa en la tarde. Estuvo conmigo en mi cuarto. Me dijo que estaba harta de unos paisanos suyos que dirigían la fundación con la que ella colaboraba.

—¿Por qué?

—Hablaban demasiada paja. Hablaban, hablaban, teorizaban... y por eso ganaban un pastón. Me contó que en un semestre los tipos habían recibido el equivalente a diez años de sus sueldos en España. A ella le parecía una burrada. Se arrechaba por eso y además porque no la tomaban en cuenta. En las reuniones de trabajo, cuando le daba calor, uno de los profes alzaba las cejas y esa era la señal para que ella se acercase y le quitase la chaqueta, y si le volvía a dar frío el tipo alzaba las cejas y entonces ella otra vez se la ponía.

—Suena poco emocionante.

—Muy poco. Pero eran gente simpática. Yo una vez acompañé a Begoña a un curso. En los intermedios, cuando tomaban café, los profes resultaban graciosos. Eso sí, las charlas eran una verdadera ladilla. Hablaban igual que los poemas de Benedetti pero con menos gracia. De todos modos, ya se regresaron a España.

—¿Al morirse el «Comandante Eterno» no siguieron aquí? —preguntó Magdalena con voz irónica.

—No. Ellos tenían sus propios planes; habían cobrado un realero pero cerca de donde se alojaban siempre había tiroteos y robos; el petróleo comenzaba a bajar de precio y venían recortes en los programas formativos, además un día uno de los profes casi se muere porque no consiguió un antibiótico que necesitaba para sus muelas; Begoña estuvo en mil farmacias sin conseguirlo, hasta que hizo un trueque a través de una red social y lo cambió por unos lotes de anticonceptivas que se había traído desde España.

—Ella era como el chico de los mandados, estaría harta de esa vaina…

—Sí, además la propia Begoña me dijo que venían tiempos duros, que ya los momentos de palabras y conferencias comenzaban a sobrar. Ella estaba en otras historias. Decía que un buen fin justificaba todos los medios.

—Muy original la muchacha. ¿En cuáles historias andaba?

Marcos jugueteó con el cepillo de dientes que asomaba en su camisa. Se notaba exhausto, pero era como si se tratase de un cansancio eterno, un cansancio que había nacido con él y que desde la fragilidad de sus huesos le enviaba constantes señales de rendición.

—La última vez que nos vimos, la mañana siguiente la buscaron unos tipos. Unos siete, quizá ocho, con camisas rojas y en motos.

—Carajo.

—Eran los paramilitares que el Gobierno usa para reventar las marchas de protesta. Los colectivos.

—¿Pudiste ver de qué grupo se trataba?

—Ni idea. Para mí todos son iguales. Sé que tienen nombres diferentes pero no controlo ese tema y me asusté al verlos frente a mi edificio. Los vecinos cerraron las ventanas y luego comentaron con miedo que los tipos se habían parado en la entrada. Hace meses, cuando unas protestas de estudiantes, uno de esos grupos comenzó a perseguirlos y, pensando que los muchachos se habían escondido en nuestro estacionamiento, nos lanzaron lacrimógenas, rompieron las rejas, dispararon a los apartamentos y destrozaron varios carros con bates y con tubos. Yo a esa gente no quiero tenerla cerca. Pensaba decirle eso a Begoña, que tuviese cuidado, que tuviese mucho cuidado, y sobre todo que nunca más apareciesen esos tipos a buscarla por aquí.

—Imaginaste que tus vecinos creerían que te relacionabas con ellos.

—No sé qué pensé. Soy miedoso. Jamás he ido a una marcha, y hasta hace poco tenía la idea de que si uno se quedaba tranquilo en su casa nada podía pasar. Esa tarde, cuando apareció el montón de motos, primero creí que estaban raptando a Begoña; luego vi que no; que ella les hablaba con camaradería, que se montaba en la parrilla con uno de ellos y hasta les decía por dónde debían marcharse.

Marcos comenzó a darle golpecitos con el dedo a su cepillo de dientes. Su bolsillo temblaba con cada pequeña percusión. Magdalena pensó que era un modo de mantener los latidos de ese cuerpo quebradizo, casi translúcido.

—Y después de ese día no volviste a saber de ella.

—No volví a verla. Pero me mandaba mensajes, iconitos, todo muy normal. Me decía que se encontraba contenta, que estaba en proyectos importantes. Yo no quise preguntar demasiado. Me gustaba mucho, pero verla en esas motos me dio miedo. Esos grupos son delincuentes que reciben armas y dinero del Gobierno. Son como los Tonton Macoutes de Duvalier. Gente jodida.

Magdalena encendió un cigarrillo y lanzó una larga bocanada de humo que hizo toser a Marcos. Ella fingió no darse cuenta. Tampoco se podía ser tan delicado. Al chico le faltaba endurecerse o la realidad se lo iba a comer vivo.

—Mira, chamo… ¿Estuviste alguna vez en el anexo que Begoña tenía en El Paraíso?

—Sí. Fui una tarde. Pero tengo la impresión de que ella apenas pasaba por allí. No preguntes dónde dormía porque no lo sé. Pero cuando la visité, metió ropa en una mochila, como si se fuese a mover a otro lugar. Y la habitación estaba fría, como están los sitios cuando nadie vive en ellos.

—¿Y sabes por qué Begoña comía helado en El Valle?

—Ni idea. Carajo... qué temeraria... arrecha la carajita ¿Cómo se le ocurre meterse allí?

En la mesa de al lado, un hombre pidió un ron con Coca-Cola. Magdalena miró las manos del señor: recias, requemadas por el sol, firmes. Luego pensó en José María. Le gustaban sus manos. Sabía que tarde o temprano una se olvidaba de las personas, aprendía a vivir sin ellas, pero las manos siempre quedaban como una huella poderosa en la memoria. «Las manos nunca se marchan», pensó y recordó las manazas de José María apretando sus muslos o avanzado hacia su sexo.

Sacudió su cabellera.

—Oye, Marcos, ¿y tú llegaste a ver un cuatro que tenía Begoña?

El muchacho la miró con apatía.

—Sí, claro... el cuatro que le regaló Toni. Yo lo tuve en casa. Ella me lo dejó un tiempo porque no quería que se rompiese. No sé por qué; era un cuatro muy corriente.

—¿Y qué sabes de Toni? —interrogó Magdalena y aplastó el cigarrillo en el cenicero.

—Nada. Que es amigo de Begoña. Que le regaló un cuatro.

—Pero ahora está en España estudiando.

—Estaba. Volvió hace meses. No pudo pagar la matrícula de su máster y se regresó.

—Ah, caramba... así que está de vuelta y más o menos regresó a Venezuela en las fechas en que Begoña se vino a vivir aquí.

—Quizá.

—Y dime algo... el cuatro, ese cuatro. ¿Tenía algo de especial? ¿Lo tuviste en tu mano? ¿Nada te llamó la atención en él?

—Lo guardaba en mi habitación y era un cuatro como cualquier otro cuatro, pero muy desafinado. Sí. Lo tuve varias veces en mi mano. No noté nada extraño. ¿Debería haberlo hecho?

—Sí hubiese tenido un peso particular, si hubieses visto que servía para guardar algo o que tenía algunas letras escritas... ¿Lo recordarías?

—Era un cuatro. Solo eso. Al menos es lo que yo pude ver. Por cierto que Begoña se lo llevó el día en que la vi por última vez. Cuando se fue con la gente de los colectivos.

Magdalena dudó si pedir otra cerveza; tenía un pequeño dolor en las sienes.

Por otro lado, la idea de ese instrumento de cuerdas cada vez le resultaba más interesante.

Marcos se puso de pie.

—Estoy cansado; si quiere quedarse un rato, ¿le importaría darme la llave de la habitación? No suelo trasnochar. Pero no se preocupe por mí, puede encender la luz cuando regrese.

Ella sonrió incrédula.

—¿De qué me hablas? ¿Mi habitación? ¿Tú me estás hablando en serio?

Marcos tocó el cepillo de dientes como si fuese un amuleto.

—Ah, ¿pero no pensaría usted que si me cita a las ocho yo me voy a regresar a casa? No tengo carro. Y si lo tuviera tampoco saldría a esta hora. Esto es Caracas, señora. Tranquila; no voy a molestar, me quedo en la alfombra, pero yo a las ocho de la noche estoy siempre encerrado en mi apartamento y si estoy fuera me quedo a dormir donde me encuentre.

*

Acertó.

Guillermo Solano era la imagen exacta que Magdalena se había dibujado de él antes de conocerlo.

O casi.

Era la imagen precisa pero en haiku. Una sonrisa perfecta, un traje impecable, sin arrugas, un bronceado discreto. Solo que al colocar sus pequeñas manos en el volante, sus dedos parecían fideos chinos. Ella lo saludó con un sonoro beso y él reaccionó sorprendido. Fue entonces cuando Magdalena recordó que en Venezuela no se saludaba a un desconocido con dos besos en la mejilla.

Estuvieron silenciosos un rato mientras él conducía su carro en medio de los atascos y de tanto en tanto miraba la pantalla de su teléfono.

—Qué bien comenzar el día con un encargo como el tuyo —advirtió el hombre—. En resumen, necesitas mirar algunos de los objetos que se encontraban en la escena del crimen del ministro, pero en ningún caso quieres mirar el arma utilizada en el homicidio.

—Eso es correcto.

—Porque eso me lo tienes que garantizar. En ningún caso estás averiguando quién mató al ministro, ¿no?

—Así es. Ya te lo dije. Qué miedo tienen todos con eso.

—Es un caso cerrado. El propio presidente anunció las conclusiones por televisión, así que allí no vale la pena remover nada. Y yo donde ya no se puede remover, no aparezco ni que me paguen millones.

—Estoy investigando otro asunto.

Guillermo dio un golpecito alegre sobre el volante. Sonrió con profesionalismo y desde su ropa pareció brotar el aroma de una delicada colonia. En Internet, su escueta página anunciaba sus servicios como abogado, pero la información era tan rácana, que resultaba obvio que hacía muchos años que Guillermo no pisaba un tribunal.

—Bueno, yo te voy a dejar en un cafetín por Las Mercedes. Te tomas allí un juguito de parchita, y en media hora te paso buscando y en un lugar seguro revisamos todo con calma.

Magdalena miró en detalle el semáforo frente al que acababan de detenerse. Desconocía el motivo pero desde niña tuvo fascinación por esos artefactos. Alguna vez le pidió a su padre que le regalase un semáforo de juguete. Él estuvo semanas recorriendo las jugueterías de la Carrera 20. Incluso llamó a tiendas en Caracas hasta que debió rendirse a la evidencia de que no existía nada semejante. Magdalena comprendió entonces que el deseo va siempre tres o cuatro pasos por delante de la realidad.

—Solo necesito que me traigas los zapatos del ministro, un cuatro que estaba en el piso, y… dos colillas de cigarrillo que encontraron en esa habitación —murmuró.

Guillermo fue repitiendo en voz baja la lista de peticiones y cuando el semáforo pasó de rojo a verde aceleró con gesto gallardo. Al llegar a la calle París le indicó a Magdalena una panadería y le pidió que la esperase en una mesa.

—Cuando vuelva, pagas la cuenta y te montas en el carro. Allí nos vamos a alguna tasca para ver lo que necesitas.

Magdalena buscó un sitio del fondo. El lugar era agradable y aunque no tenía demasiados productos en oferta, ella se decidió por un sencillo jugo de naranja y un dulce de fresa.

Pensó en Begoña. Pensó en el padre de Begoña. No le caía bien ese hombre pero deseaba encontrar pronto a la chica; no solo porque era parte de su trabajo, sino porque sabía que su antipatía por el padre era un asunto arbitrario. Detestaba que su subjetividad empañase la nitidez de su trabajo. Hacía unos meses, Magdalena conoció a una mujer madura, espléndida, delgada, que había modelado en pasarelas durante su juventud. Coincidieron en unos cursos sobre historia de Madrid y quedaron para cenar un par de veces. Se cayeron bien y después de varios vinos la mujer le confesó que estaba casada por la iglesia hacía treinta años y que pertenecía a un grupo que se encargaba de los cuidados de una imagen de la Virgen de La Concepción. La mujer suspiró ruidosamente; cada vez se aburría más con su esposo y había intentado tener varios amantes. Algunas noches se escapaba con ellos y después de hacer todo tipo de deliciosos juegos previos era atacada por la angustia y los remordimientos, entonces se vestía a toda prisa y escapaba antes de que ellos la penetrasen.

—Es más fuerte que yo. Tengo mis creencias. Pero mis ideas solo logran vencer mis ganas justo cuando ya esos tíos me la van a meter. Si me atacase el remordimiento antes de quedar con ellos sería perfecto; si fuese un poco después de que folláramos también tendría sentido. Pero mis escrúpulos son demasiado puntuales, nunca se adelantan, nunca se retrasan. ¿Tú crees que exista alguna manera de no sentirme infeliz con ese tema? El confesor me dice que ni se me ocurra meter en mi vida a un hombre que no sea mi esposo.

Magdalena sintió un escalofrío. Para consolar a esa mujer le colocó la mano en la rodilla y notó el estremecimiento.

Una hora después se revolcaban en la inmensa cama de un hotel en una calle arbolada y silenciosa de Madrid. No se despidieron hasta quedar exhaustas con los muchos orgasmos que compartieron mientras la madrugada soplaba en las ventanas como un aullido de aire y lluvia. La señora había resuelto su problema. Le parecía incorrecto engañar a su marido con otros hombres, pero nunca se había planteado que pudiese estar mal hacerlo con otra mujer.

Tuvieron esporádicos encuentros durante un par de meses. Magdalena jamás le contó a su amiga detalles sobre sus creencias; le pareció que la teología no tenía espacio en esas camas que se estremecían con el feroz chispazo que provocaban ambas al desnudarse.

Pero una tarde la mujer la citó en un café. La informó de que no volverían a verse pues ella le había contado a su confesor lo que sucedía y el cura la regañó con dureza; la advirtió de que si continuaba esa situación, no le permitirían que siguiese siendo la encargada de colocarle las flores a la Virgen.

—Lo hago desde hace veinte años. Es un castigo que no puedo soportar.

Magdalena se mordió los labios, furiosa. ¿Qué más le daba al confesor que su feligresa fuese feliz? ¿Cuál era la disonancia entre la hermosura de la piel y la sincera fe en una imagen? ¿Por qué se habían inventado que la felicidad de este mundo y la felicidad de los otros mundos eran excluyentes? Magdalena lanzó el cigarrillo que fumaba al medio de la calle. Ella no veía ningún problema en que esos dos planos de la realidad tuviesen cada uno su plenitud, su goce. «Dad a los dioses lo que es de los dioses, y a las habitaciones de los hoteles lo que pertenece a las habitaciones de los hoteles».

Cuando la mujer se marchó esa tarde, Magdalena contempló su ajustado vestido, su cuerpo que se alejaba para siempre, y pidió una cerveza. Odió al Papa, a la Inquisición, a la Capilla Sixtina y al confesor de su amiga.

Duró varias semanas en que al pasar frente a una iglesia resoplaba con impaciencia y desconsuelo. Se puso sombría, hosca, tanto que el propio José María le preguntó qué le sucedía y ella respondió con sequedad: «Nada, corazón, cosas de mujeres».

Pero comenzaba a superarlo. Comenzaba. Estaba en el inicio. Y no sentir ninguna antipatía natural por el padre de Begoña y sus creencias era un requisito indispensable para resolver la desaparición de la muchacha.

Bebió hasta el fondo su jugo de naranja. El tema de su investigación parecía ir cobrando su sentido; Begoña empezó a jugar fuerte; a relacionarse con tipos duros y por algún motivo debió desaparecer con presteza cuando asesinaron al ministro. Algo se escapó de su control. Algo la aterrorizó. Es lo que sucedía cuando los chicos querían jugar a ser grandes, metían las manos en el fuego y se quemaban.

Al fin distinguió el carro de Guillermo; para su sorpresa vio que estacionaba frente a la panadería. Ella introdujo la mano en su bolso y tomó contacto con el revólver que esa misma mañana le había entregado Jaime.

Todo cambio de planes era un posible peligro. Miró al pequeño hombre que avanzaba hacia ella; venía solo y de su rostro colgaba una sonrisa no muy convincente.

—Surgió un problema, pero lo podremos solucionar —susurró—. No pude conseguir lo que me pediste; debemos ir allí para que lo mires. No hay manera de que me dejen sacar esos objetos, sobre todo el cuatro; fue imposible convencerlos de que me lo prestasen.

—Habíamos hablado de hacerlo de otro modo.

—Primera vez que me sucede. Pero no pude convencerlos. Quieren ganarse su dinero, pero no quieren que el cuatro salga del depósito ni un minuto.

—¿Y eso por qué?

Guillermo se miró las manos y luego con las uñas le dio varios golpecitos al vaso de Magdalena.

—Dicen que esta mañana otras personas pidieron ver el cuatro. Que eso no es normal para un caso cerrado.

—¿Quiénes quisieron mirarlo?

—No lo dijeron. Pero primero hubo alguien que estuvo revisándolo y luego pasó otra persona distinta para hacer lo mismo. El cuatro se está convirtiendo en famoso, así que no desean correr el riesgo de que esté fuera de la sede de la policía.

—Pensaba que era muy complicado acceder a esos objetos. Por eso te estoy pagando.

—Lo es, Magdalena. Para conseguirlos hay que tener muy buenos contactos o tener autoridad para verlos. Desconozco si quienes han estado mirando el cuatro antes que tú, se encuentran en una o en otra situación, pero desde luego no son ningunos pendejos.

Magdalena hizo una mueca con su boca y su nariz. Ya no se trataba tan solo de descubrir dónde se encontraba Begoña, sino de cuidarse de quienes pudiesen tener interés en algo relacionado con ella. El cuatro no apuntaba directamente hacia el crimen del ministro, sino que señalaba oblicuamente la presencia difusa de una Begoña que había desaparecido sin dejar rastro.

Aceptó ir con Guillermo. Volvió a montarse en su carro. Esta vez le llamó la atención lo pesada que era la puerta.

—Es que esto es un carro blindado, chica —aclaró el abogado—. Hay que ponérselo difícil a los que quieren matarlo a uno. Y en esta ciudad, ahora mismo, hasta los árboles mecen sus ramas y uno piensa que en el fondo también quieren matarte.

Llegaron por la parte de atrás de las oficinas. Un edificio gris con ventanas pequeñas donde el sol se hincaba con ferocidad.

Vieron cómo se abría una puerta y un hombre con una barriga como un balón de pilates les hacía una seña para que esperasen.

—Voy armada, Guillermo. Lo sabes. Si entráramos por la puerta principal nos revisarían, pero aquí espero que nadie intente cachearnos.

—Yo también voy enyerrado, Magdalena —respondió él y se tocó el paltó—. No te preocupes. No hará falta. Pero de todos modos, si pasase algo, allí no tendríamos ningún chance de salir bien librados. Mejor que reces una de esas oraciones tuyas.

Un camión con productos de oficina se estacionó junto al edificio y dos hombres bajaron unas cajas. En ese momento, una mano pálida les hizo una seña para que penetrasen en las instalaciones de la policía. Lo hicieron. Apenas al entrar, Magdalena sintió un olor ácido, como de limones demasiado maduros. Bajaron por una pequeña escalera, luego por otra y por otra. Llegaron a unos pasillos. Guillermo abrió la hoja de un portón y descendieron por nuevas escaleras donde solo alumbraban unos focos amarillentos que recordaban una sopa helada y grasosa.

Al fin se detuvieron en una mesa donde los esperaba una caja.

—Tenemos diez minutos. Así que rápido. No sé si podamos justificar aquí nuestra presencia. Mira lo que necesitas y luego nos marchamos.

Magdalena hundió sus manos en la caja. Apartó ropas ensangrentadas y sacó las zapatillas de deporte del ministro. Silbó sorprendida.

—Carajo, unas Air Jordan 1 *lowtop* de colección.

—Son viejas, ¿no?

—De los años ochenta. Eran escasas en ese momento, imagínate ahora… estas pueden haber costado unos mil quinientos dólares. Es obvio que al ministro no lo querían robar; se las habrían llevado con ellos. Tenía gustos muy peculiares el señor.

—Gustos caros pero horribles —acotó Guillermo.

Magdalena las tocó, las miró un buen rato. Le interesaba fingir en ellas algún interés, pero sus ojos estaban fijos en el cuatro que ya había detectado al fondo de la caja. Las colocó de nuevo en su sitio, simuló observar unas colillas de cigarrillo, las puso a un lado y comenzó a mirar el instrumento de madera. Tenía el peso usual. Los colores estaban desvaídos pero no parecía que se hubiese utilizado para tocar ningún tipo de música. Magdalena rasgó las cuerdas: completamente desafinadas, y la cuerda del fa se encontraba rota. Rebuscó en las cajas. Vio algunas fotografías. Unas tomadas en la oscuridad de la noche, otras a la luz de la mañana siguiente. En las primeras se encontraba el cadáver, y en las segundas ya se lo habían llevado. En las primeras, el cuatro tenía sus cuatro cuerdas y en las siguientes, se notaba con claridad que había una cuerda rota.

Magdalena suspiró intentando ordenar sus ideas.

La habitación le pareció demasiado pequeña, calurosa, con un penetrante aroma de cigarrillos y ceniza.

Tocó con la yema de sus dedos el resto de las cuerdas. Se encontraban en perfecto estado; si se hubiesen utilizado mucho ya no darían una impresión de redondez al tacto y podrían adivinarse en ellas sutiles ángulos. La cuerda no había estallado espontáneamente por el uso. Magdalena sacó la punta de la lengua y mojó sus labios, como intentando apretar sus pensamientos dentro de la boca.

—¿Qué buscas? —preguntó Guillermo en susurros.

—No lo sé. ¿Sabes si se encontraron huellas en el lugar?

—Ni una. Eso dice el informe. Ni una huella. Limpiaron a conciencia —mintió Guillermo pues por las fotos era evidente que los asesinos habían huido con prisa del lugar.

La puerta detrás de ellos se abrió unos segundos y luego se cerró con violencia.

—Deberíamos irnos —acotó Guillermo.

—Sí. Ya nos vamos. Aquí ya no tengo nada más que curiosear.

Al salir se cruzaron con dos policías que al ver a Guillermo fingieron mucho interés en unas carteleras informativas colgadas de la pared. Era obvio que el abogado mojaba la mano de un montón de gente en ese lugar y que nadie quería perder sus comisiones.

Salieron a la autopista. Magdalena iba concentrada, tratando de digerir los datos que acababa de obtener. Se fijó en que Guillermo la miraba: una mirada chispeante, que se detenía en sus rodillas y sus pechos. No le sorprendió lo que él dijo con voz casual.

—Oye, ¿quieres que almorcemos juntos? Conozco un italiano buenísimo.

Ella sonrió con fatiga.

—En otro momento, quizá. Cuando estoy en un caso no almuerzo italiano con la gente que trabaja para mí. Los *spaghetti cacio e pepe* pueden producir encantadores orgasmos de media tarde, pero se pierde profesionalidad cuando te los comes.

Guillermo asintió y en sus ojos brilló una mezcla de buen humor y resignación.

—No iba ser fácil conseguir esos espaguetis. Pero igual necesito un cafecito. Será solo un minuto; yo sin cafeína no funciono —susurró el hombre.

Se desviaron de la autopista y tomaron por una calle estrecha en la que el aire hervía con un olor de aguas empozadas; luego enfilaron hacia la Cota Mil y bajaron por Los Chorros. En una esquina, Magdalena sintió un escalofrío: un aguijonazo helado pinchó su nuca. «¿Qué me quieres decir, mi Reina?», pensó con los ojos entrecerrados. Alarmada, se concentró en la imagen de María Lionza y de nuevo apareció una sensación punzante

—Detente, Guillermo —le advirtió y colocó su mano en el brazo del hombre.

Él la miró intrigado.

—¿Qué pasa?

—No sé. Para el carro un momento —le dijo.

Guillermo no pareció muy conforme con esas palabras pero bajó la velocidad.

—Coño, detén el carro un momento —gritó ella.

A cien metros se abrió con violencia la puerta de una panadería. Dos hombres salieron con pistolas en la mano y corriendo a toda prisa entraron en una camioneta. Desde el negocio apareció un guardia con el hombro ensangrentado que disparó con una escopeta. Los hombres respondieron al fuego; el aire fue un estallido de vidrios y gritos. Varias personas se lanzaron al suelo y el guardia rebotó sobre una pared hasta caer sentado sobre el suelo.

Guillermo retrocedió a toda prisa; se desvió en la primera calle que encontró a su derecha y aceleró. Le temblaba la barbilla. No se detuvo hasta que se alejaron veinte cuadras del lugar.

—Carajo, Magdalena, va a ser verdad lo de tus espíritus —resopló—. Un atraco… y de vaina nos agarra en medio.

—De todos modos, supongo que en este carro blindado no nos habría pasado nada si nos cruzamos en la línea de fuego —dijo ella con voz temblorosa.

El hombre respiró con fuerza, se ajustó la corbata. Seguía muy bien peinado pero un mechón había caído sobre su frente.

—Yo necesitaba un cafecito y me gusta mucho cómo lo hacen en esa panadería. Me iba a estacionar para que nos tomásemos dos marroncitos. Allí estaban dos balas esperando por nosotros, Magdalena. La casualidad nos iba a joder.

*

Tenía la sospecha desde el principio pero ahora le parecía una evidencia. Begoña había estado en el lugar del crimen y después del asesinato rompió aposta una de las cuerdas del cuatro.

Magdalena se tiró en el sofá. Nadie se había fijado en ese detalle porque a nadie le interesaba averiguar lo que realmente había sucedido. En las redes sociales mucha gente comentaba lo que era una obviedad, una simpleza que hasta un policía principiante la habría descifrado; ningún paramilitar hundiría un cuchillo más de cuarenta veces para ajusticiar a un enemigo y le mutilaría un dedo para colocárselo en la boca. Un paraco, después de torturar a su víctima, habría disparado con precisión a la cabeza y se habría marchado.

Magdalena no iba a desviarse con ese detalle. Nadie quería admitir públicamente lo que allí había sucedido. Sobrevivir en Venezuela era callar o callar a medias, y su trabajo era encontrar a una española que se había metido en problemas. Nada más.

Abrió el minibar. Se sirvió una cerveza para quitarse el susto por el atraco que había presenciado en la calle. Prefería un refresco pero hoy no había ninguno en la nevera.

Recordó el amanecer de ese mismo día. Le pareció lejano,

como sucedido en otro tiempo, en otro planeta. En aquel momento sintió una mano fría en su hombro y sin abrir los ojos atenazó un brazo, luego lo torció con rapidez y con un movimiento velocísimo sacó la navaja de Sayula de debajo de su almohada. Al despertar por completo vio a un adolorido Marcos que rogaba que no lo cortase.

—Soy yo, soy yo —dijo el muchacho—. Usted estaba soñando y lloraba, solo quise despertarla.

Ella aflojó la presión.

El chico se secó las lágrimas que por el dolor habían asomado a su cara.

—Lo siento. No recordé que estabas durmiendo en la alfombra.

El muchacho se acostó de nuevo; parecía ofendido.

—¿Dije algo mientras soñaba?

Marcos se dio la vuelta y la miró.

—Llamaba a un hombre. Repitió su nombre varias veces: José María, José María.

Ahora, Magdalena bebió un largo sorbo de cerveza y suspiró. Esperaba que pronto se le curase el desaliento. De joven sabía que la curación tardaba unos meses pero llegaba de manera inevitable. En estos momentos desconocía si era posible, si el desamor a estas edades era como una asquerosa hipertensión; una compañía crónica. Al desaliento se sumaba el hartazgo de los afectos y las pérdidas, la reiteración de la euforia y su posterior fracaso. «Cuando pasas de los cuarenta sabes que el amor es solo otro de los detalles del amor».

Volvió a pensar en la cuerda rota del cuatro de Begoña. «Es un mensaje. Begoña estuvo allí y quiso dejar un mensaje. Imagino que quiso decir que seguía viva a pesar de lo que acababa de suceder... o quizás esa cuerda rota significaba algo más».

El problema era conocer qué otro sentido tenía ese gesto y a quién iba dirigido. La vida era así; personas enviando señales que solo llegaban a quienes no podían descifrarlas. Palabras que llevaban una dirección pero terminaban extraviadas en otra.

Debía hablar con el muchacho que le regaló ese cuatro a Begoña.

Se puso de pie. Cerró los ojos y rezó una oración de agradecimiento a María Lionza por el oportuno aviso de horas atrás. Unos metros hacia adelante y hubiese terminado con el cráneo abierto, rodeada de anaqueles con un antiguo olor a pan. Desconocía por qué a veces la asaltaban con nitidez esos avisos, y en otras, todo le resultaba oscuro e impenetrable, como si el mundo fuese sordo a sus ruegos, como si los dioses y los buenos espíritus se hubiesen marchado.

Marcó el número de Gonzalo. Le respondió de inmediato, con voz irritada.

—Joder, Magdalena. ¿Y ahora qué pasa?

—No me ha llegado ningún envío vuestro. Sois un poco chapuceros. Ya me dirás cómo me comunico con vosotros para hablar de ciertos temas.

—¿No te ha llegado nada? Me cago en todo. Dijeron que hoy en la mañana… ya tendría que estar allí.

—Me urge comentaros cosas y pediros algunos asuntos. Resuélvelo pronto.

Magdalena colgó.

Pidió que le subieran algo de comer. La carta tenía un montón de ofertas que no estaban disponibles ese día, así que se conformó con un sándwich de jamón y queso que le pareció repugnante.

Lo devoró en pocos minutos. Cuando salió a la puerta para colocar la bandeja en el pasillo vio que habían dejado un paquete blanco con su nombre. Entró al baño, lo abrió.

«Al fin, coño, cuánto tardaron, ya era hora».

Envió un texto encriptado con el smartphone. Le explicaba

a Gonzalo que el asunto parecía bastante más peligroso de lo que ella pudo pensar en un principio; que era una imprudencia terrible no haberle comentado que el padre de Begoña había recibido un mensaje de su hija pidiendo ayuda y que necesitaba de inmediato el teléfono de un tal Toni, el venezolano amigo de Carlos Montoya que le había obsequiado el cuatro a la muchacha y que ahora, «casualmente», había regresado a Venezuela.

El correo de respuesta llegó en pocos minutos. Le prometían el dato del venezolano en un par de horas; le decían que actuase con toda la velocidad que fuese necesaria. Por último le aclaraban que habían pensado que el supuesto mensaje de Begoña a través de Carlos era una trampa del muchacho para hacerse con algo de dinero. Prefirieron no darle importancia.

No saquéis conclusiones por mí. De ahora en adelante, quiero todos los datos. TODOS, escribió Magdalena.

*

El taxi la llevó a la avenida Victoria. La mañana se abría: sedosa, con una luz suave que por segundos parpadeaba anunciando el calor recio que cubriría la ciudad al mediodía. Magdalena miró los carteles para comprobar el nombre del lugar, pero hacia el fondo vio unas mesitas y un muchacho con una gorra de béisbol alzó la mano para saludarla.

—Hola, Toni. ¿Qué me recomiendas? —le dijo ella.

—Los cachitos están muy bien.

Durante la noche ella se había encargado de explorar en la red todos los datos posibles sobre aquel hombre. Imaginó que años atrás el trabajo de un detective había sido algo apasionante y tortuoso, pero en estos tiempos, con alegre y pueril irresponsabilidad, las personas habían decidido colgar toda su existencia en público para que fuese muy sencillo conocer cada uno de sus movimientos. Toni era licenciado en idiomas y había viajado a España para hacer un máster en Negocios. Veintiséis años, soltero, amante de la natación, dos idiomas, había trabajado en algunas academias de inglés en Caracas, y durante un tiempo intentó vender camisetas chinas con errores risibles como podían ser imágenes de Batman que decían en nítidas letras rojas *Superman*, o vírgenes del Rocío que anunciaban una película amorosa de Walt Disney.

Cuando llegó la hora de acostarse, Magdalena ya conocía los sitios donde estudió Toni; sus familiares; sus amigos; sus fiestas; un par de antiguas novias, y hasta los apuros que pasó en Madrid cuando debió abandonar la hermosa habitación que había alquilado hacia la zona de Ibiza.

—Bueno, y cuéntame, Magdalena. ¿En qué puedo ayudarte?

—Te agradezco mucho que hayas aceptado venir a desayunar conmigo. Lo cierto es que te dije que te traía un paquete de tus amigos de Madrid, pero te mentí.

Toni alzó la ceja.

—¿Por qué?

—Una amiga tuya está en apuros. Necesito encontrarla con urgencia. Y si te lo decía por teléfono podías asustarte y darme largas.

—¿Qué amiga?

—Begoña.

Toni bebió de su café con leche y un rastro de espuma quedó sobre sus labios. Pestañeó con nerviosismo y miró hacia la avenida.

—Hace tiempo que no sé de ella. Es una muchacha maravillosa. Fue muy solidaria con nosotros en Madrid.

—Y por eso le regalaste un cuatro.

—Sí. ¿Cómo sabes eso? Un cuatrico viejo, corriente, que me compró una vez mi papá en una carretera. A ella le hacía ilusión tenerlo.

—¿Y cuando regresaste a Venezuela volviste a hablar con Begoña?

—No. Para nada. Le perdí el rastro en Madrid, luego mis asuntos se complicaron y tuve que regresarme a toda prisa. Debía la habitación, el máster, y yo a diferencia de un amigo llamado Carlos no me atreví a robar en los automercados.

—Pero sabías que ella estaba aquí.

—Ella me contó que se vendría a Caracas, quería explorar el país por ella misma, no se fiaba de lo que nosotros le contábamos. Le recomendé un sitio para comer buenas arepas, la advertí que no saliese de noche a la calle. Poco más.

Magdalena miró al hombre. La frente le sudaba un poco. Dudó si preguntarle por alguna posible intimidad con Begoña, pero le pareció que era innecesario. Begoña parecía maravillosamente feliz de ser una mujer sexual y encantadora, así que enredarse una noche entre las piernas de un hombre no significaría para ella un vínculo poderoso como para hacerla perder la cabeza. Magdalena suspiró con nostalgia y una pizca de envidia.

—Entonces digamos que te sentiste muy cercano a ella, pero ahora que quizás la chama esté en problemas ya te sientes muy lejano.

El muchacho movió la mano como si se estuviese quitando de encima un insecto.

—Mi vida en estos tiempos no ha sido fácil. Reuní dinero para irme a hacer mi posgrado, para ver si desde España daba un salto y me iba a Inglaterra o a Estados Unidos o a Alemania, y terminé aceptando caridad de una tipa chévere que está más loca que el carajo y cambió la comodidad de su casa por irse con okupas y dormir en el suelo. No he tenido tiempo de pensar en ella. Soy una rata... quizá. Pero en mis planes no estaba volver a Caracas.

Magdalena pagó la cuenta. Se puso de pie y respiró hondo. Toni también se levantó de la mesa y señaló un envejecido Lada amarillo.

—Lamento no poder ayudarte. ¿Quieres que te lleve a algún sitio?

—Sí, sí, por favor —respondió Magdalena—. Necesito ver a un amigo por aquí cerca, en Colinas de Las Acacias. Te lo agradezco mucho. Espera un momento que tengo sed, no quiero deshidratarme.

Subieron al carro después de que ella pagó dos botellines de agua. Magdalena le indicó la ruta hacia donde se dirigía. Varias veces entrecerró los ojos para recordar el camino y chasqueó la lengua con satisfacción al ver que llegaban a una redoma que desembocaba en una calle ciega y solitaria.

—Aquí, aquí… esto no ha cambiado, es tal como lo recordaba —dijo señalando una casa oculta por altos muros de un color anaranjado.

—¿Te quedas?

—Sí —dijo y hurgó en su cartera—. Pero espera que tengo que mostrarte algo —insistió y le entregó los dos botellines de agua a Toni para tener libres las manos.

Él la miró una vez más y alzó la ceja; un gesto irónico que se disipó cuando Magdalena sacó su revólver y lo colocó sobre la nariz del muchacho.

—¿Pero qué haces?

—Calladito, pedazo de pendejo. Aquí desde el año 88 durante el día nunca hay nadie, y si estuviese algún abuelo durmiendo siesta seguro no va a salir si te meto cinco disparos en el cerebro.

—¿Qué pasa? ¿Qué dices?

—Odio que me mientan. No me dices lo que necesito saber sobre Begoña. Le regalaste un cuatro que te había dado tu padre, te desprendiste de un bonito recuerdo de infancia, y luego al volver aquí nunca te interesaste por saber cómo estaba a pesar de que te había ayudado cuando viviste en España.

—Espera, espera… ya lo dije, no soy un carajo buena persona, pero no por eso pienses que estoy diciendo mentiras.

—Sí. Me estás tratando de engañar. Cuando te dije que Begoña estaba en problemas ni siquiera preguntaste qué le pasaba. Y no me lo preguntaste porque sabes que esa chama está en peligro y no te sorprendió que te lo dijese. Lo normal es que al menos por cortesía hubieses fingido que te importaba un poco.

A mí no me vas a marear. Sabes más de lo que me dices y lo sueltas ya mismo o te llevas una bala en la cabeza.

—Estás loca —respondió Toni a la vez que intentó alzar los brazos sin desprenderse de los botellines de agua que llevaba entre los dedos—. ¿Qué manera es esa de obtener una información?

—Son mis métodos cuando consigo alguien mentiroso. Tu viaje de regreso fue demasiado inesperado. En Internet cuentas toda tu vida, minuto a minuto, eres de esos pendejos que le hace fotos hasta a la tortilla que se va a comer. Pero te regresas a Venezuela y no dices ni pío en ninguna red. Y no lo haces porque estás aquí escondido. Ahora dime… ¿Eres un infiltrado del SEBIN? ¿Te mandaron ellos para que vigilases a los estudiantes venezolanos en España? ¿Usabas a Begoña para espiarlos?

—Loca del carajo —respondió Toni.

—Deja de insultar y empieza a contarme cosas.

Toni hizo un esfuerzo para que no le temblase la barbilla; hizo un puchero y cuando abrió la boca para tomar una larga bocanada de aire, movió las dos manos a la vez y golpeó a Begoña en las sienes; un golpe seco que la dejó mareada pero con la suficiente lucidez para responder el ataque y clavarle dos veces la cacha del arma en la nariz al muchacho. Lo dejó casi noqueado, pero ante la duda se bajó del automóvil y siguió apuntándolo.

—Hijo de puta —susurró—. Tienes treinta segundos. ¿Para qué le regalaste el cuatro a Begoña? ¿En qué andaban ustedes?

Toni se pasó la mano por el rostro y resopló al ver su piel llena de sangre.

—Ya va, ya va, no te pongas violenta. Sí, le di el cuatro, me gustaba esa chama, quería quedar bien con ella y le dije que le traería buena suerte. Ella tenía muchas ganas de venir aquí, pero le daba miedo y por fanfarronear le dije que si se sentía en peligro me mandase una foto del cuatro con una cuerda rota y eso sería una señal secreta de que estaba pidiendo ayuda, entonces yo contactaría gente que podría ayudarla.

—¿Qué gente?

—Me lo inventé. Soy un pobre pendejo. Lo dije para que pensase que yo era un tipo duro, que tenía amigos en todas partes.

—¿Y cuando te envió la foto por qué no hiciste nada? ¿Por qué no llamaste a la policía o avisaste a sus padres?

—Es que nunca me ha enviado esa foto. Nos escribíamos pequeños mensajes con frecuencia, pero luego dejó de escribir. Me asusté, pero supuse que ella tenía recursos para salir de cualquier problema. Mira, mira mi teléfono —susurró señalando su bolsillo—, no tengo mensajes recientes de ella, ni mucho menos esa fotografía. Yo creo que ella ni siquiera sabe que estoy en Venezuela.

Magdalena se apartó un mechón de cabellos que se derramó sobre sus ojos.

—¿A qué podía tenerle miedo, Begoña?

El muchacho volvió a limpiarse la nariz. Su sangre era brillante, parecía una pintura de aceite.

—A nada en especial. A los ladrones, a los secuestros, a los paracos... incluso a los infiltrados del Proceso. A todo. Sabía que ahora este es un lugar peligroso.

—¿Nunca te dijo algo concreto?

—No. Lo juro.

—¿Y qué estaba haciendo las últimas veces que te escribió?

—Nada especial. Proyectos culturales en comunidades. Daba clases de Geografía y ayudaba a los niños a hacer los deberes de la escuela. Cosas así.

—¿Dónde?

—No lo sé.

—¿Con quiénes?

—Imagino que con esos grupos que hacen actividades... con los colectivos. Pero no conozco un solo detalle. Eso me dio mala espina; esa gente es muy violenta. Por eso nunca le dije a

Begoña que estaba por aquí, que había debido regresarme. Ella quería jugar a las guerritas y a mí no me interesan esos juegos.

En una calle cercana, se escuchó la música de un camión de helados. Magdalena aflojó la presión sobre el revólver. Aquella música algo tonta y empalagosa la hizo recordar muchas tardes en las que corría con un par de monedas apretadas en su mano hasta regresar con un helado de limón que brillaba frente a sus ojos como un tesoro.

Avanzó unos pasos, en un gesto furioso y seco le atravesó el rostro a Toni con el arma y le abrió una zanja en la ceja.

El muchacho gritó, pero ella le colocó el arma en la boca.

—Ya has visto que no me gustan los engaños. A la primera noticia que tengas sobre Begoña me llamas y me cuentas de inmediato. Voy a enseñarte a ser buen muchacho y a ser agradecido. Y para que veas que no te guardo rencor, ¿quieres que nos comamos un helado?

*

Después de todo había terminado con los dos hombres en una habitación de hotel, pensó Magdalena con una mínima sonrisa. Los sueños sueños son y normalmente se hacen realidad como si fuesen una pequeña nota a pie de página: muchos datos, ideas enrevesadas y poca sustancia.

Dejó su bolso al alcance de la mano por si debía utilizar el revólver. Ella y Jaime se colocaron frente a la mesa y fijaron su vista en la *tablet*. El primo se sentó en una silla cerca de la puerta; a ella le pareció un buen detalle que se colocase en un lugar donde ella pudiese mirarlo y su presencia no resultase amenazante.

En la pantalla vieron una calle caraqueña. Buhoneros, niños vendiendo dulces, casas de colores vivos, asfalto roto, luz de cristal cayendo desde el cielo. Jaime adelantó las imágenes y las detuvo cuando la tarde se volvió penumbrosa.

—Te traje los momentos previos como me pediste, aquí no verás entrar ni salir a los asesinos. Igual no sé qué estás buscando... —advirtió.

—Te lo dije. Quiero saber si en esa casa había alguien más aparte del ministro, su asistente y los paramilitares.

Jaime volvió a adelantar el video.

—Pues hay un problema… hay un momento en que por un fallo eléctrico se interrumpe la grabación. Son solo dos minutos, pero debes saberlo.

—Qué casualidad. Ese día hubo demasiadas casualidades —acotó Magdalena—. Dime algo, no me interesa ver esa otra parte, pero ¿se interrumpió la imagen cuando entraron y salieron los asesinos del ministro?

El hombre miró a la pared. Tomó aire.

—No. Esa parte está intacta.

Vieron las imágenes un buen rato y de repente se notó el corte eléctrico: un fondo blanco, lleno de chispas y manchas como bacterias grises. Luego reapareció la calle, pero ahora recorrida por una luz vaporosa donde se anunciaba la noche desde el cielo.

—Retrocede justo tres minutos antes del corte.

Jaime lo hizo. Magdalena comprobó lo que había sido solo una sospecha inicial. Por la acera pasaban en ese momento un hombre calvo, dos mujeres que llevaban unas bolsas vacías, tres liceístas que parecían bromear y una muchacha con un cuatro en la mano y una mochila. Ninguno miraba hacia la casa del ministro. Ninguno. Incluyendo a esa muchacha delgada que obviamente era Begoña, rondando por la casa del ministro poco antes de que él y sus guardaespaldas llegasen al lugar, y por supuesto, antes de que apareciesen los asesinos.

El dedo de Jaime se detuvo en la fina silueta de la chica.

—Y esta es la persona que estás buscando, ¿verdad?

Magdalena hizo un gesto sutil con los labios.

—¿Cómo lo sabes?

—Todo se termina sabiendo.

—¿Y dónde está?

—Ni idea. Eso nadie podrá decírtelo. Se la tragó la tierra. Pero se dice que esa mujer estaba en la casa cuando mataron al exministro, que se encontraba allí y que lo vio todo. Y eso no es bueno para ella.

—Lo imagino; igual se trata de una información errada.

—Puede ser, pero estas imágenes que tú ves, antes las vieron otros... y no será difícil asociar el cuatro que apareció en la escena del crimen con ese instrumento que ella lleva en las manos.

—¿Y qué más se dice? ¿Piensan que ella pudo cometer el crimen?

—No —dijo tajante Jaime y se sonó los dedos de la mano derecha—. Se sabe muy bien que fue un hombre, un hombre que estaba con un grupo que entró a la casa. Lo único que se comenta es que para ella puede ser muy malo haber visto lo que sucedió allí.

—Claro —susurró Magdalena—, porque aunque todos sabemos que fueron cinco paramilitares colombianos que ya están identificados, igual si ella estaba en ese lugar, pudo confundirse y haber visto lo que en realidad no ocurrió.

Al fin Jaime sonrió con la boca de medio lado.

—Exacto. Con el miedo que debe haber pasado pudo confundirse y ver otra cosa distinta a lo que realmente sucedió.

—¿Y qué pudo imaginar que estaba viendo?

—Ni idea. Pero desde luego, hay colectivos que tienen muchos problemas entre ellos. Hay grupos que se están desviando del camino, que están haciendo negocios propios y se disputan territorios como perros salvajes; existe mucha confusión y el ministro solía mediar entre ellos, intervenir para que resolviesen sus problemas y para que siguieran las líneas del Proceso... quizás Begoña pudo imaginar que veía uno de esos desvíos.

—Tal vez, Jaime. Pudo ser que imaginase algo así. Y en ese caso, corre verdadero peligro porque hablamos de gente armada que se pone nerviosa con facilidad. ¿Pero crees que Begoña se haya confundido con algunos grupos en concreto?

—No tengo ni idea. La información que doy siempre es de calidad. No doy datos sin verificar, ni trabajo con hipótesis. Puedo decirte que ella estaba muy vinculada a uno de esos grupos;

de hecho les daba dinero; todos los lunes iban a El Valle y ella sacaba plata y se la donaba.

—¿Por qué allí?

—Porque ese colectivo está operativo por el centro de Caracas; preferían utilizar un lugar lejos de donde ellos suelen trabajar.

—¿Y qué más puedes contarme de ella?

—Tenía alquilado un anexo pero jamás pasaba por allí.

—¿Por qué?

—Ni idea.

Jaime miró de reojo a su primo. Magdalena no pudo verlo porque seguía contemplando las imágenes de Begoña paseando con falsa distracción frente al sitio donde poco después le hundirían un cuchillo más de cuarenta veces al antiguo ministro, pero finalmente giró el rostro, notó que los dos primos se contemplaban como intentando hablar entre ellos sin pronunciar una palabra. Fingió no percatarse. Aproximó la mano a su bolso y en ese momento la sorprendió una voz cavernosa.

—Yo sí puedo contarte más cosas…, pero a cambio de algo importante—dijo el primo de Jaime.

Ella vio cómo el hombre se puso de pie. Tenía la camiseta pegada al cuerpo, el sudor recorría su pecho y su espalda.

—¿Qué puedes contarme? —dijo ella y se colocó frente a él.

—Primero quiero una cierta cantidad de dinero, un billete de avión para España y que me consigas un permiso para vivir allá.

Magdalena sacó la punta de su lengua unos segundos, humedeció su boca y luego hizo un ruido como el de una rueda al desinflarse.

—Tendrá que ser muy buena la información que me vas a dar… y te voy a ser sincera, hay asuntos que me pides que me sería imposible concederte. No está en mi mano conseguirte ese permiso, pero si llegas con cierta cantidad de euros al aeropuerto puedes quedarte allí tres meses y luego buscarte la vida. Saltar a otro sitio que te interese.

—Eso me sirve. No es exactamente lo que necesito, pero me sirve —dijo el hombre y sus mejillas parecieron palidecer—. Ahora lo que me vendría bien sería estar lejos de aquí.

Jaime bajó el rostro y se miró los zapatos. Parecía preocupado. Luego murmuró:

—Necesita tres mil euros. No. Cuatro mil euros y un billete de avión. Ahora solo los están vendiendo en moneda extranjera.

—Bien, si lo que dice vale la pena cuenten con ello.

—Esa muchacha debe haber entrado justo en el momento en que se interrumpe la imagen. Ya sabes, cortaron el video para que ella pudiese meterse en la casa —acotó el primo de Jaime.

—¿Y quién la apoyaba y qué iría a hacer allí?

—Al llegar a Venezuela ella se relacionó mucho con un colectivo que se llama Orden Cerrado; una gente muy fiel al Proceso, muy guerrera en todo lo político. Ese colectivo estaba negociando un acuerdo de paz con otro grupo con el que habían tenido enfrentamientos por el control de una zona de Caracas: los 5 de julio.

—¿Y qué clase de enfrentamientos habían tenido?

—Se estaban matando. Un muerto de uno, un muerto de los otros. Un muerto de uno y entonces otro más. No se hizo muy evidente porque el asunto podía parecer hampa común. De hecho, cada uno acusaba al otro de ser un grupo infiltrado por la derecha, pero todos sabemos que peleaban por dominar una zona de distribución de droga. Y el ministro estaba mediando para que recuperasen la disciplina política y dejasen la guerra. Obvio que el Gobierno sabía que corría ese riesgo al armar a los colectivos. La mayor parte eran grupos de delincuentes a los que les dieron placa oficial y un par de cursillos sobre la vida heroica del Comandante.

—Lo sé.

—Y el asunto es que esa noche los 5 de julio iban a tener una reunión con el ministro y se me ocurre que esa muchacha que buscas entró a ese lugar para dejar micrófonos y que los Orden Cerrado se enterasen de lo que allí se hablaba. Pero entonces ocurrió el asesinato, ella estaba dentro, y tuvo que esconderse y huir.

—¿Dices que las personas que iban a la reunión mataron al ministro y ella lo vio?

—No. Esa reunión iba a ser varias horas después de que asesinaron al ministro. Y si se ha dicho que fueron unos paracos, pues fueron unos paracos. De allí no me vas a sacar.

—¿Y ella estaba dentro?

—Yo pienso que sí —acotó el primo, luego mostró una foto del escenario del crimen que sacó de su chaqueta y señaló un armario—. El cuatro demuestra que ella estuvo, y tengo la sospecha de que se escondió aquí, así que pudo escucharlo todo y si se atrevió a abrir un poco la puerta del mueble, a lo mejor vio algo.

—¿Y cómo puedes sospechar eso?

—Porque dentro de ese armario, cuando recién se descubrieron los dos cadáveres, se escuchaba una respiración muy suave, y media hora después, cuando llegó la policía, abrieron allí y no encontraron a nadie.

—¿Se escuchaba una respiración? ¿Quién te dio un dato tan exacto?

—Nadie —dijo el primo de Jaime—. Lo escuché yo mismo. Fui uno de los que encontró los cuerpos. Yo era guardaespaldas del ministro, y fui uno de los pendejos que lo dejó solo esa noche quince minutos.

*

Magdalena se sirvió un *whisky* seco y llenó un par de vasos para los dos primos.

Jaime bebió de golpe el trago entero y luego abrió la boca, como si el alcohol le estuviese quemando la lengua.

—A mi primo lo engañaron. No sé si a los otros guardaespaldas, pero a él lo jodieron por pajúo. El jefe de ellos respondió una llamada y les dijo que tenían que marcharse quince minutos.

—Pero no es normal que unos guardaespaldas se vayan a tomar un con leche y a comer cachitos —murmuró Magdalena.

—A veces nos daban esa instrucción. Nos pedían que estuviésemos a media cuadra y uno de nosotros se quedaba en la esquina para que todo estuviese en orden en la casa y recibir la señal de que podíamos regresar —dijo el hombre rascándose la rodilla.

—¿Y por qué pasaba eso?

—No lo sé. Tampoco quise averiguar. Hace un año uno de los guardaespaldas apareció muerto en la carretera de Caucagua. Algunos decían que había desobedecido alguna instrucción que le dio el ministro.

—¿Era capaz de hacer algo así?

—Era muy combativo y muy serio en su trabajo político. No

me consta que fuese capaz de matar a alguien. Pero el guardaespaldas amaneció con un mosquero en la boca. Lo sé porque a varios compañeros nos tocó llevarlo a la morgue.

—Y en el camino, ustedes conversaron y allí se dijo que el propio ministro lo había matado.

—Fue un rumor. Nadie lo afirmaba directamente; ni de vaina; pero sabíamos que él era el tipo de persona que podía castigar con dureza la indisciplina. Era muy serio, decía que un «cuadro» debía ser un superhombre, que jamás debía descuidarse.

—¿Te castigaron alguna vez? —preguntó Magdalena, luego se sirvió un segundo *whisky*.

—Un par de veces, por llegar tarde… el propio ministro agarró un garrote tocuyano y me dio nueve golpes en la espalda. También si llegabas borracho o si andabas desarmado te salían tus carajazos. A veces dicen que usaba un bate…

Magdalena quedó con la mirada suspendida en una de las reproducciones de Manet que colgaba frente a su cama. Intentaba ordenar su curiosidad y al mismo tiempo le pedía a María Lionza que colocase en su boca las preguntas más certeras.

—Muy bien, le tenías miedo al ministro así que nunca averiguaste por qué en ocasiones los sacaban a todos de la casa quince minutos.

—Quince minutos esa última vez. A veces nos decían una hora o dos…

—Exacto. Nunca te interesaste por eso. Y siempre les avisaban que debían marcharse con una llamada, ¿no?

—Sí, el ministro estaba arriba y la asistente le avisaba al jefe nuestro y entonces nos pirábamos un rato.

—¿Y ese día hubo algo particular?

—Nada. Al menos que yo pudiese enterarme. Estábamos en la entrada, el jefe nuestro recibió la llamada, nos fuimos a la panadería… y a los quince minutos volvimos, pero es cierto que la persona que debía estar en la esquina vigilando la fachada de la casa no se encontraba en su lugar, así que nadie vio cuando llegaron los motorizados y nadie vio cuando se fueron. Por eso no pudimos intervenir.

—Ah, ese fue el detalle distinto; uno de tus compañeros no se encontraba en su sitio. Y suponiendo que me digas la verdad, ese es el traidor.

—Quizás, pero cuando nos interrogaron no quedó claro a quién había designado el jefe nuestro para que estuviese en la esquina. Él dijo que a uno llamado Arquímedes, pero yo estaba con ese pana y puedo jurar que a él no le dijeron nada.

—Entonces el jefe de los guardaespaldas es el que facilitó que entrara el grupo.

—Puede ser, o el jefe y Arquímedes estaban de acuerdo, o fue negligencia o fue mala suerte. A mí no me pagaron, a mí nadie me dijo que hiciese algo especial ese día.

—¿Y qué pasó al regresar?

—Cumplimos el plazo. Quince minutos. Regresamos. La puerta estaba cerrada. Todo parecía normal. Pero en el pasillo encontramos a la asistente muerta. Le habían dado una puñalada en el corazón. Allí sacamos las armas, y el jefe, Arquímedes y yo subimos a las habitaciones de arriba hasta que encontramos al ministro amarrado y desnudo, todo lleno de sangre y con el cuerpo destrozado.

—¿Y Begoña?

—Yo no conozco a esa muchacha, y en ese momento solo pensaba en el lío en que nos habíamos metido. Entonces me recosté del armario y sentí que allí había alguien. Lo lógico es que yo abriese la puerta y disparase. Pero no dije nada. Ya estoy jodido, pensé, pero si capturo a alguien, si mato a alguien, estaré más jodido aún porque la gente que hizo esta vaina debe ser bien poderosa.

—Así que sospechaste de alguien cercano al ministro y preferiste no capturar ni matar a esa persona.

—Si en ese armario hay alguien, que otro lo descubra, pensé, ya yo estoy bien escoñetado. Y el caso es que cuando llegó la policía me di cuenta de que allí no quedaba ninguna persona. Así que cuando supe que estabas interesada por el cuatro y escuché luego rumores de que estabas buscando a una chica española, sumé y sumé, concluí que en ese armario no estaba ninguno de los asesinos, sino quizás esa muchacha del cuatro… no te lo puedo asegurar, pero creo que ella estuvo escondida donde te dije y creo saber cómo escapó de esa casa.

Magdalena fijó sus pupilas en el hombre. Le pareció que el color tostado de su rostro se hacía más denso.

—¿Cómo?

—En la parte de atrás hay una ventana, es un poco alta, pero si saltas por allí llegas a una quebrada de aguas negras, y si caminas recto un buen rato, el monte está tan alto que sin que nadie te mire llegas a un puente donde hay varios ranchos y si caminas un poco más llegas a Los Chaguaramos, casi a la altura del estacionamiento de la UCV.

—¿Y por qué nadie la vio salir?

—En esa ventana no hubo nadie hasta que llegó la policía. Nos pusimos muy nerviosos; allí no hubo ningún protocolo de seguridad, ningún procedimiento; corrimos a llamar a la policía y dejamos la casa sola al menos diez minutos.

—Pero imagino que la policía sospechó de ustedes.

—No. A las horas ya se hablaba de que habían sido los paramilitares y simplemente nos quitaron el sueldo y nos mandaron a casa.

Magdalena miró con fijeza el rostro del hombre, un rostro que se iba haciendo frágil a media que pasaban los minutos, como si sus huesos se estuviesen desarmando.

*

Rezó siete padrenuestros. Luego en susurros cantó una melodía con vocales y marcó un ritmo de tambores con la punta de los dedos. Cerró los ojos. Luego los abrió de golpe y miró la taza de café. En el líquido se dibujó un rostro; un rostro de humo y burbujas; un rostro de hombre que se alargaba y se encogía.

Magdalena intentó concentrarse hasta que comprendió que el café solo le revelaba el sufrimiento de un hombre cercano a ella, el dolor de un José María que seguía dando vueltas en Madrid intentando ubicarla. Se puso de pie. Abrió del todo la ventana. Encendió un tabaco con tres fósforos y murmuró:

«En el nombre del gran poder de mi Santa Madre María Lionza, Corte india, Corte celestial, Cacique Guaicaipuro y Negro Felipe, yo conjuro este tabaco para solicitar permiso para que acudan hermanos de luz y si está en ley de mi Santa Madrecita Reina María Lionza otorgarme permiso espiritual para ofrecer mi cajón para que descienda un hermano de luz, y que la corte celestial me dé luz espiritual».

Magdalena inhaló entrecerrando los ojos. Puso en su boca y en la punta de sus dedos toda la energía que pudo convocar, pero al encenderse, la punta del tabaco no se abrió como una flor.

Permaneció apretada en una forma tubular y rojiza que hizo que Magdalena soltase un bufido. Era la señal de que la Reina no la autorizaba para realizar esa consulta.

Apretó el tabaco contra un cenicero.

Suspiró.

Años atrás pensaba que su torpeza era un estado transitorio, que podría evolucionar, ajustar sus luces. Pero ahora ya se había resignado. Sus poderes eran parpadeantes. Recordaban aquella señal de televisión del Canal 5 que veía durante su adolescencia en Barquisimeto mientras cenaba suero con arepa en migajas. Le interesaba mucho sintonizarlo porque era el canal donde pasaban conciertos, programas con pintores, con escritores y músicos, pero cuando lo ponía, jamás tenía certeza de que podría mirarlo: la pantalla muchas veces era un cuadrado de arena, a veces una voz sin imagen, en ocasiones siluetas borrosas, fantasmales; y en días inesperados, la nitidez de un documental sobre Carlos Cruz-Diez. Así mismo. Así eran los poderes espirituales con los que ella podía contar.

No le sucedía como a aquel famoso Peter Hurkos que después de resolver con su videncia cientos de casos y de convertirse en un héroe de la segunda guerra por descubrir espías infiltrados, un día comprendió que había perdido por completo sus poderes.

En ella, las luces volvían: tenues, imprevisibles; luego se marchaban; luego retornaban sin aviso. Al menos Hurkos quedó liberado al comprobar por entero su derrota. Magdalena vivía en la eterna incertidumbre, en el vértigo, en el mareo de sus oscilaciones.

Aunque era demasiado pequeña cuando la llevaron a Sorte y la sumergieron en la corriente de sus ríos, siempre sintió en su piel la frescura de aquellas aguas, el nexo profundo y la conexión con ese mundo de voces, penumbras y temblores que eran los espíritus de la montaña. Incluso una tarde se perdió por unas horas en la montaña y cuando sus tías la encontraron, nunca dejaron de comentar cómo la habían visto paseando por «los arcos enamorados», esa zona cerca del pozo del Negro Felipe donde los árboles se inclinaban unos junto a otros, y en ese momento la vieron atravesar nueve de esos arcos envuelta en la luz rosa de la tarde mientras dos peligrosas serpientes huían sin hacerle daño.

A todos en la familia aquello les pareció una señal. Por eso Magdalena pidió en su momento que la iniciaran para ser «materia» y recibir en su cuerpo las voces y la fuerza de esos espíritus. Le hicieron las velaciones, los rituales con frutas, los despojos con cocuy, cuernociervo, jabón azul y cruzó siete veces los ríos. Desde ese entonces, sentía que esos lazos parpadeaban, que esos poderes se afianzaban, pero siempre permanecía ese temblor, ese ir y volver fortuito, inesperado, incontrolable.

Soltó una bocanada de humo. Necesitaba avanzar más allá de las palabras del primo de Jaime. Hurgar en el aire y que el aire le dijese dónde se encontraba Begoña, cómo podía llegar a ella y salvarla.

Se sentó en el sofá.

Tenía varios datos importantes. El grupo con el que conectó Begoña, el posible lugar por donde logró escapar en el último momento. Sabía que no debía perder su tiempo en buscar pistas sobre paramilitares. No era demasiado jugoso lo que poseía, pero ya era algo. Tomó una inmensa bocanada de aire y llamó a su taxista para que la llevase a una terracita en Santa Mónica y mientras iba hacia allí contactó a Marcos. Necesitaba hablar con él pero no quería escuchar sus famélicos ronquidos sobre la alfombra o que la escuchase llorar durante el sueño.

El muchacho tardó en llegar dos jugos de lechosa.

Parecía más flaco, más ojeroso. Pidió un papelón con limón y comenzó a beberlo en sorbitos muy cortos. Luego la contempló con cansancio y un hilo de voz salió de sus labios.

—¿Sabes algo de Begoña?

—Solo quiero que mires varias fotos.

Magdalena mostró en la pantalla de su *tablet* varios retratos del grupo Orden Cerrado. Hombres en moto con camisas rojas, un pañuelo colgando de su cuello y en algún caso pistolas semiautomáticas en sus manos. Las imágenes la estremecían, pero no por las armas que llevaban encima aquellos hombres de rostros pétreos, sino por el uso de uniformes y la repetición de sus poses ante las cámaras. Personas de más de veinte años con las mismas ropas y los mismos gestos le parecían siempre una amenaza. Comprendía que los adolescentes jugasen a ser la copia fiel de su grupo de amigos, pero contemplar adultos repetidos en serie lograba estremecerla.

Marcos abrió los ojos, movió las imágenes colocando sus dedos en la pantalla.

—¿Son estos los que viste en tu casa? ¿Son los amigos de Begoña?

—Creo que sí. No estoy muy seguro, pero el detalle del pañuelo me llamó la atención. Pensé que la vaina era muy infantil, pero además me dio la impresión de ser incómodo. Otros colectivos llevan camisetas, bluyines, chalecos antibalas… me quedé pensando que eso de los pañuelos solo podía servir para secarse el sudor.

—Nunca más volviste a verlos.

—Frente a mi casa jamás. Pero seguro alguna vez los he tropezado en la calle. Hay muchos de esos grupos.

El suspiro de Magdalena se escuchó en toda la terraza.

—¿Y no has recordado nada nuevo sobre Begoña?

—La verdad… no mucho. Bueno, quizás que me hablaba en sus mensajes con cariño sobre Toni, el tipo del cuatro. Me contaba que se habían visto; que habían ido al parque del Este o a Los Próceres. Alguna vez me puse celoso por la vaina, pero yo no tenía derecho a molestarme, así que me hice al loco.

Las manos de Magdalena se enfriaron. El desgraciado de

Toni se había atrevido a seguir mintiendo aun después de que ella le hubiese desviado el tabique de la nariz. Hay gente que no aprende, carajo. Se miró las uñas: cortas, brillantes. Miró hacia la calle: al fondo, tres árboles vibraban con la brisa. Guillermo se equivocaba, pensó Magdalena, los árboles de esta ciudad seguían resistiendo, seguían siendo como un susurro de madera y savia que lamía la piel de quien los contemplaba; era falso que hasta ellos pareciesen amenazantes.

—¿Y los viste juntos alguna vez?

—No. La verdad es que no.

—Porque a lo mejor Begoña te estaba contando de los paseos que dieron en Madrid.

—No. Ya se lo dije: hablaba del parque del Este o de Los Próceres. Lo sé porque estuve a punto de decirle que esos sitios eran peligrosos, pero luego me di cuenta de que no hay lugar en este país que ahora sea seguro, así que me pareció absurdo recordárselo.

El viento trajo un ruido de alas y chillidos. Magdalena pensó en una bandada de loros surcando el cielo. En la cocina del local escuchó ruido de ollas, grifos, voces de gente que susurraba mientras lavaba platos.

—Dime algo, Marcos... ¿Cuándo recibiste el último mensaje de Begoña?

El muchacho miró su teléfono y después de pulsarlo varias veces mostró la pantalla. *Hola Marquito, estoy bien, bien, bien... chévere, como tú dices. Un besazo.* Magdalena miró la fecha; tres días después del homicidio del ministro; hizo un esfuerzo para que no se moviese un solo músculo de su cara, tal y como era capaz de hacer el guapísimo de Jaime que parecía siempre una mesa de caoba en la que ningún pensamiento lograba extraer expresión alguna.

—¿Por qué te decía que estaba bien? ¿Tenías dudas de que así fuese?

—Yo simplemente le mandé un mensaje para invitarla al cine, no me respondió, me preocupé y le dije que si todo estaba tranquilo… tres días después me envió esta respuesta.

—¿Y no le has vuelto a escribir?

—Cuatro veces más, pero allí dejé de saber de ella por completo. Así que me preocupé; al principio me pareció que podía ser una intromisión. Lo que sucede es que según pasaron las semanas supe que era imposible, que era anormal del todo que ella no hubiese dado una señal.

—¿Y hablaste con tu amigo Carlos en Madrid?

—No es mi amigo, ya se lo dije. Somos buenos conocidos. Pero sí. Nos escribimos. Él me dijo que también estaba preocupado.

—¿Por qué motivo?

—Jamás lo explicó.

—¿Y por qué no hablaste con Toni?

—Nunca hemos tenido trato. Lo escuchaba mencionar en boca de Begoña, sé que era el dueño del cuatro… poco más. Supuse que la desaparición de ella tenía que ver con los colectivos; a ella le gustaban los líos; imaginé que había encontrado uno a su medida y que hasta se encontraría feliz. Pero tanto silencio a estas alturas no me parece normal.

—¿Viste a Toni alguna vez?

—La segunda oportunidad en que ella y yo nos encontramos él la llevó hasta un restaurante en Chacaíto. Eso dijo ella. Vi un hombre en un Lada amarillo. Pero lo vi de lejos. En todo caso, se parecía a las fotos que ella me mostró.

—¿Fotos?

—Una de esas fotos que la gente se hace ahora comiendo, bebiendo un refresco, entrando a un baño o cepillándose los dientes… en esta foto estaban los dos con unas arepas en la mano.

—¿Dónde?

—Y yo que sé… en una arepera. Hay tantas.

—Eres muy impreciso, Marcos.

—Lo lamento. Le digo todo lo que creo que puede servir. Quizás debería hablar con Toni. Tengo la impresión de que la vio muchas más veces que yo. Al menos ella lo nombraba bastante.

El muchacho vio el cielo que adquiría un color lila, espeso. Se puso de pie.

—¿Cómo regresa usted al hotel?

—Tengo un taxi que me viene a buscar.

—Si no le importa, lléveme primero a mi casa. Ayer iba yo en metro y se armó un tiroteo después de que intentaron robar en uno de los vagones. Un montón de pasajeros salimos corriendo. No sé cómo terminé cargando a una abuelita que se desmayó en las escaleras.

En el aire, Magdalena creyó escuchar de nuevo una bandada de loros que volaba en círculos.

*

Cinco niños arrastraban pesadas cajas; un borracho dormía en el suelo rodeado de repollos podridos; tres perros vagabundos miraban atentos a una ventana desde la que de tanto en tanto caían trozos de pellejos.

Magdalena repasó mentalmente la ruta que se había propuesto esa mañana: nunca debería pasar frente a la antigua casa del ministro; la idea era desembocar en la parte de atrás, directamente, sin titubeos, como si fuese un camino habitual para ella, un lugar donde sus zapatos se movían con naturalidad absoluta.

Ningún atisbo de miedo, ninguna energía especial habitaba en aquellas esquinas de casas agrietadas y chatas. La muerte había pasado por allí y en pocas horas, al desaparecer los policías, los periodistas, las cámaras, el tiempo siguió avanzando de manera pastosa, aturdida. Magdalena pensó que en otras circunstancias todavía por el lugar estarían transitando los espíritus atormentados del ministro y su asistente; aún se podría detectar su perplejidad, su miedo al nuevo plano al que sus almas habían ido a parar de manera violenta. Pero era como si la ciudad acumulase tanta muerte, tantos cuerpos mutilados, cortados, abiertos, rotos, triturados, que los espíritus se marchaban de inmediato, incapaces de superponerse en nuevas capas de dolor y sangre. Era tanta la muerte en la ciudad, que quienes morían asesinados no podían quedarse en ella vagando y escapaban.

Distinguió la parte de atrás de la casa. Contempló de reojo la ventana. Ahora estaba cerrada y la habían cubierto con cartones, pero aquel día una asustada Begoña debió lanzarse por ella y caer sobre la acera.

Miró a todas partes. Cada ventana, cada puerta, cada esquina. Nadie.

Imaginó que en ese punto de la ciudad ninguna persona deseaba estar demasiado atenta a lo que sucedía. Vivir era callar, avanzar a ciegas.

Miró la pared que se interponía entre las calles y ese riachuelo de aguas negras sobre el que habló el primo de Jaime. La pared tenía agujeros que podían servir como una improvisada escalera. Magdalena escaló el muro: el olor pútrido se hizo cada vez más nítido, un centellazo en su nariz y su rostro. Saltó al otro lado y apretó su revólver en la mano. Preservativos usados, una lata de aceite con un fondo lleno de pequeños carbones, trozos de ladrillo, bolsas de plástico. «Por aquí tal vez se marchó Begoña a toda prisa, no habrá mirado los detalles como yo lo estoy haciendo, no habrá podido hacerlo pues era de noche y si tuvo suerte y había luna, solo pudo adivinar a medias el camino para escapar».

Avanzó a la mayor velocidad posible. El aire del lugar era un hedor tibio, como una llaga abierta bajo el sol del mediodía, y por el suelo cruzaban ratas que chillaban al sentir la punta de los zapatos de Magdalena. A su lado, el arroyo; oscuro como alquitrán, se movía con indolencia y espuma. Era obvio que el camino se utilizaba frecuentemente: Magdalena vio casquillos de bala, colillas de cigarrillo, trozos descompuestos de fruta. Mantuvo apretado su revólver, lista para disparar ante la primera señal extraña. El sol se hundió en sus ojos como una aguja.

Su mirada se movía con agilidad. A su izquierda, la pared de bloques grises subía o bajaba su altura pero cumplía siempre la misma función: ocultar a la ciudad las aguas negras que la surcaban como una infección antigua. En la otra ribera del río se alzaba una pared que se abría en ciertos momentos y dejaba ver alguna calle ciega: fachadas de casas que alguna vez fueron confortables y que ahora mostraban sus muros llenos de costras, sus tendederos de ropa, sus tejados con agujeros. «Begoña podría haber intentado huir por alguna de ellas, pero para eso habría tenido que atravesar el río y no se habrá atrevido, la corriente la habría arrastrado».

Escuchó voces, voces muy tenues, voces llenas de aire. Magdalena supo que Begoña no pudo sentirlas. «Esas voces no están vivas», concluyó, y con rapidez susurró una oración en que les construía caminos y puentes para que todas ellas abandonasen este plano tierra. Supuso que en el río de aguas rebosantes de excrementos y químicos flotaban innumerables espíritus recién desencarnados, presencias que todavía continuaban con la frente abierta por los balazos en alguna calle de Caracas, mujeres con el pecho destrozado por un calibre 38, muchachos hinchados por cientos de patadas en algún cuartel militar.

El mensaje que había recibido Marcos tres días después del crimen tranquilizó a Magdalena. «No murió esa noche», concluyó.

Caminó sin parar otros diez minutos. Al llegar al hotel debería hacerse un despojo y limpiarse. Aquellas aguas negras se movían cargadas de malas vibraciones. Sentía un zumbido en su cabeza.

Llegó al final del camino. A su izquierda había un puente bajo el cual habían construido una serie de ranchos cuyas ventanas daban a la quebrada de aguas negras y cuyas puertas quedaban en un pasillo completamente negro. Magdalena miró hacia allí. Apretó su arma; quizás Begoña entró a ese lugar para esconderse; para pedir ayuda; para pagarle a algún vecino y que la llevase lejos. Dio un par de pasos. A su espalda escuchó una voz recia.

—¿Adónde va? ¿Adónde va? Espere.

Se giró. Un señor de rostro colorado y pelo canoso le hizo señas desde un kiosco de periódicos. Ella avanzó hacia él.

—Estoy buscando a alguien…

—Pues allí mejor que no lo busque. Ese sitio es candela. La semana pasada llegaron dos hombres y los recibieron a tiros. Luego los tiraron en medio de la calle. Menos mal que van a ampliar la autopista y esas casas las van a tumbar.

Magdalena vio la cinta tricolor que colgaba del cuello del hombre y el crucifijo plateado. Luego miró en su bolsillo. Adivinó que allí llevaba una «contra» envuelta en una bolsita roja para alejar los malos pensamientos. Sonrió. Si le quedaba alguna duda, la despejó al ver una imagen de María Lionza en una de las paredes del kiosco.

—Hermano, muchas gracias. Que la corte india me lo proteja y lo aleje de todo mal.

—Gracias, hermana —dijo él—. Por aquí siempre hace falta. Hay mucha gente mala. Si no fuera por la protección de la Reina y de sus cortes espirituales yo no me atrevería a seguir en la calle. Pero hay que trabajar. La vaina está pésima.

Magdalena le compró al señor una caja de chicle y encendió un cigarrillo. Hablaron sobre Sorte, sobre unas «materias» muy buenas que estaban trabajando en Maracay y que mantenían puros los rituales marialionceros, sin esa barbaridad que ahora cometían algunos farsantes de sacrificar gallinas y chivos. Luego Magdalena miró hacia los lados. Supo que si giraba hacia la derecha llegaría a la plaza de las Tres Gracias, y si continuaba hacia el lado contrario continuaría por la avenida La Facultad y llegaría a Bello Monte. ¿Qué ruta pudo seguir Begoña?

—Y usted está aquí solo las horas justas ¿verdad?

—Yo recojo temprano en la tarde y llego muy temprano al amanecer.

—Claro, así que no habrá visto hace como un mes a una

muchacha de pelo cortico, flaquita ella, con *piercings* en la nariz.

—Por aquí pasan miles de personas.

—Claro, lo entiendo.

—Pero sí, hace como un mes pasó una muchacha como la que me describe. La recuerdo porque era bien bonita, iba como asustada, la escuché decir un par de frases, parecía gallega.

—¿La recuerda?

—Sí. Justo al amanecer pasó por aquí. Corría. Me asusté porque gente corriendo es señal de malas noticias así que no terminé de abrir hasta que vi que no pasaba nada. La muchacha iba corriendo y tenía cara de susto.

—¿Y hacia dónde fue?

El hombre se frotó el rostro y se rascó las cejas.

—Aquí mismo, frente al kiosco, se montó en un carro.

Magdalena tiró el cigarrillo en el suelo y lo pisó con sus zapatos.

—¿Y recuerda cómo era el carro?

El hombre sonrió.

—Algo recuerdo… parecía estar esperándola. Ella se subió a toda prisa y siguieron hacia la universidad, pero igual luego siguieron hasta la avenida Victoria o hacia Los Chaguaramos o Los Rosales. Vaya usted a saber. Era un carro amarillo.

—¿Y el modelo?

—No sé. Quizás me confundí. Me pareció que era un Lada amarillo. Sí. Con toda seguridad se lo digo, hermana, era un Lada amarillo.

Cuando regresó al hotel, Magdalena se hizo un despojo con esencias dulces, limones partidos en cruz, cuernociervo y cocuy. Estuvo un rato sacudiendo las manos para que cualquier mala energía se alejase y luego sin vestirse se sirvió una chicha morada.

Había pasado el resto de la tarde en el taxi, tratando de recorrer con lentitud las rutas por las que Begoña había escapado. Eran zonas demasiado amplias: la universidad, la avenida Victoria, Los Chaguaramos, Los Rosales, trozos demasiado densos, demasiado abigarrados de ciudad y calles y casas y edificios. Imposible adivinar hacia dónde se había marchado.

Se sirvió otra chicha y pensó que debía hablar con Toni. Mañana mismo lo haría. Desgraciado mentiroso. Ya se iba a enterar.

A lo lejos escuchó una ráfaga, luego otra y otra. Se asomó con prudencia a la ventana. El sonido no era tan próximo. La noche ya había caído sobre la ciudad. En algún lugar, había una batalla en ese mismo momento. «Allí afuera hay una lenta guerra, Begoña, y tú estás allí. Necesito encontrarte. Necesito salvarte, carajita».

La ráfaga se repitió, una, dos veces. Luego todo quedó en silencio.

**

¿Otra vez?

Sí. Otra vez.

La mujer mira al hombre y se rasca la barriga apretada en una blusa estrecha.

Pero ¿no te irás a volver loco como esa noche?

No me volví loco. Era necesario hacerlo así. Además, ahora quiero que seas tú quien se ocupe.

Eso es más caro.

No importa. Ten la seguridad de que no importa.

El hombre escupe en el suelo. Su saliva suena como un chispazo.

Dentro de la saliva asoma la imagen de un perro que va creciendo y creciendo y creciendo.

*

Magdalena se hundió un poco en la espuma de la bañera. Estuvo un rato intentando escribir una carta a José María. Luego rompió el papel. Las mejores cartas son siempre las que no se envían. ¿Para qué decir nada? ¿Para qué mentir? Ella percibía cómo se iba borrando aquel hombre dentro de ella, cómo se iba volviendo gaseoso, traslúcido. Pero claro, siempre existía la inercia del dolor. Una fatiga. Un escozor lento. Extrañaba a José María y no deseaba volver a verlo. Lo detestaba y le encantaría hablar con él.

Qué mala idea la de su esposa, joder; morirse justo ahora, en estos tiempos cuando habían alcanzado esa felicidad de equilibrios, de piezas encajadas en el lugar exacto. «Qué gran pareja éramos los tres», pensó.

Tomó una larga bocanada de aire y salió del agua.

Se secó con la toalla.

Volvió a pensar en Begoña mientras se peinaba frente al espejo.

No era necesario comprender o descifrar los actos de la chica, debía tan solo llegar al punto final de todos ellos. La muchacha pretendió jugar rudo, sacudirse el aburrimiento ibérico de sus domingos con cruasanes en la panadería de la calle Padilla. Quiso probar emociones intensas y al contactarse con ese grupo paramilitar se ofreció para tareas más audaces de las que ella podía enfrentar. Era obvio. Tarde o temprano iba a meterse en un follón. Y quizás llevó el cuatro como una señal para alguien, pero también como un modo de ocultar los micrófonos que intentaría colocar en aquella peligrosa madriguera donde despachaba el antiguo ministro. Y cuando esa noche se torcieron los planes escapó a toda prisa. Algo muy lógico, excepto por ese gesto final: obviar a sus compañeros de Orden Cerrado y buscar apoyo en Toni.

Cabronazo. Mentiroso del carajo. Tendría que volver a apretarle las tuercas temprano en la mañana. Él era el camino a Begoña.

Magdalena se tiró en la cama sin secarse del todo. Le habría venido estupendo descansar un rato en una sauna. Limpiarse la piel, los poros; sudar. Había conocido las saunas en algún viaje de vacaciones a Palma de Mallorca, recién llegada a España. Le gustó ese olor de madera, de calor espeso, de humedad. «Una sauna es como ir por la avenida 20 de Barquisimeto un día de Navidad comprando los regalos», pensó, y se vio de nuevo, muchísimos años atrás, feliz, con su padre y su madre, escurriéndose entre cientos y cientos y cientos de personas, comprando comida y regalos para las fiestas.

Apoyó la cabeza en la almohada. En posición fetal se fue quedando dormida.

El teléfono sonó en la madrugada. Una mujer de la recepción del hotel dijo que un muchacho llamado Jaime preguntaba por ella y parecía alterado. Ella tardó unos segundos en despertar; todavía conservaba rastros de un sueño donde José María caminaba junto a ella en la Carrera 17 de Barquisimeto y le llenaba los bolsillos de bombones belgas que se derretían y le manchaban la ropa.

—Voy bajando —dijo casi sin pensarlo.

—¿Está segura? No pasamos llamadas a esta hora, pero el hombre me rogó que me comunicase con usted.

—Sí, que me espere unos minutos.

Se vistió con lo primero que encontró a mano. Buscó una chaqueta en la maleta pero no la consiguió y salió con una camiseta de tirantes y unas licras. En el ascensor revisó su bolso y comprobó que llevaba su revólver. Encontró a Jaime en unos sillones blancos. Ni siquiera llegó a saludarla.

—¿Mi primo está contigo?

—No, para nada. ¿Por qué?

—Hoy debía viajar a España. Quedamos en vernos anoche para despedirnos, pero nunca apareció. Llamé a su mamá y tampoco sabe de él.

—¿Y por qué piensas que estaba conmigo?

—Llamé a muchas personas: amigos, gente que lo conoce. Nadie lo ha visto desde la tarde de ayer. Lo último que se me ocurrió es que a lo mejor te había llamado o había aparecido por aquí.

—Pues no. Y mira que pasar la noche con tu primo me parece algo muy bueno para la salud. Pero no sé nada de él y no es normal que haya desaparecido.

—Así es. Ni de vaina... Bueno, me voy.

—Espera, te acompaño —dijo Magdalena.

—No tengo casco para ti.

—No le pares bola, chamo. Procura no estrellarte.

Salieron del hotel a toda velocidad. Magdalena se hizo una coleta y al ver las maniobras enloquecidas de Jaime se aferró con sus brazos alrededor del torso del muchacho. «Bueno, si me mato, que digan que estaba con un tío buenote como este», pensó para darse ánimos.

Magdalena comprendió que iba olvidando la ciudad. Las calles le resultaban familiares, le evocaban trozos, tiempos, pequeñas memorias, pero desconocía en dónde se encontraba exactamente. Después de un buen rato reconoció que transitaban cerca de la Maternidad Concepción Palacios. Jaime bajó la velocidad; le dijo que por allí quedaba un apartamento que utilizaba para ocultar mercancía ilegal que les compraba a los Guardias Nacionales.

Avanzaban por la avenida San Martín cuando vieron a lo lejos una silueta tambaleante que se recostaba de una pared. Magdalena pensó que podía ser algún borracho, pero notó cómo Jaime tensó sus músculos. La silueta intentó caminar de nuevo; se colocaba una mano en el costado y sus pasos intentaban acelerarse, pero el esfuerzo parecía inútil. Seguramente estaba herido. Un carro se detuvo a su lado. De allí bajó una mujer con un fusil que sin decir palabra descargó una ráfaga sobre el hombre y se marchó a toda prisa. Jaime aceleró. Su primo reposaba en la acera, con los brazos abiertos.

Jaime sacó dos pistolas de su chaqueta y disparó al carro que huía.

Desde allí respondieron con otra ráfaga. Magdalena se arrojó al suelo y sacó su revólver. Jaime también se bajó de la moto y disparó un par de veces más, lleno de rabia, de impotencia.

En un café de Las Torres de El Silencio se pararon a desayunar. El rostro de Jaime seguía siendo liso, imperturbable como una piedra. Solo en sus manos, temblorosas y pálidas, Magdalena notó que se encontraba conmovido.

—Chamo, lo lamento.

—Bueno, esta vida es jodida y tiene sus riesgos —respondió él—. Lo que me arrecha es que el carajo estaba a punto de irse. Decía que quería comerse un cocido apenas al bajarse del avión.

Minutos atrás, Magdalena pensó que Jaime permanecería junto al cuerpo de su primo, que llamaría a la policía, pero lo que hizo fue encender su moto y gritarle a ella que debían marcharse. Así se desplazaron en la moto, tomaron la Baralt y luego terminaron junto a las Torres de El Silencio. Él le dijo que necesitaba un café mientras pensaba lo que debía hacer en las próximas horas.

Ahora, el hombre bebió su marroncito y pidió una empanada. Le advirtieron que no había de carne, que solo podían servirlas de queso y él hizo un gesto resignado y le dio un mordisco.

—Mañana tampoco tendrán de queso... qué cagada esta vaina —susurró y por un segundo sus ojos brillaron—. Bueno, ahora me tocará llamar a la mamá para avisarle.

—Disparó una mujer. ¿La viste?

—Sí. Ya me ocuparé de ella en cuanto la identifique. El pendejo que me robó la moto todavía estará escupiendo hasta las muelas; a esta le voy a aplicar una más fuerte por joder a mi primo. Yo no me quedo con vainas pendientes.

—¿Por qué lo mataron?

—Estaba metido en varios peos. Desde que pasó lo del ministro no se sentía tranquilo.

—¿Crees que tendrá que ver con ese asesinato o con lo que me contó?

Jaime hizo un gesto hastiado y se rascó la sien derecha.

—Igual sí. Igual no. Andaba buscando plata para llevarse; buscaba dólares; y la gente que tiene muchos dólares ahora mismo puede ser peligrosa, están en negocios raros y tienen amigos. Son gente del Gobierno de la que es mejor cuidarse. A lo mejor se le fue la mano jodiendo a alguno.

—¿Cómo es eso?

—Quizá amenazó a alguien con contar alguna de las vainas que se enteró mientras estuvo cuidando al ministro. Y en vez de dólares consiguió un coñazo de balas.

—¿Esa mujer y esa gente que iba con ella en el carro habrán tenido que ver con la muerte del ministro?

—Tengo que llamar a la mamá... qué cagada...

—¿Pero esa gente…?

—Paracos, paracos, coño, ya eso lo hablamos tú y yo. Al ministro lo mataron unos paracos. Dijiste que lo que quieres es conseguir a esa chama. Pues céntrate en esto y olvídate de otras vainas si quieres volver a España en un asiento de avión y no en una urna.

Magdalena asintió. Luego no pudo dejar de pensar que incluso a la hora de morir Jaime la expulsaba del país. No hay perdón ni memoria para el que se muda, para el que ve pasar los años en otros paisajes. Aquí ya no tenía derecho ni a un trozo de tierra para darle fiesta a los gusanos.

—Tienes razón. Pero saber cosas sobre esa gente que cometió el crimen podría ayudarme a conseguir a la muchacha.

Jaime se quedó mucho rato mirando hacia la barra del cafetín. Una mirada vacía, llena de aire, dolor, rabia. Oficinistas y secretarias entraban con prisa a desayunar antes de correr a sus escritorios.

—Búscala pronto. No eres la única que está tras ella. Búscala. No creo que te quede mucho tiempo.

*

Toni no respondió a ninguna de sus llamadas.

Ella se lo esperaba; por eso le escribió un correo electrónico al gordo Dimas, le dio todos los datos que había conseguido en Internet y le dijo que necesitaba ubicar a esa persona. Esperó media hora junto al teléfono. Pensó que le habría gustado llamar a su papá para saludarlo, pero en medio de un caso con tan mala pinta debía mantenerlo alejado de cualquier riesgo.

Miró hacia la ventana: un golpe azul. La luz de la ciudad continuaba siendo una pequeña fiesta.

Pero Magdalena todavía conservaba la imagen del hombre crucificado a balazos en San Martín. Desde el 96 a esta parte había visto muchas veces ese abandono de los rostros que agonizan o acababan de morir. Ya se había acostumbrado a ello, y cuando la situación lo permitía Magdalena les tomaba la mano y les rezaba algún salmo. Así los llevaba espiritualmente hasta el umbral donde debían despedirse. «No tengas miedo», les decía, «y cuando sea mi momento espérame y dime lo mismo, porque yo estaré aterrada».

Ahora miró el reloj. Hoy en el minibar había aparecido un refresco de limón. Lo abrió y bebió un largo sorbo.

Supo que la búsqueda de Begoña comenzaría a endurecerse. La muerte del hombre era un primer indicio. Ella avanzaba en una espiral con un centro de fuego y a medida que se iba acercando sentía el calor arañándole la piel. Sacó un azulillo y, pulsando con firmeza el cuadradito de añil entre sus dedos, se hizo una cruz en la planta de los pies y luego otra en medio del plexo solar. Necesitaba protegerse; aún no había podido sustituir el crucifijo espiritista que le había inutilizado José María con su curiosidad.

Magdalena pensó que aparte de hablar con su padre le habría gustado ir a Sorte. Era lo más lógico; llevarle a la Reina unas flores, hacerse unos despojos; realizar una sesión arropada por el verdor de los árboles y ese sonido dulce de los ríos tropezando con las piedras. Allí habría podido conseguir otro crucifijo; pero lo cierto es que hoy en día la montaña era muy distinta a la que ella había conocido. Se había enterado de que a las veinte cortes de luz que acompañaban a la Reina en sus misiones de curación: corte india, corte africana, corte vikinga, corte chamarrera, corte médica y otras tantas cortes, ahora se había incorporado una que a ella le producía mucho temor, la corte malandra, conformada por espíritus oscuros que en vida se habían dedicado al robo y al asesinato. También había visto en Internet a «materias» haciendo rituales en los que expulsaban buches de sangre por la boca y se cortaban los brazos con cuchillos o le partían el pescuezo a unas aterrorizadas gallinas. Y no. Eso no. Eso no fue lo que ella vivió de niña, ni fue el tipo de energías con que la enseñaron a trabajar. El espiritismo marialioncero no era para ella un goce histriónico detenido en el dolor y en la oscuridad. Al contrario, era la búsqueda del alivio del dolor. Ella no vivió esos rituales. Muchísimo menos había participado en ceremonias con sacrificios. Desde que iba a la montaña le explicaron que no podía asustar, mucho menos dañar a ningún animal. En aquel entonces no podía pisarse ni una hormiga.

Sí; el mundo cambiaba. Quizás ella había perdido la velocidad del mundo. Pero no habría conjuro ni reventamiento que la ayudase a sobrevivir a esas oscuras energías de sangre y muerte con que ahora algunos estaban trabajando en la montaña. Por eso, prefería que Sorte y sus espíritus siguiesen viviendo en ella, envueltos en la luz clara con que acompañaron su infancia y su adolescencia.

Al fin sonó su teléfono.

El gordo Dimas la saludó entusiasmado y le dio los datos de Toni. Una dirección en un edificio de Los Palos Grandes. Luego soltó una risa corta, esa risa feliz de gordo feliz que en realidad está preparando el terreno para soltar una pequeña bomba.

—¿Y qué tal la muchacha española que andas buscando? ¿Ya la conseguiste?

—Carajo, ya lo sabes tú también.

—Vivo de eso. De enterarme de todo. No tiene sentido que me ocultes datos importantes. Te puedo ayudar.

—Lo sé, gordo. Pero no todo puede hablarse en estos casos. ¿Qué me puedes decir sobre ella?

—Poco. Muy poco. Pero tiene mala pinta. Ya se sabe que ella estuvo en la casa del ministro cuando entraron los paracos. Ya se sabe que escapó por una quebrada que está detrás de esa zona y cuando salió a la avenida La Facultad se montó en un carro que se fue por los lados de la UCV.

—Carajo, sabes mucho. ¿Y adónde fue ese carro?

—Ay, amiga, si lo supiera te habría llamado de inmediato. El asunto es que el carro siguió hacia Los Próceres y luego subió por Santa Mónica, pero ella se bajó antes, en la plaza de Los Tres Símbolos y corrió por la Roosevelt.

—Bueno, no está mal lo que me cuentas. ¿Y luego?

—Allí ya no puedo orientarte. No tengo ni idea. El problema es que deberías buscarla pronto, porque igual hay gente que está peinando la zona.

—¿Sabes quiénes hacen eso?

—Gente que no creo que la busquen para invitarle un jugo de naranja. Da lo mismo quiénes sean.

—Carajo.

—Ah, por cierto, ten mucho cuidado con este Toni; no me gusta ese tipo. Es un mentiroso de cuidado. Mosca con él.

—Piensas que está metido en el lío.

—Bueno, a ver, tú sabes igual que yo que fue ese Toni el que la llevaba en el carro el día que huyó. Pero la manera en que esa muchacha se bajó del carro en marcha es sumamente rara. Quizás él la llevaba secuestrada y ella escapó.

—Joder con el Toni. ¿Pero cómo saber que ella está bien?

—Muerta no está. Tengo amigos en la morgue y me habrían llamado para decirme que les apareció una española jovencita. Lo último exótico que les llegó la semana pasada fue un par de ingleses con mochilas. Querían ir a la playa desde Caracas atravesando El Ávila. Lo hicieron, pero llegaron a Naiguatá casi de noche. Los robaron, los violaron, y les metieron como cien tiros; aparecieron en un basurero.

—Mierda… pero este Toni. ¿Trabaja para alguien?

—Quizá. No sé para quién, pero no es tan inocente como aparenta. Mosca, chama. Mosca con ese pendejo.

Magdalena colgó la llamada y se vistió. Se puso ropa cómoda. Ahora no le haría falta la chaqueta: un sol dorado pinchaba el cielo, pero igual la buscó durante varios segundos, malhumorada por no conseguirla en su sitio. «Qué despistada estoy, carajo».

Pensó unos instantes en el primo de Jaime. «Qué injusto lo de ese hombre. Haberse marchado así», pensó, «y sin que nos diéramos un buen gustazo antes. Qué malo para él, qué malo para mí».

*

Tocó su reloj con la yema de su dedo, como si de esa manera lograse acelerar los minutos y al fin pudiese contemplar la silueta de Toni cruzando en la esquina para entrar a su edificio. Luego acarició la pantalla, ya con rasguños y alguna mancha. Le gustó sentir esa textura. El reloj era barato. Como todo lo que llevaba encima. No deseaba tentar a ningún ladrón. Ella sabía defenderse, pero algunos de esos malandros eran máquinas de matar que no se doblegaban ante un balazo. Lo menos que necesitaba era una distracción o una ráfaga en la cara por no entregar un anillo de oro.

Entró varias veces a una panadería y bebió un café con sabor resinoso. Miró los anaqueles; los llenaban con envases blancos para que no resultase tan desoladora su imagen vacía.

La espera la aburría pero en su trabajo era indispensable ser paciente. Ya había comprobado que el edificio no tenía estacionamiento así que a Toni no le quedaría otro remedio que salir o entrar por la puerta enrejada que daba hacia la calle.

Magdalena había hecho de la paciencia y la lentitud un arte. Un par de veces compartió cama con hombres estupendos pero que eran eyaculadores precoces; a los dos logró controlarlos enseñándoles el arte de la lentitud y la espera, y sobre todo, enseñándoles el truco de las tablas de multiplicar. Cada vez que notaba que ellos estaban a punto de derramarse les susurraba en el oído. «Tranquilo, tranquilo, piensa en la tabla de multiplicar; comienza a repetir la tabla de multiplicar mentalmente y no pares; tú sigue y sigue, y piensa en la tabla del 9, luego en la del 1, y otra vez en la del 9 y luego en la del 1 una vez más», y con aquella combinación de matemáticas y comprensión, aquellos hombres se marchaban felices y la dejaban feliz a ella.

Encendió un cigarrillo.

Se movió hacia otra esquina y fingió leer un periódico. No estaba convencida de que fuese una buena manera de camuflarse, poca gente seguía leyendo periódicos en papel, pero era preferible a seguir dando pasos con un cigarrillo en la mano.

Al fin lo vio salir.

Se pegó a su espalda. Cuando cruzó a la derecha y se colocó al lado de su carro, Magdalena lo abrazó y con disimulo le colocó la pistola en la espalda.

—Mi amor, ¿cómo estás? Tiempo sin verte, ¿qué tal todos por tu casa?

El muchacho se irguió asustado, pero curiosamente pareció aliviado al ver a Magdalena.

—Coño, eres tú… qué susto, creí que era algún grupo de secuestradores.

Ella le hundió el bolso en la espalda y Toni sintió la punta del revólver sobre su columna.

—Qué ladilla, otra vez no, por favor, la nariz no volverá a quedarme recta —se quejó Toni.

Magdalena le dio un empujón para que caminase delante de ella y fingiese naturalidad.

—Oye, en serio, te estás equivocando —dijo Toni.

—Ya mismo me cuentas tu relación con Begoña. Me dijiste que no la habías visto en Caracas, que ella no sabía que estabas aquí, y resulta que ustedes se la pasaban juntos todo el tiempo; peor aún, eres la última persona con quien la vieron.

—¿Por qué tenía yo que confiar en ti?

—¿Y para qué ocultar que te veías con ella? ¿La estabas tanteando para secuestrarla y se te escapó?

—Verga, no, para nada. Oculté que estaba en contacto con ella porque no sé de quién fiarme y de quién no. Y por lo general, una persona que me lleva a una calle solitaria para partirme la nariz no me resulta confiable.

—No cambies el tema. Conociste a Begoña en España y cuando se vino a Venezuela te pareció que podías sacar una buena tajada con un secuestro. ¿Dónde la tienes escondida, pedazo de mierda? ¿O realmente se te escapó en Los Tres Símbolos y no pudiste volver a capturarla? Hoy amanecí arrecha, de mal humor, ya sabes cómo es que se burlan ustedes pendejamente del tema de nuestras hormonas, pues piensa que mis hormonas hoy te pueden dar un disgusto como no empieces a contarme lo que pregunto.

Toni bajó el rostro y miró sus zapatos.

—Si la hubiesen secuestrado ya habrían pedido un rescate por ella; un rescate grande, en euros. Es obvio que a Begoña no le ha sucedido eso.

—Porque se te escapó, pendejo. Se bajó del carro en marcha.

Toni intentó detenerse pero al ver que Begoña le hundía el bolso con más fuerza reemprendió su ruta con aire cansado.

—Si tienes alguna duda, te pongo en contacto con un tipo al que llaman el mexicano calvo. Ese en dos minutos te dice si la chama está secuestrada o no, eso en caso de que no lo hayas hecho ya. Pero conmigo te equivocas. Yo la estaba ayudando. Supe que se había metido en un peo grande y la ayudé.

—¿Cómo lo supiste? Me dijiste que nunca recibiste la foto con el cuatro…

—Te mentí. Ya te lo dije, no sé qué pretendías. Todavía no lo sé. A lo mejor vienes para joderla.

—Sabes que no soy una sicaria ni nada parecido. Sabes quién soy. Metes mi nombre en Google y te enteras de cuáles son los asuntos de los que me ocupo. Ayudo a la gente; no la envaino ni la machaco.

—Pues… Sí recibí la foto con el cuatro y su cuerda rota y entonces actué. Le eché una mano.

—¿Y por qué no buscó ayuda con la gente de Orden Cerrado?

—Esa gente es impredecible. Hace una semana en una plaza de Petare apareció la cabeza de uno de sus antiguos miembros. La pusieron al lado de la estatua de un prócer, no recuerdo cuál. Fueron ellos mismos. Sospechaban que el tipo le pasaba información a otros colectivos. Yo tampoco me fiaría de gente así, aunque solo Begoña sabrá por qué prefirió que yo la ayudase.

—¿Trabajas para el SEBIN? ¿La ayudabas porque el SEBIN te lo pidió? ¿La estabas vigilando desde Madrid?

—Ni de vaina. Además, imagino que un agente del SEBIN no va a confesarte que es de la policía política.

—Quizá sí, supón que ese agente del SEBIN sabe que tiene un revólver en la espalda con cinco balas preparadas para reventarle los pulmones.

—Si fuese del SEBIN o trabajase para los espías cubanos del G2, en este momento ya un francotirador te habría tumbado la cabeza. Piensa algo, estarías jugando en territorio hostil, en un territorio que controlan ellos.

Magdalena asintió unos segundos. Debía estar alerta; este muchacho era convincente y eso podía ser una incómoda señal.

—Hoy te noto especialmente listo.

—Te digo cosas de sentido común. Yo solo estaba ayudando a Begoña. Lo hice esa madrugada y luego perdí su rastro. Es verdad, se bajó de mi Lada a toda prisa, pero no escapaba de mí. Era una precaución por si nos estaban siguiendo. Quienes la buscan solo han podido reconstruir sus pasos hasta ese momento. Eso está bien. La chama se les desapareció.

—¿Y hacia dónde se fue?

—Lo ignoro. Ya te lo advertí. Le perdí el rastro.

—Así que debo creerte que ahora no sabes nada de ella, a pesar de que mentiste al decirme que jamás la habías visto en Caracas y que no habías recibido su fotografía pidiendo ayuda.

—Sí —respondió Toni y volvió mirarse los zapatos—. Creo que no te queda otro remedio.

Luego ocurrió un parpadeo, un chispazo de colores y brazos. Antes de que Magdalena se diese cuenta, Toni se agachó, dio un giro y con las manos le atenazó los tobillos y la tiró de espaldas. Luego le dio una patada al bolso y el revólver salió volando medio metro más atrás. Ella sintió una mezcla de dolor y humillación. Por eso cerró los ojos. Luego se dio cuenta de que esa era su única posibilidad: fingir que había quedado completamente noqueada. Apenas entreabrió los párpados una milésima de segundo y vio que Toni la contemplaba con atención pero que ninguna pistola la apuntaba; así que calculó la distancia y con una de sus piernas barrió el piso y ahora fue el hombre quien cayó al suelo. Felina, ella se lanzó hacia atrás y recuperó su revólver. Una vez más lo dirigió hacia el cuerpo de Toni y se acercó para golpearle el rostro con la cacha.

—Coño, no, no… ya está bien, ya está bien de darme carajazos… —imploró él—, estás equivocada conmigo, pregúntale a Gonzalo, pregúntale a Gonzalo en Madrid. Conmigo te equivocaste, chica.

*

Trabaja para «la casa».

El inicio del mensaje la sorprendió a medias. Luego leyó con calma el resto de los párrafos. *Nos lo advirtieron hace poco, con instrucciones de que no lo supieses y así no quemar ellos a su agente en Caracas. Pero hoy me piden que te lo contemos porque el CNI está harto de que le estés dando hostias a la persona que tienen ocupándose del caso. Dicen que le impides avanzar a él y que tampoco tú progresas en el trabajo de encontrar a Begoña.*

«El recontracoñisísimo de la madre que los parió a todos», pensó Magdalena. Alguien con los dobleces, el sigilo y con las técnicas de defensa personal que manejaba Toni era obvio que trabajaba como agente para algún servicio de inteligencia; debió sospecharlo mucho antes; pero le molestaba que no le hubiesen comunicado que se trataba de un aliado posible.

Igual no esperaba mucho de él. Los espías siempre piensan que lo más valioso de su tarea no es lo que descubren, sino aquello que ocultan.

Llamó a Gonzalo a un número especial que le había facilitado para momentos en que fuese necesario hablar directamente de asuntos peligrosos.

La voz del hombre sonó lejana.

—A ver… sé que estás cabreada, tía, pero ya te dije que el CNI…

—A lo mejor habéis puesto en peligro la vida de Begoña por complacer al CNI. He perdido mucho tiempo por las informaciones inexactas que me habéis ido dando. Estoy un poco harta de todo este tema, Gonzalo. Hay gente muriendo por este caso, y a cada minuto que pasa hay mayores probabilidades de que mueran más personas.

—Comprenderás que el CNI no puede currar en función de nuestros intereses. Nos dijeron que informarían si había algo nuevo; es obvio que han seguido trabajando por su cuenta, y lo habrían seguido haciendo en secreto si tú no le estuvieses destrozando los pómulos a su agente cada vez que te tropiezas con él.

—¿Y qué más puedes decirme de ese gilipollas?

—Poco. Lo tenía el CNI monitoreando a los estudiantes venezolanos en España. Querían verificar que solo eran chavales tranquilos, que no habría ninguno planificando actos terroristas o protestas violentas. España vende muchas armas a los milicos venezolanos como para permitir problemas. Al ver que allí solo había muchachos cabreados y muertos de hambre, le pidieron a Toni que se moviese a Venezuela para mirar la situación de Begoña. Una hija de un político español de cierta importancia caminando por Caracas podía entrañar muchos peligros… para ella misma, para España…

—No hace falta que me des charlas sobre cultura de seguridad. En una época salí con un jubilado del CNI. Son como los futbolistas, nunca se resignan a estar retirados, así que todo el tiempo hablan en presente de lo que sucedió hace veinte años.

—Vale, vale… el caso es que Toni tenía esa misión, y por eso mismo intentó protegerla cuando ella se metió en problemas.

—Y Begoña se apoyó en él, muy en plan colega, sin saber que el CNI le estaba echando un cable.

—Exactamente. Pero es ahora cuando el CNI nos está informando de todo. Les pareció más seguro mantenernos al margen. El padre de Begoña ya sabe lo que sucedió esa noche; ya sabe cómo huyó… lo conoce por el informe que nos enviaste y por el CNI, pero eso no es buena noticia, lo sabéis vosotros, lo sabe don Manuel, lo sé yo, y es probable que la historia la conozcan muchas más personas. Así que date prisa. Don Manuel dice que tú has avanzado mucho más rápido que nadie y que contigo se siente seguro de conocer con exactitud lo que sucede. Incluso ya no está cabreado por lo que le hiciste a sus pies.

—Son maravillosos esos halagos, pero no voy a olvidar que sois torpes o malintencionados; cada tanto me salta algún dato que debería tener y no tengo. Y te digo, como vuelva a sorprenderme por un detalle, como vuelva a enterarme de algo que tú sabes y yo no, a mi vuelta hablaré con tu jefe y le diré que mire muy bien con quién trabaja. Le contaré que en vez de deleitarte con tu manual de oraciones te cepillabas a su hija; seguro terminarás en la puta calle. Hay un montón de paro, tío. Cuida tu curro, joder.

Gonzalo intentó responder dos o tres veces pero las palabras se atascaron en su garganta. Magdalena cortó la llamada. Miró por la ventana de su habitación. Al fondo, como siempre, un grupo de personas resignadas, con rostros color apio y ojeras que les colgaban hasta la barbilla, hacían una cola interminable frente a una farmacia. Un soldado se paseaba frente a ellos con una ametralladora.

Un avión atravesó el cielo.

*

Se sentó a beber un café en el Lonchys.

Le gustaba esa calle de Los Palos Grandes y en ese restaurante había una mesa colocada junto a un árbol. Allí sucedía la proximidad de la madera, de la sombra. En ese lugar, ella sentía que la ciudad la recibía de nuevo con silencioso gesto. Una especie de perdón mutuo que ambas se concedían; una reconciliación en la que una fragancia vegetal, una savia burbujeante, la envolvían.

Magdalena bebió su café y un par de veces acarició el tronco del árbol.

Se dio cuenta de que no estaba lejos de la casa de Toni. Pero ahora no venía a buscarlo a él. Había revisado de nuevo la lista de Mack Bull y allí encontró referencias a una periodista que había investigado sobre el tema de los colectivos. La llamó temprano y le pidió una cita. La muchacha balbuceaba nerviosa. No parecía dispuesta hasta que supo que habría unos cuantos euros a cambio de la conversación.

La reconoció porque le dijo que llevaría una camisa floreada. Apareció con media hora de retraso, pero se acercó hasta la mesa con pasos lentos. Cuando se sentó junto a ella Magdalena comprobó que la chica miraba con fijeza.

—Sí, eres tú. Eres Magdalena Yaracuy.

—Así es.

—En Internet miré unas fotos tuyas antes de venir. Había oído hablar de ti alguna vez. No recuerdo cuándo.

—¿Quieres tomar algo?

—No... mejor subamos al carro de mi esposo y hablamos mientras damos vueltas por Caracas. No quiero que me vean mucho rato contigo —susurró la muchacha.

Magdalena la miró. Parecía aterrada. Era buena actriz o estaba llena de miedo. Aceptó su propuesta. Cuando pagó la cuenta rebuscó en su bolso y colocó el revólver muy a mano. La muchacha tenía rostro de canario obeso. Podía uno imaginar la jaula y a la chica inmóvil, con la mirada vidriosa, esperando el alpiste, pero esa apariencia inofensiva podía ser una trampa.

Al moverse hacia la calle, un desvencijado Malibú verde se colocó junto a ellas.

Magdalena advirtió:

—Me siento atrás.

El carro olía a hierros oxidados, a hojas viejas de periódico, a cambures, a leche en polvo, a tierra húmeda, a pintura. Guardaba esos olores pero se encontraba completamente limpio. La tapicería se notaba desgastada, un poco rota en algunos bordes. El esposo de la periodista era un hombre de calva reluciente que conducía sin mover el cuello.

Magdalena suspiró. Durante un buen rato nadie dijo una palabra. La atmósfera era como un delgado papel transparente que nadie deseaba tocar con los dedos. Cada tanto, la periodista se secaba con un pañuelo el bigotillo de sudor que aparecía sobre sus labios y miraba hacia atrás con gesto casual para confirmar que nadie los venía persiguiendo.

Dieron vueltas y vueltas. En algún momento quedaron detenidos en un atasco. «¿Dónde estamos?», pensó Magdalena. Alguna vez conoció esas calles por las que ahora se movían, pero en este momento solo encontraba en ellas la apariencia repetida de paredes sin nombre; puestos de perros calientes; bares con puertas de un azul brillante.

Giraron a la derecha.

Oyó una ráfaga. Luego otra y otra y otra. Alerta, hundió la mano en su bolso y apretó el revólver.

—Mierda, qué locura —dijo la periodista y señaló hacia su izquierda.

Magdalena miró. No recordaba el nombre, pero aquello era una de las cárceles de la ciudad. Los altos muros, las alambradas, las garitas con guardias nacionales. Al fondo se veían los pabellones de los presos, y en la azotea, al descubierto, quince o veinte hombres sin camisas disparaban al aire.

—¿Esos son los presos? —preguntó ella.

—Ajá... —respondió la periodista mientras miraba noticias en su smartphone—. Parece que mataron al jefe de la cárcel. «El ratica», un secuestrador y narco famoso. Se había escapado hace meses pero seguía dirigiendo los negocios de la cárcel desde fuera. Él es el dueño de ese penal. Ayer lo masacraron al salir de una fiesta. Los presos le están haciendo un homenaje.

Magdalena quedó boquiabierta. Creyó reconocer las armas con las que disparaban al aire. AK-47 con tambor, AR-15, Fal, Uzi, y algunos pocos usaban Glocks 19 pero con un magazine de 45 balas. En la entrada del penal, los guardias nacionales fumaban cigarrillos y fingían no percatarse de lo que estaba sucediendo a sus espaldas.

La tarde quedó agrietada con el sonido feroz y continuado de las balas. El esposo de la periodista apretó el acelerador para alejarse del lugar. Los negocios de la zona cerraron sus puertas y las calles se vaciaron en pocos segundos.

—Esa vaina es armamento militar —susurró Magdalena.

—Adivina quién se los vende —murmuró la periodista.

Salieron a la autopista. La luz del cielo, espumosa y azul, se frotó contra los vidrios del carro. Magdalena sintió un escalofrío. En Caracas había demasiadas balas en el aire; Caracas era una bala perpetua rodeada de aire.

Al fin el tráfico se despejó. Una brisa fresca lamió el rostro de Magdalena y agitó sus cabellos. La periodista se dio la vuelta y dijo:

—Nosotros nos vamos pronto del país. Esos euros nos vienen muy bien. Pero yo no quiero volver a hablar del tema de los colectivos.

—¿Y qué me vas a vender entonces?

—Levanta la alfombra debajo de tus pies. Allí hay unos papeles. Échales un ojo y luego los rompes. Son mis notas. Estaba preparando un reportaje, pero una noche al llegar a mi casa me secuestraron unos motorizados. Estuve encerrada dos días, sin comer. Bebí algunos buches de agua que me dieron. Unos señores encapuchados me interrogaron y me dijeron que abandonase la investigación.

—¿Eran de Orden Cerrado?

—Quizá. Tal vez eran ellos. Me soltaron en La Guaira. Renuncié al periódico. Creo que también tuvieron a mi jefe secuestrado un día. Cuando puse la renuncia lo vi con los dos ojos morados. Nunca hablamos de eso.

Magdalena hurgó debajo de sus zapatos y sacó una carpeta amarillenta. Miró los papeles. Primero vio la transcripción de un diálogo con el líder de un colectivo. Consignas, balbuceos. El hombre contaba que los colectivos habían sido creados gracias a las instrucciones del Comandante Eterno, citaba las palabras que el militar dijo en la televisión cuando se conformaron esos grupos como «unidades de batalla y apoyo revolucionario». Luego refería que la prensa de derechas los había demonizado, pero que ellos solo hacían actividades culturales, daban donaciones de medicamentos a las abuelas, y ayudaban a la policía y a las fuerzas armadas en trabajo de inteligencia social denunciando amenazas o movimientos políticos peligrosos. Magdalena leyó y leyó. Al final el hombre admitía que utilizaban armas y hacían patrullaje en su zona para limpiarlas de delincuentes o conspiradores.

Resopló. No había encontrado nada que no supiese.

Luego vio una mención explícita al colectivo Orden Cerrado. Tenían dos edificios; uno en el centro de Caracas, y otro en una abandonada estación policial donde hacían entrenamiento, tiro al blanco, ejercicios de ataque y defensa, tácticas de combate urbano. Después miró unos códigos secretos con los que se comunicaban para eventos internos o en caso de protestas por parte de estudiantes.

Leyó con avidez, intentando que las líneas de esas notas le diesen alguna pista sobre Begoña, pero solo encontró discursos, fotocopias de cheques de organismos oficiales a nombres de los líderes de los colectivos, y fotografías de motorizados dispersando manifestaciones a tiros junto con la Guardia Nacional.

Volvió a revisar las listas de códigos. Un par de palabras le resultaron familiares. Vagamente familiares. Como si sus letras parpadeasen dentro de ella y se encendiesen unos instantes. Las miró varias veces. Al final pronunció: «Bebremarro Adwinse».

La periodista alzó las cejas.

—Carajo. ¿Leíste eso en alguna parte?

Magdalena la miró sin responder. Luego recordó con nitidez esas dos palabras escritas en la mesa de madera del estudio de Begoña en El Paraíso.

—Puede que las haya leído. ¿Qué significan?

—«Traidor miedoso»… son las dos palabras que usa Orden Cerrado para condenar a muerte a alguien que fue de los suyos. Después de matarlo no es probable que encuentres entero el cuerpo de la persona, lo trocean y reparten pedazos por toda la ciudad, para que en todas partes se sepa de lo que son capaces.

Magdalena se hundió las uñas en la palma de la mano. No

tenía manera de advertir aquella señal de peligro cuando pensó que eran los restos de una travesura infantil. Pero igual le producía una inmensa ira tropezar con huellas importantes y no percatarse de ello.

—Cuando investigaste a los colectivos, ¿conociste gente que viniese de fuera?

—Alguno había. Varios que ni hablaban español. Se comunicaban en un inglés bastante regular.

—Te hablo de una chica española… —comentó Magdalena y mostró la foto de Begoña.

—Esa perra es una de las que me secuestró. Llevaba un cuatro la muy pendeja. Y me dio un montón de patadas esa hija de la gran puta. Si la estás buscando y fue a ella a quien le pusieron ese código de exterminio, pues me alegro que jode, ojalá sus compañeritos la hayan matado y hayan tirado pedacitos suyos desde Petare hasta la Baralt.

*

La urna brillaba. Las luces del salón resplandecían en la madera barnizada sobre la que se depositaron las dos manos bastas y poderosas del hombre. Magdalena se las quedó mirando apenas al entrar. Supo que vida, muerte, deseo, se unían por instantes, saltaban en fogonazos. Pensó en esas mismas manos color papelón pero las vio colocadas en su espalda, justo arriba de sus nalgas, y se vio a sí misma, en cuatro, esperando por un Jaime febril, sudoroso.

Sacudió la cabeza. Lo mejor era concentrarse; rezar una oración por el alma de aquel cuerpo acribillado cuyo rostro habían maquillado para que diese una impresión menos lamentable y triste.

«Reina María Lionza, envuelve de luz a este hombre que abandonó este plano tierra en medio del dolor; perdona sus pecados, que el Hermano Dante aleje de él todo espíritu oscuro, todo camino hacia las sombras, que tus ríos de agua clara lo lleven; que el Yaracuy, el Aroa, el Buría, el Nirgua, trasladen su alma hacia tu amor. Amén».

Buscó una silla vacía. Encontró una hacia la esquina derecha. El olor del formol le resultó áspero. Al salir se daría una larga ducha. Como siempre lo pensaba: la muerte violenta era un modo inarmónico del universo. Cuando sucedía, los espíritus burlones, los espíritus malos, lanzaban una carcajada olorosa a podredumbre como las que lanzaban en sus miserables existencias en este plano tierra. Lo dijo Allan Kardec, el mundo espiritual no concedía a las almas los conocimientos, los valores, las bondades que no tuvieron en vida. El transmundo repetía la lucha entre la sombra viscosa y la luz.

Habría preferido no venir, pero necesitaba nuevas informaciones, y por otro lado, quería despedir del todo a ese hombre al que había visto sucumbir a una lluvia de balas. Cruzó sus manos y las colocó sobre su plexo solar, de ese modo evitaba que las malas energías entrasen en ella.

Jaime la miró unos segundos, la saludó alzando sus cejas un instante. Luego se sentó junto a varias personas y abrazó a la mujer de cabellos blancos que lloraba entre gritos y espasmos.

Magdalena se puso de pie. Caminó hacia el salón contiguo. Vio unos carteles que indicaban que no debía beberse alcohol en la funeraria y que a las once de la noche el lugar debía quedar vacío por razones de seguridad.

A Magdalena le ofrecieron una taza de caldo. La probó. Guardaba un remoto sabor a pollo; casi un recuerdo antiguo.

Jaime apareció a su lado. Pidió una taza y al probarla resopló furioso.

—Carajo, esto es agua caliente. Qué cagada… qué cagada todo.

—Tranquilo, hoy no es un buen momento —le dijo Magdalena. Luego le quitó la taza de las manos y la colocó en una mesa; por instantes le pareció que Jaime la iba a arrojar sobre el rostro del empleado de la funeraria.

—Cuando comenzó el Proceso te juro que yo creía de verdad en esta vaina, pero mira… —masculló con voz cansada y su mano señaló hacia la calle de una manera imprecisa.

—Mejor que estos días no hables demasiado en público, Jaime, te puede traer problemas; estás arrecho y dolido.

A su lado, alguien dijo una frase rápida. Magdalena supo que entre el ruido, el calor, los llantos de algunas personas, habían distorsionado aquellas palabras, pero ella escuchó con falsa nitidez que una mujer miraba hacia el techo y decía «luchar para que la fotografía no sea la muerte».

Contuvo una sonrisa. Lo más probable es que el bullicio hubiese transformado alguna historia sobre un hombre llamado Lucho y su apartamento en Prado de María, hasta transformarla en una frase que sonaba a Roland Barthes.

La ciudad es siempre el lugar donde la palabra final nunca es la palabra del principio. Eso resultaba emocionante. El ruido podía ser torpeza, pero también invención. Entonces recordó un viaje de la adolescencia con su padre, un viaje de vacaciones a Puerto la Cruz o tal vez Porlamar; los dos avanzando en un mercado lleno de jamones, quesos, harina, pescado, pastas, salsas, ropa, champús. Los dos llenando un bolso para tener suficientes provisiones en la casa de playa que habían alquilado, y en medio del mercado la sorpresa de encontrar un quiosco repleto de libros. Libros de Monte Ávila, la editorial venezolana. Y allí Roland Barthes, un libro rarísimo, con fotos y comentarios personales, pero también libros de Bloom, Solers, Reynaldo Arenas, Modiano, Salvador Prasel, Naipul, John Cage, todos brillando bajo la luz indecisa del cielo, rodeados de olor a queso holandés, chocolates, legumbres. Una inesperada fiesta que Magdalena aprovechó comprando y comprando títulos que colocó en una bolsa junto al arroz, las latas de mantequilla Brum, los potes de leche condensada, mientras pensaba con felicidad que la vida era un trozo para morder, un trozo para saborear y saborear: con la boca, con los ojos, con la piel, con la nariz y la lengua.

Ahora resopló.

Alguien la tropezó con un brazo.

Se hizo a un lado y pegó la espalda de la pared.

Volvió a probar el caldo de pollo. Tenía el sabor del agua con que la gente se lavaba las manos.

—La vaina es que te tengo un pequeño regalo… —murmuró Jaime y se frotó los ojos. Luego le colocó en el bolso un *pen drive*.

—¿Y esto?

—Alguien de Orden Cerrado lo consiguió en el anexo que Begoña tenía alquilado. Pensó que podría conseguir un comprador. El tipo corre un riesgo, pero la plata es la plata.

—Y ahora tenerlo me va a costar el doble de lo que pagaste.

—Así es.

—Y ya tú lo miraste, claro.

—Sabes que sí.

—¿Encontraré algo que valga la pena?

—Eso solo puedes saberlo tú. Para mí son solo informes de la fundación donde ella trabajó antes de unirse al colectivo. Igual para ti son algo más.

—Ya es algo, Jaime.

—Es lo mejor que puedes tener ahora mismo y te digo una vaina, o la consigues pronto y te la llevas a España o se va a joder.

—¿Quién la quiere joder?

—No tengo ningún dato confirmado, así que no puedo darte alguna vaina exacta.

—¿Y sospechas?

—Lo único que puedo decirte es que me parece que la quieren envainar, pero lo raro es que parece como si la estuviesen buscado grupos distintos para joderla. Es como si tuviese peos con los de aquí, con los de allá, con los de más allá… carajo, tan flaquita la chama y le ha faltado tiempo para echarse un montón de enemigos.

Magdalena miró hacia una ventana: la noche, una mancha oscura, húmeda como tinta recién derramada. Supuso que Begoña estaba escapando de una policía venezolana que no tenía interés en que se rebatiese su versión sobre el homicidio, y de sus antiguos compañeros del colectivo, quienes la considerarían una cobarde por haber huido en el momento de una misión importante.

«Muy jodido todo. Mucho», pensó.

Un golpe de viento recorrió las calles y un montón de papeles amarillentos, cajas, bolsas vacías y rotas, giraron en un remolino que pareció elevarse hasta el cielo.

Hacia la puerta de la calle se escucharon tres gritos. Magdalena se giró. Una mujer de rostro blanquísimo caminó con lentitud, avanzó hacia la urna y luego disparó seis veces.

Jaime se agachó y sacó una Glock con cargador extralargo. Magdalena se echó hacia atrás. Metió la mano en el bolso para empuñar su revólver; luego se colocó detrás de una columna; le había parecido atisbar a dos gigantones con barrigas prominentes apuntando a las personas con fusiles Galil.

Comprendió que su coqueta pistola rosada y sus cinco balas eran un juguetico en esa circunstancia.

Los asistentes al funeral gateaban por el suelo, se refugiaban bajo las sillas. Jaime intentaba precisar dónde se encontraba cada uno de ellos para no herir a ninguno de sus familiares; varias gotas de sudor cayeron por su frente y le mojaron la camiseta; al fin cuando los intrusos salieron corriendo a toda prisa en varias motos, Jaime se lanzó tras ellos; les disparó los treinta y tantos tiros que le permitía su cargador. Cuando se quedó sin munición sacó una Beretta con la otra mano, intentó alzarla varias veces, pero al comprender que los atacantes se habían marchado volvió a meterla en su funda.

Tres personas de la funeraria cerraron de golpe las puertas; los vigilantes, escopetas en mano, echaron a la calle a todo el mundo. En un par de minutos la funeraria quedó vacía.

—¿Qué vaina fue esta, Jaime?

—Los que mataron a mi primo. Suelen hacerlo. Reaparecen para matar al muerto, para que no quede duda de que se cagan encima de él.

—Qué ratas.

—Qué mentirosos, querrás decir —susurró Jaime—. Así acaban los ajusticiamientos entre malandros. Rematan al muerto. Estos tipos quieren dar a entender que este asesinato fue un ajusticiamiento entre delincuentes, y mi primo era muchas vainas, pero no era un vulgar ladrón.

Jaime le dio una palmada en el codo a Magdalena; se despidió de ella con un murmullo. Después tomó por el brazo a una anciana y a otro par de mujeres; las metió en un carro azul; se marchó con ellas a toda prisa. En el aire, el olor de la pólvora se mezcló con el pálido aroma del caldo de pollo.

*

Leyó los documentos del *pen drive*: instrucciones de la fundación donde trabajó Begoña para realizar guerra sucia contra políticos opositores. Nada la sorprendió. En general se trataba de modos de neutralizar a esos políticos, bien fuese mediante acusaciones falsas o a través de acciones policiales que inutilizasen sus propuestas o denuncias.

Bostezó. Estaban redactados con un lenguaje profesoral aséptico. Correctos pero sin ningún sabor, sin un trozo de vida. Magdalena se sirvió una chicha morada, puso en su ordenador el concierto número 5 para violín y orquesta de Paganini y releyó mucho rato. Le aburrieron tanto esas páginas que por momentos imaginó a Jaime entrando desnudo a la habitación, tomándola por los hombros y pegándola a la pared. Se erizó. Imaginaba que cada golpe de la orquesta, cada subidón del concierto de Paganini era un centellazo que entraba en su piel.

Para despejarse le escribió a Toni y pidió que la llamara.

—Magda... un gustazo hablar contigo sin que me partas la cara.

—Cariño, vamos a centrarnos en el presente. No tiene sentido hablar de lo pasado. Algo que no comprendo es que Begoña no te haya dejado un dato preciso sobre dónde podría esconderse a la hora de un problema. Tenían ustedes la clave del cuatro para pedir ayuda, pero ¿y después nada?

—Tiene lógica. Si alguien, como tú has hecho, me molía a palos ese mismo día para que le dijese dónde estaba ella, yo no podría contarlo.

—Pero debió dejarte una pista, una señal, algo para que después pudieses...

—Eso pensé yo. Pero busqué en su anexo y allí no conseguí ni una señal.

—¿Y no crees que investigar allí fue algo que hicieron otros antes que tú?

—Es posible. Yo estuve enconchado un par de días. Cuando fui al anexo, puedo asegurarte que no había nada que me ayudase a encontrar a Begoña. ¿Tú sabes algo nuevo?

—¿Debí encontrar algo que a ti se te pasó? ¿Algo como qué?

—Un *pen drive.*

Magdalena calló unos breves instantes.

—¿Te iba a dejar una clave en un *pen drive?*

—No teníamos una clave prevista. Solo me dijo que si alguna vez pasaba algo mirase en un *pen drive* de la fundación que estaría en su anexo. Que eso ayudaría.

—Pues en ese caso... no tenemos nada para seguir por ese lado.

—Nada.

—Pero si sé algo nuevo te aviso —mintió Magdalena.

Se miró en el espejo. Le encantó la impasibilidad de su rostro. En este trabajo era necesario ser más rápida que la verdad, ser menos obvia que una opinión sincera.

Volvió a releer los documentos. Al menos ya sabía que tuvieron alguna vez una intención, una idea de enviar señales a Toni.

Los escrutó palabra por palabra. Luego incluso revisó letra a letra. Intentó mirar si se repetían algunas erratas, si los signos de puntuación tenían una particularidad. Supuso que en la incongruencia, en el detalle sutil e inesperado estaría la respuesta.

Después de media hora se dio por vencida.

Encendió la tele. El presidente daba un mensaje en cadena, rodeado de una decena de generales barrigones que parecían aceitunas rellenas.

Todos los canales transmitían a la vez la imagen de su rostro porcino y su bigote de actor de telenovelas antiguas. Hablaba sin ilación, realizaba chistes, ofrecía vagos planes de futuro, acusaba a la oligarquía por la crisis económica, volvía a realizar chistes, saludaba a las unidades de batalla, al ejército, a los colectivos, volvía a retomar un tema que nunca lograba concluir y de tanto en tanto tropezaba con un verbo o se enredaba con una palabra esdrújula. Al final comentó que la semana próxima ayudarían con fondos especiales a las personas que estuviesen deseando «cultivar» pollos, y en otro acto regalarían millones de libros y «libras» para los estudiantes.

Magdalena soltó una carcajada llena de ira y apagó la televisión.

Alzó el rostro.

Volvió a mirar los documentos. Todo parecía normal. Eran documentos redactados con pulcritud. Los releyó una vez más y ahora sí le pareció encontrar algo fuera de sitio. Subrayó varias palabras que se encontraban muy lejanas unas de otras: tapizantes, europeana, trepadoras, Queen Elisabeth; todas ellas tenían algo en común: parecían pequeñas erratas dispersas a lo largo de las páginas. De tanto en tanto se colaban en alguna oración, creando una mínima perplejidad, que se disipaba en cuanto se leía el documento entero.

Eso. Allí. Era eso. Al juntarlas entre ellas tenían sentido. Eran tipos de rosales.

«Coño, claro… se desapareció en Los Tres Símbolos… de allí pudo ir a la avenida Victoria, a Las Acacias, a la Nueva Granada, a El Valle, a Coche… y pudo ir a Los Rosales… eso es… esa caraja tenía un sitio donde esconderse en Los Rosales».

**

Aire que viaja y se muda. Aire. Como el aire de esa noche. Sesenta. Sesenta y uno. Sesenta y dos. Porque la fuerza es felicidad. Hundir hasta el fondo el asco. Sentir: hueso que cruje como mármol. Hueso y hueso. Sesenta y tres. Sesenta y cuatro.

Pero cuando abres una puerta las corrientes de aire de una casa abren otras y otras y es necesario cerrarlas una a una. Así que otra vez. Una vez más. Perro que soy. Perro con cara de hombre cansado. Y ahora. El cierre. La muchacha en la esquina que toma el aire. Sangre distante. Sin palabras. Y nunca es triste la verdad, como dijeron, pero al menos conservarás enteras tus manos, Begoña, Begoña hermosa. Hermosa Begoña.

*

Magdalena miró el mapa. Intentó descifrarlo, leerlo más allá de sus nombres, sus dibujos, sus calles que se expandían. Conocía la zona de Los Rosales. Fue el primer lugar donde vivió en Caracas.

Varios meses permaneció en la calle El Cortijo, en una pensión que regentaba una margariteña que hablaba a gritos y lavaba la ropa mientras silbaba canciones de la radio.

Apenas llegó de Barquisimeto, Magdalena alquiló un cuarto donde se colaba en las mañanas un cuadrado luminoso que colgaba de la pared como una fotografía dorada. Allí, dejaba que los ruidos de la pensión entrasen como lentas hormigas sobre su cama. Sus cursos en la Universidad Central se iniciaban a partir de las cinco de la tarde, así que el despertar era una lenta ceremonia de regreso al mundo. Rezaba sus oraciones, dormitaba con alguna novela en la mano, ponía en su tocadiscos el quinteto para clarinete y cuerdas en si menor de Brahms o las canciones de la Dimensión Latina, y a media mañana caminaba hasta la Nueva Granada y entre carpinteros de brazos poderosos, choferes de autobús, estudiantes de liceo y mujeres cargadas de bolsas, desayunaba una arepa con queso y un guayoyo. Luego regresaba a la pensión, leía el tabaco a algunas de sus compañeras, y después del almuerzo, caminaba por la Roosevelt para pasar el resto de la tarde en la biblioteca preparando sus exámenes.

Guardaba una impresión de indolencia y dulzura de esos tiempos. Le pareció explosiva la mezcla entre la fragilidad que le produjo alejarse de su familia, con las sinuosidades que le fue enseñando Caracas: euforia etílica y sensual de algunos viernes con hombres tiernos, borrosos; sesiones de cine en la cinemateca nacional, Buñuel, Lubitsch, Kurosawa, Wajda; exposiciones en la Galería de Arte Nacional; teatro en el Ateneo de Caracas; conciertos en el Aula Magna de la UCV; visitas al Museo de Arte Contemporáneo o a la Biblioteca Nacional donde podía leer hasta que los ojos se le llenaban de ardores y de insectos luminosos.

La ciudad entera que se expandía ante su tacto y se abría como una temblorosa invitación.

Porque en ese tiempo, en un destartalado autobús podía llegar a todos lados y participar del asombro que cada día parecía depararle.

Allí todo sucedía.

Todo resonaba y era olor y hedor y aroma.

No en vano, la primera tarde que pasó en la ciudad, mientras caminaba con su maleta por los alrededores del terminal del Nuevo Circo, en una esquina encontró a un hombre que pedía dinero a cambio de no mostrar las asquerosas llagas de sus brazos, mientras en la esquina de enfrente, un joven delgado tocaba una pieza que volaba y quemaba y saltaba sobre el aire y que solo muchos años después ella supo se trataba de *La danza de los duendes* de Bazzini.

Todo.

Allí.

Caracas.

Porque amaba esos lugares. Amaba ese lugar y ahora le pedía a ellos que la amaran y le hablaran.

Magdalena siguió mirando el mapa y deslizó su dedo sobre los nombres de las vías; detuvo su índice en la calle El Cortijo. Una noche, al nieto de la dueña de la pensión lo atacó una avispa y se le hinchó la rodilla. Le salió un rosetón y le subió la fiebre. El niño lloró un rato hasta que se quedó callado y en segundos comenzó a convulsionar. La despertaron a toda prisa; ella tomó tres hojitas y las colocó sobre la lesión, luego puso sus manos en la frente del niño mientras la abuela gritaba. En pocos segundos, el rosetón se desinflamó y la piel del niño recuperó su frescura. «Vayan al médico, y cuando el niño esté curado cómprenle una docena de rosas a María Lionza», dijo ella. Así lo hicieron. El niño se puso bien y desde ese día en la pensión la respetaban como a una mujer con poderes. Cierto es que intentó hacer lo mismo muchas otras veces y nunca funcionó, pero ella jamás olvidó ese instante.

Y no fue lo único especial que le pasó en ese lugar.

Por esos mismos años, un raterillo que usaba una vieja moto esperaba que salieran los muchachos de los liceos y les pedía dos bolívares. El que no se los daba, recibía una lluvia de golpes. Una tarde, Magdalena iba caminando frente a su pensión cuando vio a tres muchachos arrinconados mientras el motorizado le daba patadas a otro que se encontraba llorando en el suelo.

Para ese momento, Magdalena estaba haciendo suplencias en un liceo de la zona, y además se sentía feliz porque un policía llamado Gumersindo Peña le había regalado su primera pistola.

Todavía no sabía utilizarla muy bien, pero al ver a los liceístas acorralados sintió que le ardía el estómago, sacó la Beretta de su bolso y se lanzó sobre el ladrón.

—Coñoemadre, aperreando carajitos, maldito desgraciado... —le gritó Magdalena mientras le golpeaba la cara repetida veces con la pistola—. Con los chamitos eres macho, malparío.

El ladrón salió corriendo con una zanja en la frente y dos dientes menos.

Los liceístas quedaron mudos. Ver a la profe de Historia Beretta en mano, con sus pantalones ajustados, su escote, su cinturita y con las manos llenas de sangre era demasiado.

Boquiabiertos y babeantes la miraron un buen rato y hasta la aplaudieron.

Ella los contempló uno a uno.

—El que cuente lo que pasó hoy reprueba en el examen final, así que calladitos todos.

Nunca dijeron nada.

Pero el resto del año, cada mañana en su escritorio amanecía un café y dos cachitos calientes recién comprados en la panadería por sus estudiantes.

Qué gran calle esa calle.

El teléfono sonó dos veces. La voz acezante del gordo habló al otro lado.

—Magda... tienes que acompañarme ya mismo. Creo que tengo malas noticias.

Apenas tuvo tiempo de vestirse y pasarse un cepillo por el cabello. Se miró en el espejo: «¿Dónde se habrán ido mis curvas ricas de cuando tenía veinte años y salvaba carajitos de los malandros de Caracas?», suspiró.

Salió corriendo en el taxi y recogió al gordo Dimas por los lados de Chacaíto. Lo encontró sudoroso. Parecía un salchichón grasiento y le costaba respirar, como si el aire fuese un agua espumosa que le llenaba los pulmones. Lo vio limpiarse el rostro con un pañuelo percudido.

—Acaba de aparecer una muchacha. Quiero que la mires.

—¿Es Begoña?

—No lo sé. Quiero que la mires. Le dieron cuatro disparos.

—¿Está herida?

—No. Debemos darnos prisa. Apareció hacia los lados del

colegio La Gran Colombia. La morgue tiene siempre mucho trabajo. Tardarán horas en recogerla.

Dimas se bajó del carro y caminó en línea recta. Un grupo de curiosos rodeaba un cuerpo descoyuntado que recordaba a un saco de papas. Permanecía boca abajo. El gordo habló con un aburrido policía; le pasó un par de billetes con discreción. Magdalena se acercó al cadáver y le dio la vuelta. Miró el rostro: pálido, escamoso. Un *piercing* atravesaba su nariz. La camisa era una inmensa mancha oscura. Hizo un esfuerzo por mantener la compostura. La miró. La miró. Siguió mirándola unos segundos.

En medio de la multitud le pareció atisbar un rostro familiar que se disipó en instantes.

*

—Gordo, esta pobre mujer no es la persona que busco —susurró con un suspiro de alivio.

Dimas le colocó la mano en el hombro y la miró sonriente.

—Bueno, no es que me alegre por esta pobre caraja, pero por un momento pensé que te irías de Venezuela con las tablas en la cabeza.

Magdalena se puso de pie. La mujer tenía un *piercing* y el pelo cortísimo. Podía recordar a Begoña, pero era más gruesa y su piel estaba tostada por el sol.

Hacia una esquina, vio a un discreto Toni que la miró con ojos interrogativos mientras fingía ir de paso por el lugar y apretaba entre sus manos una bolsa con dos delgados plátanos. Ella le hizo un gesto tranquilizador con la cabeza. Lo vio marcharse con pasos lentos.

El aire olía a sangre.

Magdalena tomó a Dimas por el brazo y lo condujo hacia el taxi.

—Gordito querido, ¿y no llevaba papeles encima esa caraja?

—Sí, y el nombre no coincidía. Era una cédula venezolana, pero no es difícil pensar que la mujer que buscas haya intentado cambiar sus papeles para escapar. El policía que pasó el dato me dijo: «Encontraron muerta una caraja que no parece de aquí», y me mandó una foto y me preocupé burda.

—Esta pobre mujer tiene los senos operados. Se puso pechos. En España ahora mismo no hay demasiadas mujeres que hagan eso. Ya cuando vi ese detalle me volvió el aire.

—Pobre muchacha. Meterle dinero y bisturí a su cuerpo para que la maten de mala manera —suspiró el gordo Dimas—. Oye… en fin… y perdona la digresión, ¿sabes dónde puedo comprar desodorante para hombres? Tengo dinero para comprar un montón, pero es que no consigo en ninguna parte, carajo. Ya estoy harto de oler de esta manera.

Magdalena no le respondió. Miró hacia el cuerpo de la muchacha.

Sobre ellos, el cielo ardió como una lámina de aluminio. Entraron al taxi. Ella estuvo mordiéndose los labios varios segundos.

—Gordo, es increíble que puedas averiguar hasta sobre la última hoja que se mueve en los árboles de esta ciudad; pero que no sepas dónde se consigue desodorante para hombres.

—Pues así estamos de jodidos, amiga. Mira, yo tengo mi carrito y lo tengo parado porque hasta mañana no consigo un par de repuestos que necesito. Dos meses tengo en esa vaina. Esto está jodido. Primero consigo una 9 mm, que un kilo de café.

Magdalena sonrió por educación. Su mente no dejaba de darle vueltas a lo que acababa de ver. El gordo Dimas le puso la mano en el hombro.

—Te veo preocupada, amiga.

—Es que me dicen que hay asesinatos que trocean el cadáver. A lo mejor ando buscando a alguien que está en pedacitos por toda la ciudad. ¿Tú crees que estos putos policías se van a tomar la molestia de decir esta mano es de una ciudadana española llamada...?

—Hay mucha leyenda, amiga. No creas todo lo que te dicen.

—Entonces es mentira lo que cuento.

—Sí... bueno... un poco mentira sí es.

—Coño, Dimas, aclárate.

—Eso de descuartizar un cuerpo no es una práctica habitual.

—¿Pero ha pasado?

—Bueno, Magdalena... un par de veces sí. Un colectivo lanzó los pedazos de un hombre por una ventana. Ellos habían invadido un edificio y el tipo quería vender los apartamentos sin contar con el colectivo.

—Mierda.

—También un par de sapos de la policía mataron una doctora y la trocearon. Querían robarla.

—Coño, entonces sí sucede... esa vaina sí pasa, gordo.

—Pero identifican los pedazos, mujer. No creas eso de que aparece un brazo y la vida sigue normal. Si un pie de Begoña estuviese por el 23 de enero y su cabeza la encontrasen en Boleíta, yo lo sabría.

Magdalena respiró hondo. Encendió un cigarrillo. Le ofreció uno a Dimas pero él le comentó que tenía un par de amigos infartados, prefería no correr riesgos. Caminaron hasta la esquina y se devolvieron tomados del brazo.

A ella le gustó pasear así, como en los viejos tiempos, cuando cruzaban la Central desde Las Tres Gracias hasta plaza Venezuela, planificando alguna rumba o mirando fechas de exámenes. Por unos segundos estuvo a punto de contarle a Dimas sobre su disgusto amoroso, su melancólica huida, sus ganas de ver y no ver a José María. Luego se contuvo. Eso se encontraba tan fuera de lugar como los comentarios de su amigo sobre el desodorante.

El cuerpo de la muchacha continuaba allí, tirado en el asfalto.

Al fondo, en un colegio de paredes blancas, varios niños jugaban en su hora de recreo.

Dimas le dio una palmadita en el hombro y la invitó a comer unas *pizzas* en un sitio espléndido por los lados de Chacao. Ella aceptó.

No fue buena idea. Apenas entraron al local, detrás de una reproducción de un Canaletto salieron un par de chiripas. Magdalena pidió una cuatro quesos, pero le advirtieron que solo podían colocarle tres sabores. Dimas pidió lo mismo y le estuvo preguntando por la orquesta Caracas, una orquesta de venezolanos que había tenido varios éxitos en España. Ella no supo darle noticias exactas. Detrás de la reproducción seguían apareciendo chiripas. Dos, tres, cuatro, cinco, nueve, once. No pudo seguir comiendo. El dueño, un hombre de rostro granítico y cejas inmensas que recordaban a las de Groucho Marx, les pidió disculpas y a zapatazos comenzó a matar a los bichos. Les comentó que seguían fumigando con frecuencia, pero que como ya no llegaban al país los insecticidas necesarios, la plaga era indetenible.

El gordo se comió las dos *pizzas* y bebió una lenta cerveza.

No les cobraron la cuenta. Volvieron al taxi que los esperaba afuera. Dimas no paró de hablar de la orquesta Caracas y hasta tarareó un par de canciones.

Luego le comentó que semanas atrás le había parecido ver en la calle a una compañera de la universidad.

—Esa que llamaban Madame Kalalú, la que usaba un pañuelo.

—Ni la nombres —susurró Magdalena con hastío—. Una farsante que decía leer las cartas pero que no tenía ningún tipo de luces espirituales. Sospecho que era un poco choriza. En primer semestre le presté un libro sobre Rembrandt y otro de Shakespeare y la desgraciada nunca me los devolvió. Una de las cosas buenas de vivir tan lejos es jamás volver a tropezar con gente como ella... además, gordito, acabamos de ver una muchacha asesinada, no tengo cabeza para pensar otras cosas.

—Bueno, deja el mal humor, comprendo que el día está siendo difícil —musitó el gordo.

—Pero hablando de gente de esos años ¿De Bencomo supiste algo alguna vez? Un compañero nuestro que era feo pero muy sexi, como un brutote sensual de esos que si no los dejas juntar dos frases tienen unos cuantos viernes felices.

El gordo sonrió.

—Fue viceministro de Sanidad, y ahora es embajador en Europa.

—Pero, ¿qué dices? ¿De Sanidad? ¿Viceministro? Me estás jodiendo. Ni siquiera debió graduarse, se copiaba en los exámenes y yo lo ayudaba a hacer los trabajos.

—Lo vi hace años, Magdalena. Lo encontré en el *lobby* de un hotel. Parecía incómodo de verme y más cuando un oficial se le acercó y le dijo en susurros: «Su señora está con el Comandante ahora mismo, van a estar reunidos un par de horas más. Vaya a dar una vueltica». El tipo bajó la cara, sonrió y se fue sin despedirse.

—¿Y la esposa?

—Un mujerón que conoció cuando salió de la universidad. Lo ha ayudado mucho. El Comandante tenía muy buen gusto para las esposas y las hijas de sus ministros y sus colaboradores.

—Pero qué asco, Dimas. Cállate mejor. No me sigas contando mierdas y mejor nos olvidamos de Bencomo, tan rico que besaba el hijo de puta —gritó Magdalena y respiró con fuerza mientras le temblaban las manos.

El aire acondicionado del carro evitó que el atasco donde estuvieron atrapados se hiciese irrespirable, pero además ese tiempo vacío le sirvió a Magdalena para entender que la muerte de esa chica a la que acababan de tirotear no era una de esas miserables casualidades que deparaba Caracas. A la chica la habían matado por parecerse a Begoña. Esta muerte era una equivocación desafortunada, era un aviso. En cuanto Bego pusiese un pie en la calle la esperaba una lluvia de balas.

En la habitación del hotel volvió a mirar el mapa. Cerró los ojos. Invocó a María Lionza para que le indicase un lugar determinado. Solo escuchó el ruido del aire acondicionado. Se dio un suave puñetazo en la frente. Caminó alrededor de la cama e intentó reconstruir mentalmente la zona de Los Rosales.

No.

Inútil.

Demasiados años sin pasar por el lugar. No debía fiarse de la memoria.

Rezó un rato. Le pareció que su plegaria rebotaba en las paredes del hotel. Se volvía un vapor traslúcido. Un sordo sonido. Recordó unos versos de Unamuno que la desesperaban y al mismo tiempo le daban el consuelo de sentir que su angustia había sido antes la angustia de otros: *No es ni sueño la vida; / todo no es más que tierra; / Todo no es sino nada, nada, nada.*

Miró el minibar. Solo consiguió una botellita de ron venezolano. Lo bebió seco. Una delicia. Un dulce alfilerazo en la lengua. Era como el beso de un hombre bello, poderoso. Pensó en la escultura de María Lionza que hizo Alejandro Colinas en los años cincuenta. Vio a María Lionza desnuda, femenina y fuerte, sometiendo con sus muslos a la danta sobre la que se encontraba montada, alzando sus brazos, sublime, como cuando una mujer está sobre un hombre y lo enloquece y le otorga esa victoria que significa rendirlo al goce, arrebatarle sus máscaras, estrujarlo hasta que es solo un jadeo.

«No importa que muchas veces no me escuches, que no te escuche, que parezcas no estar; siempre termino encontrándote de algún modo», susurró mirando al cielo.

*

Tomó una bocanada de aire, buscó lápices y papel. Era buena haciendo ciertos dibujos, podía recordar con cierta nitidez a la mujer que había asesinado al primo de Jaime y que había reaparecido en el entierro para dispararle a la urna. El propio Jaime lo había dicho, ese ritual había sido perpetrado con la intención de que pareciese un ajuste de cuentas entre malandros.

«Por lo tanto, esa muerte fue por otro motivo», susurró. «Al primo de Jaime lo pueden haber matado para alejarme del crimen del exministro e impedirme que encuentre a la muchacha que busco».

Hizo un par de bocetos hasta que consiguió un dibujo aceptable. No consiguió calcar la aspereza de la mujer, su impasible lucidez a la hora de apretar el gatillo, pero los rasgos evocaban sus formas gruesas, la blandura de sus mofletes. Curiosamente, no se sintió capaz de dibujar sus manos, esas manos desde las que parecían brotar rayos que arrasaban todo a su paso

Magdalena se acarició el vientre.

Notó que estaba por venirle el período. Se tomó un par de buscapinas y buscó en su maleta los támpax. Había venido preparada desde España. Hizo bien. En un canal de televisión del

Gobierno acababa de ver como ante la escasez se sugería el uso de una compresa ecológica, reciclable, hecha de materiales cien por ciento venezolanos; una compresa que al perder su eficacia podía ser utilizada como abono para las plantas y los rosales. «Cómo se nota que esta es una revolución de machos», pensó con repentino mal humor, «siempre somos nosotras los conejillos de indias para los experimentos y los ahorros».

Al buscar las toallas encontró el abrigo que desde hace días echaba en falta.

Entre las manos sintió un chispazo.

«Esta vaina no la puse yo aquí; esto lo movieron», pensó y con la vista recorrió toda la habitación. Salió al pasillo. Un escalofrío recorrió su espalda. En medio de las cejas, sintió un dedo que se hundía en su cerebro. Agitó su blusa para refrescarse. La espalda se le llenó de sudor.

Escribió a Gonzalo: *Consigue la manera de que Toni se reúna conmigo. Es importante. No quiero llamarlo yo. Dile que nos veamos hoy mismo a las cinco y media en la pizzería del paseo Las Mercedes.*

*

—Chica, creo que voy a extrañar tus carajazos. No sé si me estaba volviendo masoquista.

—Tus jefazos en Madrid al fin tuvieron el detalle de actuar pensando en tu seguridad, Toni.

—Todo un detalle. Conocía tus habilidades como bruja, pero no sabía que dieses esas hostias.

—El mundo es cruel, hay que saber defenderse, Toni.

—De todos modos, todavía tus poderes no han dado resultado. No se sabe nada de Begoña y tengo la impresión de que el cerco alrededor de ella se estrecha.

—Los poderes ayudan, pero no lo son todo. Tampoco ustedes han conseguido nada.

—Esta ciudad no es fácil. Ahora mismo aquí no hay que rascar demasiado para llegar a las cloacas y a la mierda. No es necesario hundirte para llegar a los sótanos. Caracas en sí misma es el sótano podrido donde hay que taparse la nariz y fingir que se vive.

Magdalena suspiró. Devoró el último trozo de *pizza* y bebió un sorbo de un jugo y se humedeció los labios.

—Me jode mucho que digas eso. Esta ciudad fue el paraíso

de muchas personas desesperadas y jodidas. De todas partes del país, de todas partes del mundo venía gente a vivir aquí; este era un sitio del carajo, este era un lugar amable donde se gozaba y se vivía en paz.

—Hace muchos años. Ya nadie lo recuerda, chama. Mejor nos dejamos de melancolías y me dices qué necesitas.

—Toni, necesito uno de esos cacharritos que usas en tu trabajo.

—¿Apoyo tecnológico? ¿Y tus poderes?

—Tengo fe, eso no significa que sea idiota. Si me duele la cabeza puedo rezar, pero también me tomo una aspirina. La inteligencia nos viene del mundo espiritual y nos hace más sencilla la existencia en este plano tierra.

—¿Y qué necesitas? A lo mejor no te puedo ayudar, y espero que eso no signifique que me vas a coñacear otra vez.

—Yo pienso que sí puedes. Anda, sé buen chico y échame un cable.

Al abrir la puerta de la habitación, Toni hizo un innecesario gesto de silencio colocando su dedo sobre los labios. Avanzaron sin cruzar palabra y al llegar junto a la tele Magdalena habló con voz nítida.

—¿De verdad no sabes dónde puedo conseguir compresas?

—No es algo que yo suela comprar, chama. Debiste traerlas desde España.

—Yo traje, pero a lo mejor debo quedarme más tiempo del esperado.

—Lo siento —dijo Toni y sacó de su bolsillo un pequeño cuadrado negro con una antena y comenzó a acercarlo a las paredes, a la moqueta, a las lámparas de la habitación.

—Tendrás hermanas, primas, amigas… a lo mejor acompañaste a Begoña alguna vez para comprarlas —respondió ella y reconoció el modelo que estaba utilizando Toni: un Aox I, un modelo muy eficiente que ella había empleado otras veces.

—Pues no. Si te digo la verdad no he comprado una toalla sanitaria en la vida —dijo Toni y en el Aox I se encendió una luz al pasar sobre un adorno de cerámica que se encontraba junto al teléfono.

—¿Y qué solías hacer cuando paseabas con Bego?

—Nada especial. La llevé a comer empanadas, fuimos a la casa natal del Libertador, al Museo de Arte Contemporáneo.

Toni se desplazó hacia el otro lado del cuarto. De nuevo brilló una luz cuando el aparato rozó uno de los cojines del sofá.

Sin ponerse de acuerdo caminaron hasta el baño. Allí estuvieron hasta que la luz volvió a aparecer frente a un espejo. Magdalena contuvo un resoplido furioso y se lavó las manos solo por llenar ese instante con algún gesto casual. Vio que el jabón del hotel estaba por terminarse y colocó la pastilla a un lado, como si fuese un pequeño tesoro.

—Tres —dijo Toni cuando bajaron al estacionamiento—. Te pusieron tres micrófonos.

—Desgraciado, perro mal parío.

—¿Sabes quiénes lo hicieron? ¿Sospechas de la gente del hotel?

—Este es un lugar caro. Tendrán cuidado con el personal. En los hoteles pasan demasiadas cosas como para que los clientes deban temer de los empleados. Eso seguro lo vigilan aquí. En cambio yo no tuve cuidado y una noche dejé entrar a un amigo de Begoña y el desgraciado durmió en la habitación, así que habrá tenido tiempo de colocarlos con calma. Carajo. Y pensar en la cara de pendejo que tiene ese hijo de puta…

—¿Un amigo de Begoña? —susurró Toni.

—Sí. Es uno de los últimos que la vio antes de que desapareciera, si te descontamos a ti, claro. Un tal Marcos, así se llama la rata esa…

Toni se puso pálido.

—¿Dices que Marcos durmió en la habitación contigo?

—En la alfombra.

—¿Y no pasó nada entre ustedes?

—Ese flacucho no estaría ni entre mis últimas opciones.

—Te lo pregunto en serio, porque si pasó algo sexual puedo entender la situación y aunque es grave, podría ser comprensible… pero si me juras que no ocurrió nada…

—No pasó nada, Toni. Pero Marcos me dijo que de ti sabía solo por referencias, así que no comprendo por qué me preguntas sobre él.

—Coño de su madre. No informó nada. Ese desgraciado trabaja para mí. Es mi agente de apoyo. Y no dijo nada sobre su permanencia en este hotel y se supone que debe informarme de todo lo que hace.

—¿Entonces ustedes me estaban espiando?

—No. Yo no recibí órdenes de ponerte micrófonos, y ese cabeza de bola de Marcos tampoco estaba autorizado a hacerlo.

—Pues creo que el CNI tiene un pequeño problema… un agente doble, nada que no haya pasado alguna otra vez en la historia —susurró Magdalena, sonriendo con amargura al pensar que aquel saquito de huesos llevaba tiempo engañando a un montón de personas.

*

Esa tarde estuvo recorriendo Los Rosales. Le pareció curioso. Creyó que el paseo la llenaría de nostalgia. Pero nada especial sucedió. Las calles de ahora se fundieron con las calles de su memoria como una continuidad natural.

La acompañó siempre esa sensación hasta que llegó a la calle El Cortijo. Allí todo cambió; de golpe recibió el aire húmedo y la imagen de las fachadas como el abrazo de un oso terrible. Apenas reconoció algún trozo de acera, algún arbusto que resistía rodeado de *smog* y humo, pero la mayor parte de las fachadas de las casas habían desaparecido. «Una calle sin calle», pensó. «Una calle sin gente, sin olores a comida, sin muchachos fumando o bebiendo un trago de anís con limón». Hacia la izquierda, la clínica Atías había ido creciendo desmesuradamente; ahora ocupaba la mayor parte del lugar con instalaciones médicas que quedaban ocultas por un inmenso muro de concreto; hacia la derecha, las mueblerías de la Nueva Granada se habían expandido y las antiguas casas funcionaban ahora como depósitos olorosos a madera y sustancias químicas.

Caminó con lentos pasos. Sacudió la cabeza para espantar esa sensación áspera. No era nostalgia; era perplejidad. La calle donde tuvo una revelación concreta de sus poderes tantos años atrás era la parte trasera de unos negocios y el lateral de una clínica. Metió la mano en su bolso y apretó el revólver. Ninguna persona caminaba por el lugar. Solo el sol se lanzaba sobre el asfalto de ese desierto donde sonaban sierras eléctricas, martillazos, ambulancias.

Siguió andando. Le pareció inútil. La zona, deteriorada, ruidosa, no le ofrecía ninguna señal particular que le sirviese para ubicar a Begoña. Podía encontrarse en cualquier sitio y en ninguno.

Se detuvo unos segundos.

Escuchó ruido de motos.

Pensó en un enjambre. Los rugidos llegaron por la izquierda, por la derecha, por el frente, por detrás. Creyó que se trataba de una trampa, hasta que vio que los motorizados hablaban entre ellos y volvían a dispersarse. Miró sus ropas; el pañuelo que llevaban en sus cuellos sudorosos.

«Son gente del colectivo con el que se relacionaba Begoña. La están buscando. Parecen un grupo de cazadores detrás de un zorro. Lo malo es que si la consiguen la matan; lo bueno es que si la están buscando quiere decir que todavía no saben dónde se encuentra».

Guillermo Solano se ajustó la corbata. Él había escogido un restaurante por Las Mercedes para picotear algo y darle a Magdalena los datos que le había solicitado por correo electrónico. Ella intentó poner buena cara cuando el mesonero fue enumerando la larga lista de platos que ese día no se encontraban disponibles. Al final escogió lo primero que le vino a la cabeza y contuvo la sonrisa que le inundó el rostro al ver las manos tan pequeñas de Solano. Eso sí lo tenía claro, podía ser muy diversa en sus pasiones, pero en los hombres le gustaban las manos firmes, rotundas, que pareciesen capaces de romper una puerta y a la vez de mostrar una ternura sedosa, contenida. Manos como las de José María, como las de Jaime.

—¿Qué me tienes?

—Pues no sé muy bien qué decirte. El tipo no es exactamente policía.

—Lo imaginé.

—No me fue sencillo averiguarle la vida; digamos que se encuentra en un circuito más complicado; un circuito paralelo, más difuso.

—A ver, Guillermo, suéltalo de una vez: Marcos trabaja para el G2.

El hombre alzó las cejas.

—Bueno, bueno, veo que ibas muy bien encaminada. Tienes toda la razón. No sé para qué me llamaste entonces.

—Porque no me basta imaginar; debo tener confirmaciones.

—Es verdad. Pero aquí ahora el G2 se trajo miles y miles y miles de agentes; estaban aburridísimos en La Habana; ya no tenían a quien más espiar… así que los enviaron para acá, y súmale los que han ido reclutando en Venezuela.

—Entonces qué más me tienes.

Guillermo le pasó un pequeño sobre.

—Ahí encontrarás una serie de pagos en euros a Marcos. Los envían a una asociación cultural que tiene el Gobierno venezolano en España. Es una asociación cultural en un sitio carísimo de Barcelona, pero casi nunca la abren. A veces hacen una conferencia, alguna charla con alcaldes españoles que simpatizan con el Proceso o con algún poeta gobiernero que está pasando vacaciones por Europa, pero la mayor parte del tiempo está cerrada. Eso sí, tienen un montón de gente en nómina. Supuestos asesores; uno de ellos es una viejecita de 89 años que en su vida pisó una universidad y que tiene alzhéimer. Es la abuela de Marcos, él controla sus cuentas, así que no es complicado saber que el tipo recibe el dinero que en apariencia le envían a ella.

—Qué bien. Me gusta —sonrió Magdalena.

—Y lo otro es una joya… por eso te estoy cobrando esa tarifa que tú pensarás que es alta, pero lo vale. Tienes ahí una fotocopia de uno de los informes de Marcos al G2, escrito de su puño y letra; es un método que esa agencia suele utilizar con su personal; les piden informes a mano de manera de poder chantajearlos en el futuro si se ponen cómicos. El informe no es gran cosa en sí mismo; algunos datos sobre gente de la embajada de España, nada que creo te interese demasiado a ti. Pero es la prueba de para quién trabaja.

—Maravilloso. Esto me va a servir.

—Y ojo, hay algo más, te puedo asegurar que ese tipo fue una de las personas que estuvo mirando en la policía el cuatro con la cuerda rota.

—Carajo. Debí imaginarlo.

Guillermo pagó la cuenta y le dijo a Magdalena que la llevaría a donde ella le pidiese. Le sonrió con cierto aire seductor, pero ella lo ignoró por completo. Le colocó la mano en el brazo unos segundos y mostró el dibujo de la mujer que había asesinado al primo de Jaime.

—¿La conoces? De esto no me has dicho nada. ¿Es policía? ¿Es un espía del G2? ¿Es de un colectivo? ¿Es de una banda?

—No te dije nada porque no sé nada. Puedo decirte que no es policía; tampoco trabaja para el G2. Sobre colectivos no controlo mucho, corazón. Mis amigos policías los odian, pero tienen órdenes de no meterse con ellos más de lo justo. Así que se limitan a cobrar un pequeño porcentaje por los negocios que hacen los colectivos y miran hacia otro lado.

Cuando entraron al carro, Guillermo la miró de reojo.

—Como ves me he excedido en el cumplimiento de mi deber. Pero debes saber que ya mucha gente sabe que estás buscando a una muchacha española.

—¿Tus amigos policías también? ¿Ellos la están buscando?

—Ellos saben en qué andas tú, pero ellos no están buscando a nadie. No hay denuncia alguna.

—Qué raro.

—Un poco, Magdalena.

El carro avanzó por la calle Madrid. En una esquina, tres niños con ropas mugrientas pedían dinero, y un adolescente intentaba hacer malabarismos con unas pelotas rojas.

—Y cuéntame, ¿la policía te dijo si alguien buscaba a esa muchacha?

—Para ellos ese tema no existe. Pero seguro tú sabes que esa muchacha trabajaba con un colectivo muy importante. Y eso no es bueno...

—Supongo que de hecho es muy malo.

—No. No lo supongas. Cuando hay protestas estudiantiles los colectivos andan ocupados practicando tiro al blanco con la cabeza de los muchachos. Pero en épocas tranquilas como ahora en que no están matando muchachos ni destrozándole los carros a la gente que los insulta desde los edificios, son muy muy peligrosos... El exministro que asesinaron era uno de los que calmaba los conflictos. Él ya no está, así que alguno de esos grupos se está saltando ciertas reglas y lo mejor es estar lejos de ellos. Y por lo que he averiguado hay dos personas que conoces que no suelen estar muy lejos de los colectivos: ese tal Marcos, que además de doble agente tiene conexiones con ellos; y este muchacho Jaime que te dijo que hablases conmigo.

—Mierda.

—Ojo, no los estoy acusando, pero tú no pierdas de vista eso que te digo.

—*Okey, okey*. Estaré atenta.

—Pero hay algo más, Magdalena. Puede pasar algo inesperado en estos días.

—Te lo dijo la poli.

—Correcto. Así que mantente con cuidado con esa gente, y si consigues a esa muchacha sácala de inmediato del país.

—A eso vine, Guillermo.

El hombre frenó en un semáforo y volvió a mirar a Magdalena.

—Estás tardando, mami. Te lo digo en serio. Yo que tú me tomaba como máximo un plazo de dos días para sacarla de aquí. En cualquier momento revienta una vaina y ella va a estar muy cerca de las balas. Es preferible que la maten intentando escapar, a que la maten encerrada como una rata en cualquier agujero. Óyeme lo que digo. Cuarenta y ocho horas. Tienes cuarenta y ocho horas.

*

Magdalena se tomó una buscapina y se acarició el vientre. Luego le dio tres furiosas caladas a un cigarrillo.

Acababa de presenciar una escena espantosa en un restaurante.

Pasaba ella frente a la puerta cuando escuchó gritos. Con rapidez pudo averiguar lo que sucedía; una ministra del Gobierno había entrado con sus guardaespaldas y los comensales comenzaron a abuchearla. La mujer los miró indignada y se marchó, pero a los cuatro minutos aparecieron un montón de guardias nacionales y sin decir una palabra empezaron a golpear y arrestar a las personas de las mesas para llevarlas detenidas.

Magdalena vio cómo arrastraban por los cabellos a una muchacha que insistía en que ella acababa de entrar al restaurante. La chica tenía el rostro ensangrentado y la ropa hecha jirones. Cada vez que gritaba, un capitán le pisaba la mano con su bota. Dos o tres personas intentaron intervenir y los guardias los alejaron con empujones.

A Magdalena le ardieron los ojos. Respiró con fuerza y se alejó del lugar. Su impulso era sacar el revólver y descargarlo, bala a bala, sobre la frente de ese capitán; mirar el modo en que sus sesos saltaban por el piso y las paredes y luego pisotear su masa encefálica y convertirla en gelatina. Pero ya no. Ya no era la muchacha de la calle Los Cortijos, la profe que salvaba carajitos atacados por algún desgraciado hijo de perra. En su trabajo era necesario reprimir muchos impulsos; avanzar, avanzar hacia el objetivo como un gélido tiburón de ojos fríos.

Toni apareció a su espalda. Le dio un manotazo suave en el hombro.

—Guerrera… ¿Qué tienes para mí?

—Papeles y documentos, chamo —suspiró Magdalena—… podrás anotarte un tanto ante tus jefes al descubrir a un agente doble. Ya no te hablo de rumores, sino de papeles que la gente de «la casa» podrá analizar para saber que Marcos los estuvo jodiendo este tiempo.

—Del carajo. Quiero reventar a ese desgraciado

—Solo por curiosidad, ¿qué pasará con él?

—Lo convocarán a una reunión de urgencia en Madrid; si acude lo denunciarán y será un asunto de tribunales…, pero no acudirá, no es tonto. Al menos quedará fichado como agente del G2, dejará de cobrar su sueldo y tendremos un agujero menos por donde se vaya la información. Te pido, en todo caso, que sigas actuando con normalidad en la habitación de tu hotel; que él no sepa que ya sabemos quién es y qué hace.

—No tengo demasiado tiempo como para estar en el hotel ahora mismo… pero me alegra que esta información te sirva y espero que ahora seas generoso.

—¿Qué quieres a cambio?

—Te di información, tú me das información, toda la que tienes.

—Decirte todo es imposible. Ni puedo, ni sé ahora mismo qué significa todo.

—Al menos un trozo sustancioso, cariño.

—Eso me parece un poco más razonable. Pero te advierto que te contaré lo que pueda ayudar y que tenga autorización para compartir. Ni una palabra menos, ni una más.

Ella tomó una larga bocanada de aire. Se miró las manos. Pensó en las palabras de Guillermo: debía salvar a la muchacha en un máximo de dos días.

A su alrededor, la gente conversaba entre murmullos. Creyó recordar que antes, cuando ella vivía aquí, en las voces había más calidez. Ahora las palabras parecían estar envueltas en algodón; el miedo parecía habitar al fondo de todas ellas.

—Lo primero, ¿hay alguien más del CNI en esta operación?

—Nadie que conozcas.

—Es decir, ni Gonzalo, ni este estudiante Carlos González...

—Ninguno de ellos.

—Muy bien. Otra cosa, el CNI no le ha dado toda la información al padre de Begoña. Le dijeron que no tenían noticias y que si algo sucedía ya le advertirían... pero el hecho es que ustedes siguen buscándola y hasta la ayudaron a escapar.

—Así es.

—¿Y ella sabe que tú eres del CNI?

—Sabe que quería ayudarla.

—Así que tienen ustedes un interés especial en ella, pero a la vez nadie le ha advertido a la policía de su desaparición.

—Eso es correcto. La policía aquí no es de fiar.

—Ella guarda algo que ustedes quieren. Aunque sea hija de un señor importante, ustedes no intervienen por eso, sino por el interés particular que tienen en Begoña.

Toni tartamudeó un poco. Luego se recompuso.

—También es correcto.

—La quieren ayudar para que ella les facilite eso que tiene y que ustedes necesitan.

—Pues sí. Ha estado en lugares que nos interesan, ha visto gente que nos interesa. Tiene datos que pueden ser importantes. De eso no te voy a decir ni una palabra más.

—Pero espontáneamente Begoña no querrá colaborar con ustedes, así que si la rescatan y le ofrecen sacarla del embrollo suponen que ella aceptará contarles lo que les interesa.

—Es aproximadamente lo que está sucediendo. Esperamos que sí, que colabore. Debe estar muy asustada como para andarse con remilgos.

—¿Y de quiénes la protegen?

—No lo sabemos con exactitud. Pero tenemos una idea y es un panorama muy negro; la cuidamos de los asesinos del ministro, de la policía, del G2 y del colectivo para el que colaboraba.

Ella abrió los ojos desmesuradamente. Una sensación fría bajó por su espalda.

—Mucha gente.

—Mucha. Piensa algo, tía. Si Lucki Luciano, Al Capone y Frank Lucas viniesen a Caracas, le tendrían miedo a los generales y jefazos de este país. Así está la cosa. Arriba del todo, los capos de los capos, y hacia la mitad y hacia abajo, muchos señores y señoritos de la guerra peleándose trozos a dentelladas. Así que Begoña tiene más de una pistola apuntando a su nuca.

—¿Y quieren matarla por el mismo motivo?

—No lo sé. Pero si le ponen la mano encima, se jodió.

—¿Y trabajan juntos quienes la persiguen?

—Tampoco lo sé. La calle es dura, hay negocios, hay poder, hay mucho dinero rodando por ahí, y a veces ocurren colaboraciones esporádicas, pero quizá no trabajan juntos. O quizá sí.

—Porque, por supuesto, los que mataron al ministro no son paramilitares.

Toni sonrió con hartazgo. Luego intentó una carcajada que recordó el principio de un ataque de asma.

—¿Tú qué crees?

—Lo mismo que todo el mundo. Si quisieran atrapar al asesino deberían buscar qué persona podía odiarlo tanto como para cortarle el dedo y metérselo en la boca.

—Así es. Eso es de libro.

—¿Y quiénes fueron en verdad?

—El ministro se movía normalmente en mundos tenebrosos. Más de la mitad de la gente que trabajaba con él había estado presa por homicidios, por robo, por tráfico de drogas. Él prácticamente los seleccionaba al salir de la cárcel. Le gustaba sentirse seguro y pensó que rodeándose de los malos estaría a salvo. Pero ya ves, los alacranes son alacranes. Aunque igual pudo ser el G2. Si les estaba jodiendo la vida, no me extraña que lo hayan despachado.

—Alguien me dijo, Toni, que a más tardar en dos días puede suceder algo peligroso para ella.

—Tenemos una información parecida. No conocemos detalles. Puede ocurrir un reacomodo entre gente que lleva armas y tiene muy malas intenciones, puede suceder un terremoto lo suficientemente jodido como para que Begoña se vea en verdadero peligro.

—¿Tienes idea de por qué sus amigos de Orden Cerrado la están buscando para matarla?

—Tú lo supones igual que yo. Sienten que Begoña los traicionó o piensan que puede irse de la lengua y contar algún asunto que los afecte... quizá esperaban que cuando ella tuviese un problema correría a buscarlos para pedir apoyo. Al no hacerlo, se convirtió en sospechosa.

Toni hizo un ruido con los labios, una suerte de chasquido en el que se denotaba incomodidad y cansancio.

—Chamo, ¿y qué piensas hacer?

—Estamos en un mal momento. Marcos metió mucho ruido y nos distrajo... lo único sensato que tenemos es el mensaje a Carlos. Imagino que era un modo de alertar a la familia, de buscar una ayuda distinta a la que yo podía darle.

—Eso quiere decir que no esperas comunicaciones de Begoña.

—La conexión está perdida. No creo que intente hablar conmigo. Pero tengo una idea para ayudarte y ayudarnos. Nosotros no podemos intervenir con un grupo de élite para rescatarla; sería un escándalo internacional. Pero tú sí... y si sale mal, eras una persona contratada por la familia; quedamos limpios; y si sale bien, todos ganamos.

—Muy sincero de tu parte.

—Así es. Pero hay algo que se me ocurre que puede servirte. Sé que andas tras su rastro. Y si pasas por esas calles donde imaginas que ella se ha escondido y llevas encima un pañuelo rojo, amarillo y morado, eso puede ayudar. A ella le encantan los tiempos de la República española... yo pienso que si logra verte le llamarás la atención, y buscará el modo de hacerte saber dónde se encuentra.

—Puede funcionar.

—Y si logras encontrarla, dile esta frase: «Métete en las llagas del Cristo crucificado. Allí aprenderás a guardar tus sentidos»; creo que así sabrá que vienes de parte de su padre.

—Porque es una frase que habrá escuchado y leído muchas veces en su casa...

—Exactamente, y el caso es que cuando la consigas podemos ayudarte a que en un par de horas esté a salvo en Aruba, desde allí volaría a Holanda y luego a España, para que su papi la regañe por haberse portado tan mal. Y durante el viaje ella podrá contarnos lo que necesitamos saber.

—A mí me contrató el padre de Begoña; esto debo consultarlo con ese señor.

—Hazlo. Lo cierto es que cuando viniste pensabas que encontrarías a una chica metida en algún pequeño lío y que regresarías con ella por el aeropuerto de Maiquetía. Eso descártalo. El Gobierno no la va a dejar salir. Ten la seguridad de que, si lo intentas, la Guardia Nacional encontrará en la maleta de Begoña dos kilos de cocaína. Les sobra coca a esos señores para ponerle a ella un par de kilitos en su equipaje y meterla presa.

—Y en la cárcel es muy posible que sufra un accidente y amanezca desangrada, con un pico de botella atravesándole la garganta.

—Es lo que hay, Magdalena. A partir de este instante cada minuto cuenta. No te distraigas.

—Lo sé, cariño.

Toni le guiñó un ojo.

—Oye… y si sabes algo de ese *pen drive* que ella debió dejarme no dejes de contármelo.

Magdalena sonrió con dulzura.

—Cuenta con ello.

*

La mujer caminó erguida y locuaz, intercambiando palabras con un hombre de cuello grueso y cejas pobladas. Fingía mirar un celular, pero de tanto en tanto giraba el rostro y trataba de precisar la fachada de las casas, las puertas de los depósitos, las ventanas de cada calle.

Magdalena la vio venir y cruzó la calle como si estuviese repentinamente interesada en un árbol de guayabas que resplandecía en un jardín cubierto de malezas.

Tocó con la punta de sus dedos una de las guayabas, el olor pareció vibrar en su nariz como una campanada. Sin darse la vuelta supo que la mujer seguía su camino. «Es ella; es la que asesinó al primo de Jaime y le cayó a tiros a la urna; está aquí; está en lo mismo que yo; buscando a Begoña».

Recorrió la zona. No había sido difícil conseguir el pañuelo. En una pequeña tienda del hotel compró uno. De tanto en tanto lo agitaba, como si la ayudase a disipar el calor. No se encontraba muy convencida de esa estrategia, pero el segundero de su reloj le recordaba que sobre Begoña colgaba una espada que podía abrir en dos su cabeza a menos que antes lograse ponerla en ese avión rumbo a Aruba.

Al padre de Begoña le había parecido bien la propuesta de apoyarse en el CNI. Según Gonzalo, no prestó demasiada atención a los detalles y solo pidió con voz rasgada que hiciesen lo que fuese necesario y que además lo hiciesen de inmediato. Magdalena imaginó al hombre rezando, con las manos apretadas, el rostro inclinado, pálido. «Ojalá los rezos de ese señor y los míos funcionen, porque siento que tengo el cerebro lleno de basura», admitió mientras se detenía en una esquina. A un par de cuadras vio a uno de los miembros de Orden Cerrado encaramado en su moto y observando las casas con atención y detalle.

Magdalena se escabulló por una calle paralela.

El aire olía a humo y flores estrujadas. Un olor cítrico que expandió sus pulmones.

«A José María le habría gustado este olor. Siempre dijo que mi piel guardaba un delicioso pero extraño aroma, como a ciudad, como a flores desmesuradas cuyo aroma producía una tenue borrachera».

Repasó mentalmente la ruta que había recorrido. La avenida María Teresa Toro; la Roosevelt; la calle Bermúdez; la avenida El Paseo; la avenida Los Laureles; la avenida El Parque. Lanzó un soplido de cansancio.

En un terreno abandonado vio un escarabajo boca arriba al que rodeaban unas hormigas negras, gordas como semillas. Todavía parecía estar vivo: movía con resignada terquedad alguna de sus patas, pero no huyó cuando las hormigas lo alzaron y lo llevaron a un orificio de la pared por donde asomaba un hilo de agua y un musgo cobrizo, rugoso.

Magdalena se persignó.

Con distracción miró la hora. Aceleró el paso. A media cuadra vio a un grupo de guardaespaldas que subieron a sus carros con prisa mientras enviaban mensajes con pinganillos y oteaban los cruces de las calles. Los contempló avanzar a toda velocidad en dirección prohibida. «Algún jefazo militar que estaba paseando», suspiró aliviada al comprobar que seguían de largo sin prestarle atención.

Llegó a la avenida Zuloaga y se sorprendió al encontrar unos edificios color vino tinto. No pudo recordar las antiguas casas que debieron estar allí cuando en los años ochenta ella paseaba por la zona. Decenas de apartamentos y ventanas quedaron frente a sus ojos. Una sucesión vertiginosa. Cuadrados, cuadrados, cuadrados en las paredes por los que la vida exudaba imágenes íntimas, lejanas. Lámparas; trozos de pared donde brillaba una fotografía o una reproducción de un Reverón; pantallas de computadora; apagados televisores; bibliotecas; adornos terribles, cerámicas. «No lo voy a lograr», pensó, «ellos llegarán antes, no lo voy a lograr». Se le humedecieron los ojos. Al devolver sus pasos y llegar a la plaza Tiuna entró a un café y llamó a su padre. Sabía que no era momento para efusiones familiares, pero sentía un agujero creciendo en lo más profundo de su cuerpo.

Siempre le gustó la voz de su padre. Cómicamente cavernosa, como si fuese una voz ajena, una equivocación de la naturaleza. Durante años, pensó que con ese cuerpo rechoncho y lento que lo llevaba con parsimonia a todos lados, su padre habría sido un excelente galán de radionovelas. También en eso la equivocación había señalado su vida. Nació cuando las radionovelas ya eran un fósil olvidado; y también fue el hombre de la familia que nunca pudo abandonar a nadie. Se equivocó de tiempo; se equivocó de lugar.

Le respondió una de sus tías. La saludó cariñosa y la advirtió de que su padre estaba de paseo por Humocaro. Magdalena quedó en silencio unos segundos y le preguntó cuándo regresaría; por instantes se imaginó que le realizaba una visita sorpresa, pero en pocos instantes recuperó la cordura; no estaba de vacaciones, estaba trabajando y el mundo se le venía encima. Su tía le respondió que en una semana estaría de vuelta, que igual podía darle el teléfono de la casa donde estaba o el celular de alguna de las primas con las que se encontraba. Ella suspiró. Le aterraba la idea de que si hablaba con su papá escuchase al fondo una desgarradora canción de Los Terrícolas y quedase hipnotizada por la melodía hasta deshacerse en llanto.

—Luego te hablo con calma, tía —murmuró—. Pero mirá, decime algo —insistió con repentina inspiración—. ¿En Caracas conocés alguna marialioncera poderosa a quien un amigo pueda hacerle una consulta?

—Sí. Allí está Juana Urganda. Decile que hable con ella, ya sabés lo buena que es.

—¿Juana Urganda? Na guará… —exclamó entusiasmada.

—Pues… Ella se mudó hace unos años con una hija. La veo siempre cuando viene por aquí. Ya sabés cómo es ella. A esa no le da miedo ni ir a la montaña. Tiene mucha protección espiritual. Con ella nosotras nos seguimos animando a visitar Sorte.

—¿Dónde vive?

—Por Los Jardines del Valle. Anotá el teléfono pues…

Magdalena sacó un rotulador negro y escribió los números en la mano.

Miró la calle. Casi dio un grito de júbilo igual que una niña que comienza a sospechar que se ha perdido en el parque de diversiones y entre la muchedumbre distingue el rostro de una abuela.

*

Sintió la mano en su rostro. Una caricia breve. Recia. Llena de callos.

Intentó contenerse. Las mujeres de su familia eran un despliegue de gritos, chillidos, frases de boleros. Llegó a saturarse de ese lenguaje en el que las emociones eran las únicas palabras. «Quien siente tanto y tantas veces, termina por no sentir nunca», pensó. Pero en esta oportunidad le temblaron las piernas y al abrirse la puerta se abandonó en un largo abrazo con Juana Urganda. La anciana olía a jabón azul, a cafetales, a leña, a lodo, a maíz y tabaco. Le había perdido la pista pocos años atrás, pero desde la adolescencia había ido con ella muchas veces a Sorte; la había consultado. Era una de las materias más brillantes y luminosas que llegó a ver en la montaña.

Recordó la última vez que se encontraron. Coincidieron en el Pozo de la India Rosa y curaron con rezos a una mujer que no dejaba de llorar desde hace semanas. La colocaron bajo una frondosa e imponente ceiba; el árbol indicado para ciertas curaciones porque sus raíces se hunden en la tierra, su tronco se alza imponente en el aire y sus ramas tocan el cielo. Bañaron con romero y pétalos de rosa blanca a la muchacha, le hicieron un descruce con pólvora, y cuando Juana Urganda se retiró a descansar, Magdalena tomó a la mujer por la mano y le habló en susurros.

—Le estás siendo infiel a tu marido, ¿verdad?

—¿Cómo lo sabes? —dijo la muchacha con los ojos muy abiertos.

—Porque mientras lloras no dejas de decir que tu esposo es muy buena persona. Los maridos no son buenas personas, son maridos, y solo se convierten en buenas personas cuando una les está poniendo cachos.

La mujer se tapó el rostro con las manos.

—Sí, sí, y me siento muy mal... —dijo la mujer hipeando.

—Pero eso tiene dos soluciones. Deja de serle infiel... o sigue montándole cachos y deja de llorar. Si sigues llorando te van a descubrir —le dijo Magdalena.

La muchacha se calmó de inmediato; ese mismo día regresó muy serena a su casa en Puerto Cabello. Juana Urganda quedó sorprendida por la rápida curación y alabó los poderes de Magdalena.

Luego quedaron en llamarse, en volver a trabajar juntas, pero Magdalena debió permanecer en Europa ocupada en varios casos importantes.

Ahora estaba feliz de reencontrar a su maestra espiritista.

El pelo de la anciana parecía detenido en un color gris amarillento. El rostro mostraba una forma recia, como de barro cocido, donde asomaban arrugas que aparecían y desaparecían. El cuerpo se notaba un poco más pequeño, como si ya la tierra comenzase a llamar los huesos de la anciana con una lentísima pero nítida claridad. «A lo mejor lo imagino», pensó Magdalena, «siempre ha sido pequeñísima, cuando la veía caminar en la montaña era tan pequeña que una pensaba que el suelo de la montaña se estaba moviendo».

—Sabía que ibas a aparecer —le dijo y señaló una vasija de cobre de la que extrajo un crucifijo con una cinta tricolor—. ¡A que andás sin protección!

—Sí, sí, Juana Urganda. Un señor en Madrid me estuvo tocando mi crucifijo y lo inutilizó.

—Soñé contigo hace siete noches. Estábamos en Sorte, en el Pozo del Negro Felipe. Yo estaba descruzando el pozo, rociando las aguas con guasinca y te pedí que fueses fumando el tabaco para pedir permiso y hacer los rituales, entonces me dijiste: «Estoy muy lejos, no olvidés que estoy muy lejos». «Ah diuj, es verdad», te respondí, «pero para nuestra madrecita no existe lejos ni existe cerca... Don Juan de los Caminos te conduzca». Por eso dejé allí el crucifijo. Imaginé que andabas realenga.

—Pero aquí estoy Juana Urganda.

—Ah, estás pero no estás, ¿cómo me estás llamando pues?

—Juana Urganda, perdón. Mamá Urganda. Desde los quince años te digo así.

—Pues.

La anciana sonrió. Tomó una taza de peltre que se encontraba en una mesita y bebió un agua color sepia. Magdalena olió el aroma de ese líquido y suspiró.

—Andás mal de la diabetes, Mamá Urganda.

—Así mismo es, pero ya con esto me compongo.

—Té de semilla de aguacate —dictaminó Magdalena.

—Na guará. Seguís en forma y no se te escapa ni un detalle... Bueno, pero dejame la cartera tuya aquí en la puerta. No entrés al altar con eso. ¡A qué venís armada!

—El mundo es peligroso, Mamá Urganda.

—No sé si el mundo, pero aquí desde luego pasan cosas muy feas, Magdalena. Hace poco cambié de «banco»; el muchacho que me ayudaba tuvo una pelea con los colectivos. Los muérganos lo agarraron y lo tiraron desde un segundo piso. Le rompieron la columna.

—Carajo.

—Se salvó. La Reina me lo salvó. Está vivo. Pero pasé noches enteras rezándole a la corte médica para que lo sacaran de ese trance.

—Pues por eso ando armada... por eso y porque es necesario. Ya sabés que es mi trabajo, y aquí en estos tiempos... —resopló Magdalena.

—Sí, y está muy bien. Pero mirá, el primer marialioncero famoso que hubo por allá por los años veinte era un señor de apellido Guédez. Tenía un centro espiritual que hacía ceremonias por Piedra Grande, y todo iba bien...

—¿Y qué pasó?

—Se metió en política y el general Gómez lo puso preso.

—No lo sabía.

—La política es sucia. Mejor siempre dejala lejos. Es bueno que lo sepás. Así que ojito, guara pelá. Las cosas del trabajo en el trabajo, y lo de los espíritus en lo de los espíritus.

Juana Urganda se estremeció. Su rostro pareció recibir un corrientazo.

—Traés fuerza, guarita. Pero no todas son buenas. Vení.

Entraron a una habitación. Un hombre las recibió con cortesía silenciosa.

—Este es Fortunato. Ahora es mi «banco».

Magdalena lo saludó. Era un hombre flaco, alto, y llevaba una cinta roja en la cabeza. Sin decirle nada le pasó una camiseta blanca y unos pantalones cortos y ella fue al baño a cambiarse. Cuando regresó, Fortunato ya estaba preparando la sesión y habían aparecido un hombre y una mujer que empezaron a tocar unos tambores y a cantar: *a la le lee lee lee, a la lee lee lá.*

Magdalena sintió que los tambores le llegaban hasta los huesos y tarareó la canción. El aire se llenó del humo de los tabacos. Juana Urganda y Fortunato pidieron permiso a María Lionza, que hermosa y potente reinaba en lo más alto de un altar lleno de velas y algunas frutas cortadas por la mitad. A un lado de la imagen de la Reina, el Indio Guaicaipuro y el Negro Felipe miraban con gesto rotundo.

Magdalena cerró los ojos. Al abrirlos, Juana Urganda temblaba, mientras los tambores aumentaba su ritmo y la mujer del pañuelo cantaba con una voz bellísima y oscura: *Cúbrenos santa madre, con tu manto y tu corona, líbranos del mal, santa madre María Lionza.* Los tambores aumentaron su fuerza y Juana Urganda alzó los brazos, su cuerpo recordaba un volcán en erupción. Sudaba, sus ojos parecían vaciarse y segundos después llenarse de candelas. *Las tres potencias quieren bajar, si les damos fuerza nos van a curar, las tres potencias quieren bajar, si les damos fuerzas nos van a curar. Viene María Lionza, viene desde Sorte, a curar enfermos, también corazones. El Negro Felipe, también Guacaipuro, lleven claridad, donde esté lo oscuro...*

Magdalena vio cómo Fortunato se colocaba a la espalda de Juana Urganda, le susurraba cortos rezos y evitaba que ella cayese al suelo en medio de sus contorsiones. Luego pasaba sus manos junto a su cabeza como si pudiese abrir invisibles puertas dentro de ella.

Los tambores continuaron insaciables. Parecían corazones desbocados, caballos atravesando los días y las montañas hasta palpitar en esa pequeña habitación de un superbloque de Caracas. Un sonido de río golpeando piedras y troncos brotó desde las paredes.

Cada tanto, Fortunato colocaba un poco de cocuy en las sienes de Juana Urganda.

A Magdalena, el aire la hizo sentir que giraba como si fuese una espiral que se disolvía y se materializaba en pocos segundos. Luego todo sucedió con lentitud acuosa. Fortunato la llevó de la mano frente al altar. Le hicieron varios despojos, le rezaron algunas oraciones. Juana Urganda, ya transportada y tomada por un espíritu, la apretó entre sus brazos y la alzó como si fuese un papel. Lo hizo cuatro veces, una hacia cada punto cardinal.

—El Negro Felipe te saluda… —dijo Juana Urganda con voz pesada y masculina—. Recuerda que en la montaña hay siete pozos de agua. Siete pozos de luz que también llevas en tu cuerpo. Toca cada uno de ellos y reza, porque al tocarlos estás en tu cuerpo y estás en la montaña. Y al llegar al último pozo, que está en tu frente, que está en lo más alto de la montaña, sobre tus dos ojos, escucha el sonido que solo puede hacer la Reina María Lionza, el sonido que surge de la nada, el único sonido que brota sin que dos objetos se toquen.

Magdalena se impregnó los dedos de perfume y rozó sus pies, sus muslos, su ingle, su ombligo, su cuello, su barbilla y su frente. Al llegar a ese último punto sintió un crujido en la espalda y su cabeza pareció saltar como si fuese una lluvia plateada que se elevaba hacia las nubes. Apoyó su cabeza en la cabeza de Juana Urganda y escuchó unas frases que nunca supo si salieron de su propia boca, si las dijo el espíritu, si las dijo Fortunato, porque en ese instante las palabras fueron una y de una palabra surgieron todas las palabras:

—En el mensaje está el lugar. En el mensaje está el lugar.

En el taxi revisó el bolso y comprobó que allí llevaba su revólver.

Llegó al Mesón de Andrés. Por algún motivo insólito no encontró tráfico. Las calles, despejadas, luminosas como un vidrio al que le acaban de pasar una bayeta, se abrieron a su paso y le recordaron alguna tarde antigua, alguna tarde sin nombre: felicidades de sol sedoso, Caracas, olor a eucaliptos, vaso de Toddy caliente mirando por una ventana en la que muy a lo lejos se anunciaba esa erupción de aromas y tonos grises que traían las lluvias.

Un cartel chillón de una corrida de toros brillaba en la puerta de la tasca.

Jaime la esperaba en un rincón.

Le hizo una seña y le indicó la silla. A un lado, dos mujeres hermosas compartían unos pimientos rellenos de anchoa. Comentaban lo increíble de que todavía se pudiesen conseguir algunas comidas deliciosas en esa tasca. Una de ellas rozó la rodilla de la otra por accidente y Magdalena vio cómo sonreían sorprendidas, felices. «Aquí hay dos que pronto tendrán una inesperada fiesta», pensó. «Eso es bueno, que en la ciudad se siga amando, que el espanto se rompa de tanto en tanto con gente que sorpresivamente se desnuda».

Jaime miró el cuello de Magdalena y detalló su crucifijo. Luego sonrió.

—Hueles a brujería.

Ella lo miró con hosquedad y en Jaime reapareció su gesto impasible de siempre.

—Perdona. Es que te vi distinta hoy. Duermo poco desde que mataron a mi primo.

Magdalena relajó las facciones de su rostro y dio un toquecito a Jaime en la mano. No se fiaba del todo, pero a la vez sentía que la piel del hombre resplandecía como un trozo de bella madera y eso la hacía sentirse feliz.

—Dime, dime, cariño, ¿qué pasa?

Jaime tomó aire. En su barbilla se notaba un afeitado irregular. Magdalena supuso que estaría utilizando una afeitadora en mal estado y por eso la parte izquierda de su rostro aparecía limpia, tersa, y al otro lado, los cañones asomaban envueltos en erupciones rojizas.

—Me llegó un pitazo. Una información distinta a la que te dio mi primo.

—Ah… carajo.

—Me pareció que te debía dar ese dato. Es importante y bastante grave.

—Jaime, suéltalo, corazón, lárgalo de una buena vez.

—Al parecer, Begoña no está donde hemos pensado hasta ahora. Estuvo allí pero logró moverse y ahora se encuentra en pleno centro, en la avenida Universidad.

—Joder, se movió bastante.

—La movieron. La movieron los del colectivo Orden Cerrado.

—Mierda. La estaban buscando para meterle un tiro.

—Yo acabo de recibir una información distinta. Hace días que los del colectivo hacen como que la persiguen por la zona de Los Rosales, de manera que el G2 y los asesinos del ministro se coman el cuento y se extravíen por allí, pero en realidad la mujer que tú buscas está a salvo en la sede de la gente de Orden Cerrado, un edificio en la esquina del Chorro.

Magdalena se rascó la barbilla. Sintió que un vapor subía por sus pies.

—Bueno, pues en ese caso debería cambiar del todo mi estrategia. Se trataría de ver cómo la convenzo de que salga de allí y se regrese a España… aunque también me parece que tú conoces a esos colectivos más de lo que quieres contarme.

—Magdalena, yo conozco a todo el mundo. Yo me siento hasta con el diablo si hace falta. Así trabajo.

—Tranquilo, tesoro, no te arreches…, pero si tú dices que Begoña está a salvo.

—La verdad es que lo dije mal… estaba a salvo. Ya no. Mira esto.

Jaime le mostró la pantalla de su smartphone. Allí, un hombre fornido, con una melena por los hombros, piel morena y ojos pardos, ataviado con un chaleco antibalas y una Glock, daba unas apuradas declaraciones rodeado de hombres con lentes oscuros.

«En la madrugada, a pocas cuadras de la sede de Orden Cerrado fue asesinado el compañero Eloy Borja. Yo denuncio que se trató de una acción de ajusticiamiento cometida por la policía y exijo a mi camarada obrero presidente de la República que cese el hostigamiento de hoy contra los movimientos sociales de la revolución. Invoco el nombre sagrado de nuestro Comandante Eterno y responsabilizo de mi vida al ministro de Interior y Justicia... ya basta de perseguir a los camaradas combatientes con falsas acusaciones».

—¿Qué es esto, Jaime?

—El líder de Orden Cerrado.

—Ya veo. Carajo, ¿y eso de que los está atacando la policía?

—Esa es la vaina. Hablamos de algo insólito. Nunca pasa. La policía no toca a los colectivos ni con el pétalo de una rosa. Pero esta madrugada le cayeron encima a uno de esos carajos; no estaba en la sede sino en casa de una novia que vive cerca. Lo mataron allí mismo, mientras dormía. La novia pudo salir corriendo y lo contó.

—No comprendo, Jaime.

—Yo tampoco. Y esa es la vaina. La policía odia a los colectivos porque están mejor armados que ellos; hacen mejores negocios; tienen más poder; controlan zonas enteras de las ciudades, y si los encuentran atracando una joyería o secuestrando a alguien, tienen que mirar para los lados porque esa es la orden que les han dado desde el Gobierno. Así que puedes tener la seguridad de que si hay tombos atacando a un colectivo es porque desde muy arriba han pedido que les echen plomo.

—Así que Begoña se encuentra ahora mismo en un lugar muy peligroso.

—El peor lugar del mundo —recalcó Jaime.

Magdalena miró su reloj. Estaban a punto de agotarse esas cuarenta y ocho horas que Solano le había advertido resultaban cruciales para salvar a Begoña. Debía moverse. No estaba convencida de este inesperado desvío que Jaime le planteaba, pero pensó que sus opciones no eran demasiadas; desde luego, era imposible permanecer paralizada mientras un terremoto se agitaba a su alrededor.

—Llévame a ese lugar. Llévame rápido.

Jaime apretó los labios.

—Yo te llevo, chama, pero luego me piro. Me gusta estar vivo y si hay que entrompar entrompo pero llevando ventaja. Hace un ratico vi que hasta las tanquetas de la Guardia Nacional se estaban moviendo hacia esa zona. Les van a dar con todo.

Pagaron la cuenta. Magdalena se giró hacia las dos mujeres que había visto al entrar. Las dos estaban ruborizadas, pero habían enlazado sus piernas debajo de la mesa. Les envió bendiciones. «La felicidad traiga más felicidad», susurró.

Ella y Jaime salieron a la calle. Al subirse a la moto, Magdalena se colocó otra vez a la espalda del hombre. «A saber si esta noche sigo en este plano tierra», pensó. Ante la duda, pegó sus pechos contra esa poderosa espalda que se electrizó unos instantes. El aire le dio de lleno en su rostro. La sesión espiritista con Juana Urganda la había inundado de una inmensa paz. Se sentía chispeante; flexible y plena como una caña sobre la que sopla el viento.

La avenida Libertador se desplegó en sus ojos como un parpadeo de edificios, árboles, construcciones a medias, luces de semáforos, muros de concreto con los ojos del Comandante Eterno, hombres de camisas coloridas, puestos de perritos calientes.

Cuando ya se aproximaban al edificio, Magdalena notó rostros crispados. Jaime le señaló la sede del colectivo; un edificio de un verde intenso, fogoso. A ella siempre le había llamado la atención aquel lugar. Ese color absurdo, casi cómico, que ahora reaparecía frente a sus ojos aunque transformado por una capa musgosa.

—Este lugar lo invadieron ellos mismos hace cuatro años con un montón de niños y familias que al parecer necesitaban un hogar —le advirtió Jaime—. Pero la verdad es que los del colectivo cobran por cada apartamento a las familias que viven aquí. Cobran alquiler, seguridad, limpieza de los espacios comunes, y en el estacionamiento tienen sus oficinas y sus depósitos. También trabajan por la zona. Son los que pasan la vacuna a los comercios de estas calles; el que no paga sufre un atraco o hasta le aparece incendiado el local.

—Y te dicen que Begoña está allí.

—Exactamente; más aún, me dicen que está en el depósito, así que si vas a hacer algo no te vuelvas loca buscando apartamento por apartamento.

Magdalena se bajó de la moto. Jaime le hizo un guiño cómplice con las cejas y los ojos y se dio media vuelta.

—Cuídate —le susurró—… acaba de activarse en las redes el código Paramacuy 92. Es el código que utilizan los colectivos para defenderse entre ellos de una agresión. Es de suponer que vengan de otros sitios a ayudarlos.

La moto de Jaime ronroneó antes de alejarse entre la muchedumbre. A Magdalena le pareció una pantera aturdida, huyendo entre la gente.

***

El sonido de un lejano sonido; el eco de un eco; la lejanía de un silbido que atraviesa su cerebro y se abre como si fuese una ventana; así Begoña recordó alguna tormenta de verano, años atrás, en Madrid, ella paseando por la calle de Alcalá, y los árboles agitados, furiosos, como gigantes contrariados, hasta que el olor de agua anunció su estallido, y ella corrió desde Gran Vía hasta Cibeles, pero no pudo dejar de sonreír al mirar a una muchacha que se acostaba en la acera y fotografiaba un árbol desde abajo, como para contemplar el modo en que se erizaba, la forma en que desde la tierra se hacía aire y cielo.

Begoña se tocó la frente. La fiebre no dejaba de subir. *O Paris, de rouge au vert tout le jaune se mert.* Hundió su rostro en un barreño. Silencio. Humedad. Luego se miró la mano izquierda entablillada. El dolor no disminuía; quizá tendrán que operarla. Tal vez. Si antes no la mataban, claro.

La mano y el árbol y la lluvia de un verano en Madrid y la fiebre y el cielo.

Begoña se recostó de la pared. Cerró los ojos. «El mundo es un lugar que está tan lejos», pensó y su mano lanzó un centellazo, como esos golpes eléctricos del verano y sus tormentas.

*

Magdalena avanzó. La calle parecía tranquila: tiendas abiertas, carritos de papelón con limón, venta de raspados, buhoneros ofreciendo zapatillas y camisetas de marcas falsificadas.

Le gustó la vibración de cada color, de cada aroma. Cada uno parecía incidir en otro y ese en otro y en otro, como bolas de billar poseídas por una energía infinita.

Caracas le pareció por instantes una piel tersa y musculosa que respiraba en su nuca. Estuvo a punto de sonreír, pero descubrió pequeños grupos que vigilaban las esquinas y detectó a hombres con gorras que llevaban impresos los ojos del Comandante Eterno.

Se tensó. Hasta sus manos parecieron electrificarse.

Siete hombres corrieron de uno a otro lado, aparentando una marcialidad que desmentían sus inmensas tripas y sus respiraciones acezantes.

Se detuvo en una esquina. Un par de muchachos vendían empanadas grasientas, ajenos al clima tenso que repicaba en el aire. El olor de maíz y queso derretido le pareció apetitoso.

Trató de avanzar. No caminó un trecho demasiado largo. En pocos segundos tuvo a sus espaldas a dos personas.

—A ver, a ver, a ver… mami, quieta allí —le dijeron.

Magdalena fingió no oírlos, pero ellos extendieron sus manazas y la atenazaron. Calculó las consecuencias de intentar defenderse. Descartó intentarlo. Una calle con gente armada hasta los dientes no era lugar para pretender aventuras. La primera persona que saliese corriendo se comería un montón de balas. «Además, si escapo no termino lo que vine a hacer aquí».

La condujeron hasta el edificio verde. Los hombres olían a salsa de tomate. Un olor como si se hubiesen lanzado en una piscina de kétchup. Magdalena pensó si serían sus manos; si sería su ropa; si sería el aliento de sus encías y sus muelas.

Uno de ellos comentó en susurros que aunque habían activado el código de ayuda, ningún grupo había aparecido para apoyarlos. El otro respondió que la situación era extraña, incluso había que plantearse un repliegue táctico. Luego siguieron avanzando silenciosos hasta que llegaron junto al edificio y le dijeron a Magdalena que entrase sin rechistar.

Dos hombres con barbas y pequeñas melenas la recibieron en el portón del edificio; apenas la hicieron traspasar una puerta y le colocaron una Glock en la frente.

—¿Qué carajo haces aquí? ¿Eres policía?

Magdalena movió la cabeza para negarlo. Pese a que le temblaban las rodillas, el resto de su cuerpo continuaba tomado por una extraña serenidad.

—Traigo un mensaje —advirtió.

—¿Un mensaje de quién?

—Solo se lo puedo dar al líder de ustedes. Estoy jugando limpio. Llevo un revólver en el bolso; no tengo más armas.

—¿De quién es el mensaje?

Magdalena analizó posibilidades. Debía tomar una decisión que le permitiese ganar tiempo.

—Del propio Palacio de Gobierno, del propio Miraflores.

Los dos hombres se miraron entre ellos y condujeron a Magdalena a una oficina pequeña, sin ventanas, donde la dejaron encerrada con llave después de quitarle el bolso. Los dos se notaban asustados. No la revisaron; ella respiró aliviada al ver que en el bolsillo de sus pantalones conservaba el smartphone.

Pegó el oído a la puerta. Oyó carreras, gritos, instrucciones contradictorias. El clima era de histeria y aturdimiento. Nadie estaba vigilando la puerta. Sacó de su pelo un gancho y logró abrirla en segundos. Se asomó. Un pasillo oscuro. ¿Dónde podía estar Begoña? ¿Qué hacer ahora, carajo?

Escuchó ruidos. Un nuevo grupo se acercaba. Cerró la puerta de la oficina y se metió en otro despacho. Vio al líder del colectivo reproducido hasta el infinito en fotos en las que aparecía abrazando al Comandante Eterno, al presidente actual, a distintos ministros, a montones de generales y coroneles sonrientes. Al fondo le pareció distinguir una foto con el ministro asesinado. Se acercó a mirarla pero en ese momento se escuchó una ráfaga, que fue seguida de otra y otra y otra. Tomó la foto y la guardó dentro de su blusa. Luego se arrastró bajo un escritorio; se escondió allí. La balacera cada vez fue más frenética. Estaban atacando. Se acostó en el suelo. Sobre ella se sentía el ruido de un helicóptero. Sacó su smartphone. Le escribió un mensaje a Toni.

Estoy buscando a Begoña en la sede de Orden Cerrado, pero esta vaina se puso muy fea.

En segundos tuvo respuesta: *Vete de allí, carajo... sal de ese depósito, es una trampa; Begoña no se encuentra en ese sitio. Coño.*

Magdalena salió de esa oficina y a rastras logró orientarse en el depósito. Un espacio repleto de carros de lujo, repuestos, equipos de sonido, cajas rebosantes de joyas y relojes. Parecía un buen botín.

Oyó que las detonaciones se aproximaban, en segundos sintió que desde las paredes caían trozos, se rompían los vidrios de los carros, se desinflaban cauchos. La batalla pareció moverse hacia el otro fondo del depósito. A gatas, Magdalena avanzó entre un laberinto de vehículos. Hacia la zona donde había escuchado los disparos encontró a dos hombres muertos. Ambos llevaban un pañuelo en el cuello que ahora lucía empapado y sucio. Al lado de uno de ellos brillaba una Smith and Wesson que Magdalena empuñó con su mano derecha.

Recibió otro mensaje de Toni.

Nos dice un confidente que hay una falsa pared en el depósito. Tiene una cara gigante de Mao. Al lado derecho es hueca, si la rompes, sales a las escaleras del edificio y puedes subir a los apartamentos y confundirte con los vecinos.

Magdalena buscó con la mirada la referencia que le daba Toni. El depósito estaba oscuro, era demasiado grande, y de tanto en tanto se veían cruzar los balazos. En un par de ocasiones contempló cuerpos agónicos que se arrastraban hacia una zona llena de computadoras y neveras nuevas.

«Cuando combatan aquí dentro estaré jodida», meditó, «y ya no falta mucho, estos pendejos no van a poder aguantar la embestida de la policía y de la Guardia». Hacia la derecha distinguió a un hombre que intentaba escapar. No pudo. Su cabeza estalló como una patilla. Los sesos quedaron esparcidos sobre la puerta metalizada de una nevera de dos puertas.

Ocultos detrás de una computadora, contempló aterrorizados a los vendedores de comida que había visto en la calle. Uno de ellos lloraba, y el otro abrazaba el envase con las empanadas, como si hasta el último momento quisiera protegerlas.

Los disparos sonaron más próximos.

Magdalena corrió el riesgo. «Reina María Lionza, don Juan de los Caminos… abran un sendero de luz que me proteja, que los perros no me miren, que los gatos no me arañen, que las balas no me muerdan». Cruzó a toda carrera y poco a poco fue distinguiendo un fondo donde se distinguía el rostro de Mao. No lo pensó. En la misma carrera lanzó una patada y sintió un crujido de cartón piedra, papel y aire. Se vio fuera del depósito y frente a ella se elevaron unas escaleras oscuras, olorosas a desinfectante.

Subió, tres, cuatro plantas. Imaginó a todos los vecinos tirados en el suelo, aterrorizados, temblando. En un descansillo esperó al momento en que la balacera cesase. Jaime la había traicionado o le habían colado una información falsa; las dos opciones eran posibles. Prefería la segunda. Los hombres guapos no debían traicionar y poner en peligro la vida de nadie. De todos modos, si volvía a tropezar con ese muchacho le magullaría esa guapa carita para que aprendiese a comportarse bien con sus clientes.

Debió aguardar diez minutos y entonces comenzó a tocar puertas al azar: «Salgan, salgan, hay que desalojar el edificio, salgan con una sábana blanca en la mano».

Esperó a que se juntasen grupos numerosos de vecinos y que bajasen por las escaleras. Caminó entre ellos. Al llegar a la calle, cinco o seis policías les lanzaban patadas y les decían que se largasen de inmediato.

Magdalena contempló cómo seis funcionarios con fusiles rodeaban al líder de Orden Cerrado.

También vio cómo la Guardia Nacional ataba con cuerdas a nueve personas y las subía a una camioneta. En el grupo iban los dos muchachos que vendían empanadas cerca de la calle cuando comenzó el tiroteo. Ambos gritaban explicaciones, rogaban, pero los callaron a culatazos.

Al fondo, como si fuese uno de los tantos centenares de curiosos que observaba la escena, distinguió a Marcos con un paraguas color verde: flaquísimo, mirando hacia el edificio con aburrimiento. Ella fue rápida y logró ocultarse de sus ojos. Giró el rostro para que nadie pudiese identificarla y se lanzó en una veloz caminata hacia La Hoyada.

Cruzó junto a grupos de guardias nacionales y tanquetas que todavía apuntaban hacia el edificio de Orden Cerrado. Supuso que una mujer con escote no les parecía sospechosa porque nadie volteó a mirarla.

Sacó del bolsillo de su pantalón una toallita de perfume barato que había sobrado de la sesión de espiritismo con Juana Urganda; se llenó la nariz con el líquido hasta quedar aturdida. Necesitaba quitarse el olor a sangre, el olor a vísceras esparcidas en las paredes que había dejado a sus espaldas.

*

—Gordo querido, ¿ya tienes carro?, estoy en plaza Venezuela, ven a buscarme, casi me matan hace un rato —dijo ella con voz llorosa.

Dimas le respondió que estaría allí en media hora, que no se moviese del lugar. Magdalena se fumó tres cigarrillos, uno detrás del otro, sin respirar. Recordó que muchos años atrás por esa zona vendían unos perritos calientes gigantes que devoraba junto con el gordo Dimas. Ella era la única que se atrevía a compartir con su amigo la comida; el resto de los compañeros decían que era mal negocio, la voracidad insaciable del pana resultaba mítica en la universidad. Luego el grupo entero iba a un bar próximo. Había olvidado el nombre: un lugar decadente, con muebles de terciopelo rojo que tal vez en alguna ocasión fueron parte de un sofisticado club nocturno y que había derivado en un andrajoso sitio de estudiantes. Imposible recordar cómo se llamaba. ¿Lo sabría Dimas?

Todavía le temblaba el cuerpo.

El gordo apareció en un carro viejo, inmenso y ruidoso. Magdalena subió a su lado. La aturdió un olor a pollo frito, desodorante de mujer y mugre antigua. Se dieron un corto abrazo y él le preguntó adónde quería ir. Ella respondió que diesen unas pocas vueltas mientras se tranquilizaba y ponía orden en sus ideas.

—¿Qué te pasó, mujer?

—Información tóxica. Me dijeron que la muchacha que buscaba se encontraba en la sede de Orden Cerrado; allí se acaba de armar un tiroteo y de la muchacha no hay ni rastro.

—Ese rumor estalló esta mañana, es verdad. Pero eso te pasa por escuchar aficionados. Pregúntame a mí. Yo lo que te digo está verificado, no aparezco con locuras.

—Tengo que sacar a esa muchacha de aquí de inmediato.

—¿Y ya sabes dónde está? —dijo el gordo.

—Solo lo poco que ya me contaste. Que se encuentra en alguna calle de Los Rosales.

—¿Y algo más?

—No. ¿Tú sabes algo nuevo?

—Nada importante. Te puedo contar que lo del edificio de Orden Cerrado acabó bastante mal. Quince muertos. Incluyendo al líder.

—¿Lo mataron?

—Sí. Se enfrentó a la policía. Treinta tiros le dieron. Hace tiempo que estaba rebelde, que no aceptaba órdenes, que tenía agenda propia. En la tele, el Gobierno dice que era un delincuente común, y que en el depósito encontraron millones de bolívares en objetos robados. La vida es eterna mudanza, amiga. No hace tanto ese señor estuvo en el Palacio de Gobierno abrazado con el presidente.

Magdalena sintió una especie de perplejidad al recordar cómo el líder del colectivo pensó que, señalando personas concretas, su vida quedaría a salvo. Pese a su probable astucia, en el último momento olvidó que el horror dentro de estas calles se había normalizado; nada espantaba; nada importaba. En pocas horas algún discurso incoherente sustituiría en la mente de las personas lo que hubiesen podido mirar con sus propios ojos.

Dimas le mostró en una *tablet* la foto de algunos de los abatidos por las ráfagas. Magdalena sintió una punzada al ver a los dos vendedores de empanadas. Ahora cada uno llevaba en su mano una 9 mm. Por lo poco que apreció en la foto supo que les habían disparado a muy corta distancia.

—Gordo, ¿y por qué se ensañaron con ese colectivo en concreto?

—Por lo evidente... tenían una reunión con el ministro antes de que lo asesinaran. Así que no es imposible sospechar que tuviesen relación con los paracos que lo mataron. Una traición, ya sabes. También porque pensarían que la chica que tú buscas actuó en complicidad con ellos, que guardaba información peligrosa y que por eso ellos la tenían escondida allí.

—Eso es lo evidente, gordo, ¿y lo real?

—Orden Cerrado tenía tiempo sin pasarle comisión a la policía por sus trabajos. Y además, algunos de sus miembros decían que los militares y el Gobierno querían desarmar a los colectivos, hacerlos inoperantes porque ya habían cumplido su misión de control social y que ese desarme era el cometido del ministro muerto. Era una información peligrosa, quizá falsa, y en todo caso inconveniente; el que habla de esas cosas empieza a sobrar. Ya viste que nadie los apoyó hace un rato, y no te hablo solamente de la gente del 5 de julio; es que no los apoyó nadie, ningún otro grupo apareció por allí. Supongo que el resto de sus compañeros imaginó que estos estaban en asuntos raros con los paramilitares y lo que deseaban era joder.

Magdalena se mordió los labios. Le señaló al gordo una esquina y le pidió que se detuviese un momento.

—Estoy mareada, chamo... vi muy de cerca la muerte. Y hasta me quedé sin mi revólver. Quién sabe dónde habrá ido a parar y qué pensarán cuando lo encuentren allí.

—¿Y tú no eres una mujer de fe, mi amor?

—Coño, pero morirse siempre es un trance jodido, gordo. Creo que voy a vomitar, chamo, me bajo del carro o te lo mancho.

Dimas se bajó del vehículo y la acompañó. Ella entró en un pequeño terreno baldío, apoyó su frente en una columna y tuvo una o dos arcadas. Su rostro se volvió rojizo. Las mejillas se le hincharon como si el aire no pudiese llegar a la garganta. Apretó los párpados. Se rozó la frente y se recogió el cabello en una coleta que colocó dentro de su blusa. Luego se acarició el estómago. Tomó aire. Una. Dos veces. Tuvo otra arcada. Volvió a respirar hondo.

De su bolsillo sacó la Smith and Wesson y sin mediar palabra le metió un tiro en el pie a Dimas.

El hombre cayó como un bulto. Polvo, gritos, ojos muy abiertos.

—¿Qué carajo haces? Verga, verga, verga, me diste… —gimió el gordo al ver su zapato destrozado.

—Chamo, mi querido gordo, coño… no es nada personal, pero si no lo hago, entonces tú y tus cómplices me matarán a mí. Eso es algo que está feo. Ahora pon las manos detrás de tu nuca.

Con las mandíbulas apretadas el hombre obedeció y Magdalena lo revisó a conciencia hasta que le consiguió una 9 mm y se la arrebató junto con el teléfono celular que llevaba en el bolsillo.

—Cómo está este país que hasta alguien bueno como tú anda armado, gordo.

—Coñoemadre, me duele, me duele… me has pegado un tiro, loca de mierda.

—Y te voy a pegar otro tiro en el otro pie a menos que me digas lo que necesito. Habría preferido que fuese de otro modo, pero ahora sé que si me acercaba mucho a Begoña me ibas a liquidar.

—¿De qué carajo hablas?

—Antes de encontrarnos miré una foto que tenía la gente de

Orden Cerrado. Está el líder que acaban de masacrar, está el ministro que mataron, y detrás hay varias personas, una de ellas eres tú, muy sonriente.

—¿Y qué pasa? ¿Por qué me pegas un tiro por estar en una foto?

—Sonríes, gordo, sonríes lleno de amor. Sonríes con ese amor o ese deseo que algunos prefieren no mostrar en público, y miras al ministro y tus pupilas se derriten.

—Tú estás loca, pendeja.

—No. Hoy mismo miré a dos mujeres que estaban comiendo, lo estaban pasando bien y, de repente, ocurrió entre ellas un chispazo. No las conozco pero imagino que a esta hora, sin haberlo planificado, se estarán dando una fiesta en algún lugar de esta jodida ciudad. Y resulta que tu mirada en esa foto es esa misma mirada bella que encontré en ellas dos.

—Loca de mierda.

—Cuidado con ofender, gordo. A mí no me importa con quién se acuesta la gente. Pero al ver esa foto comprendí varias cosas. Estabas muy asustado con la idea de que yo quisiera investigar el crimen del ministro; luego cuando me llevaste a ver el cadáver de la muchacha parecida a Begoña llegaste al lugar sin dudarlo, nunca preguntaste nada, porque sabías perfectamente el sitio donde tú y el grupito de esa mujer la habían aniquilado. Me llevaste para confirmar que te la habías cargado, pero disimulaste muy bien el disgusto de comprobar que te habías confundido. Y ahora mismo en el carro te mentí, te dije que tú me habías dicho que Begoña estaba en Los Rosales, y yo contigo no he hablado de eso…, pero tú si sabes la información porque andas buscando a esa mujer igual que yo, pero para matarla, porque ella te vio cuando le clavaste el cuchillo cuarenta veces al ministro.

—No sé de qué me hablas, Magdalena… te están afectando los años —lloriqueó Dimas.

—No me llames vieja, pendejo... Además, todo el mundo sabe que un paraco llega, tortura, mata y se va... la saña con que mataron a ese hombre es la saña de una amante o de un amante. Te pusiste romántico con el ministro, el tipo te rechazó y te volviste loco.

Dimas tomó aire. Los agujeros de su nariz se abrieron.

—Coño, no aguanto el dolor del pie... la cagaste, chama, la cagaste. Yo no sé de qué me hablas.

—¿No te rechazó?

—Pero ¿qué dices?

Magdalena suspiró y sin dejar de apuntar a Dimas hizo un gesto negativo con la cabeza, un gesto de decepción e incredulidad.

—Gordo, en los años de la universidad te vi salir varias veces del baño de la plaza Cubierta. ¿De verdad crees que yo no lo sabía? ¿Pensabas que me importaba eso? Te gustan los hombres con espaldas anchas. Y chico, estamos en el siglo XXI.

Dimas se tapó el rostro. Llevaba un anillo barato en el anular derecho. Algunas pecas comenzaban a aparecer sobre la piel. Gimió con voz rota un par de veces. Entre sus dedos asomó una mezcla de mocos y lágrimas.

—Pendeja, eso es allá donde tú vives. Aquí las vainas no son tan fáciles, coño. Tengo esposa; tengo hijos; cualquier día seré abuelo. Y ese hijo de puta me amenazó. Amenazó con mostrar cintas donde estábamos juntos, y todo porque yo lo quería dejar. Me daba miedo. Era un salvaje. Y alguien me dijo que ya había matado a un escolta suyo porque no quería seguir con él. Me entró pánico que mostrara las cintas; que me matara.

—Gordo, a mí no me interesa ni ese crimen ni tus explicaciones. No vine a eso. Por mí, lo dejamos en paracos y ya está. Aquí todo el mundo finge que esa explicación resulta buena y además ayuda al Gobierno a decir que hay una conspiración internacional.

—Ese güevón merecía esa vaina. Ya los últimos días me daba con un bate y me pegaba patadas cuando yo pasaba a verlo, y se hurgaba en la nariz y me hacía que le chupara los dedos. Un día me obligó a lamer el piso del baño mientras me apuntaba con un fusil. Era un enfermo. Una rata.

—De pinga, gordo, chévere, pero no sé si lo entiendes, aquí nadie va a ir preso; en este país solo puede ser culpable el que es inocente, y tú no tienes ese problema; mataste al ministro y mandaste a matar al primo de uno de mis confidentes y mandaste a matar a una caraja que se parecía a Begoña. Me da asco verte reunido con esa gente, pero qué le vamos a hacer. Para ya la vaina. Estás pensando que Begoña va a contar que un gordo iracundo asesinó al ministro y que la gente sabrá que los tipos eran amantes. Pero esa muchacha solo va a hacer una cosa: irse de este país porque yo la voy a sacar. Y a nadie nunca le va a importar lo que hiciste y de ti no se hablará nunca. Al exministro lo mataron los paracos. Ya está. Verás cómo de tanto en tanto agarrarán a cualquier rata y dirán que es otro de los implicados en esa muerte. Cada vez que aquí haya un peo, volverán a hablar del caso y habrá otro supuesto paraco preso y le pondrán a una avenida el nombre del ministro y todos felices.

—¿Qué carajo quieres entonces?

—Quiero salvarte el otro pie.

Dimas miró con los ojos muy abiertos, intentó levantarse, pero Magdalena le hundió su zapato en el cuello.

—Espera, espera, mujer... —dijo con voz ahogada.

—No. No espero nada, chico. Te quiero salvar tu otra patica, así que me vas a decir todo sobre la gente que estás usando para encontrar a Begoña y matarla. Y si no me lo dices, te pego un tiro en el otro zapato. Un gordo cojo es algo muy dulce, pero si no puedes caminar, Dimas, ¿cómo te le vas a escapar a tu esposa y a tus muchachos para irte de fiesta?

—*Okey, okey*, mami... *okey*, tú ganas, coño.

—Empieza… cuento tres y llevo dos.

—Ya va, ya va, mami… —gimió Dimas y cada tanto apretaba los dientes para espantar el dolor—. Mira, contraté una banda, una gente que hace ese tipo de trabajo. Pero los jefes de los guardaespaldas me lo pusieron fácil, porque el ministro le había ofrecido a algunos militares que los colectivos se iban a desarmar; y al G2 no le gustó saber que se negociaba eso sin que ellos lo hubiesen autorizado, así que los cubanos filtraron la información y los colectivos más importantes estuvieron de acuerdo en que ese señor sobraba; así pudimos entrar. No hubo ni que pagar un dólar por esa vaina.

El rostro de Dimas brillaba. El sudor goteaba por sus sienes.

—¿Cómo se llaman los de la banda? Hay una mujer…

—Sí. Es una de las jefas. Una antigua prostituta que cuando no consiguió más clientes se dedicó a joder a las personas con un fusil. Se llama Diana Bodelón y se apoya en sus primos y sobrinos. Son gente de Ocumare del Tuy, tenían allí un rebaño de ovejas, y luego se dedicaron al malandreo, al robo, la extorsión y al sicariato. Allá controlan una o dos cárceles. Ganan un billetal y tienen sus buenos socios en el Gobierno, les pagan comisión o les hacen trabajos. Los primos creo que hasta tienen carné de policías o de un ministerio. Les pagué. Les pagué bien.

—Y por supuesto, tú y ellos tienen que ver con esa pista falsa para que me metiera en la sede de Orden Cerrado. Estoy muy arrecha, gordo. Casi me matan, y me pongo de muy mal humor cuando casi me matan.

—Convencimos a Jaime para que te diese una pista falsa. No pensamos que pudieras salir viva de esa vaina.

—Maldita rata ese carajito.

—Sabíamos que le ibas a creer. Te gustan demasiado los hombres. Si un hombre buen mozo te dice algo te mareas y parece que lo que te dice es verdad. El chamo es un coñoemadre, el dolor por la muerte de su primo no aguantó diez mil dólares.

—¿Y ahora tus ratas están buscando a Begoña para callarla?

—Me están esperando; les dije que te vería y que intentaría sacarte algo nuevo y que en un par de horas nos veríamos en la Nueva Granada, frente a una fuente de soda llamada Victtorio.

—¿Por qué esas prisas?

—Hemos rastreado muy bien la zona. Casa a casa. Los primos de Diana se hacían pasar por policías que andaban buscando unos ladrones. De buena gana o medio asustados las personas los dejaban entrar. Y si alguien lo ponía difícil se le ofrecían tres tiros la mañana siguiente cuando fuese al trabajo. Ahora mismo, sabemos dónde no está Begoña… Pero nos queda una parte por mirar. La avenida Zuloaga. Allí ha sido imposible hacer nada.

—¿Por qué?

—Un general tiene una amante en ese lugar, y estos días la ha estado visitando. Esa vaina se llenaba de guardaespaldas a todas horas. Pero al general lo llamaron de La Habana para que rinda unos informes por algún peo de armas y se fue ayer.

Magdalena apuntó a Dimas en medio de las cejas. Respiró hondo. En su pensamiento, como un chispazo, comprendió que aquel detective Mack Bull había empezado a halar del hilo correcto; por eso tenía a Dimas y a Jaime encabezando su lista.

—Gordo, llama a tus malandros y para la vaina. Diles que dejen de buscarla.

—Lo siento, Magdalena. Esos carajos terminan lo que empiezan. Si los llamo ahora para decirles que lo paren, no me van a obedecer; les dije expresamente que nadie podía suspender esa misión; ni yo mismo puedo hacerlo… imaginé que algo así podía pasarme. O tú, o el G2, o los paracos, o algún amigo del ministro, o la gente de los colectivos podían darme un disgusto… Tomé precauciones. Si yo quisiese detener esta vaina no podría.

Magdalena lo miró con ojos encendidos.

—Deja de hablar de los paracos. No tienen nada que ver con esta vaina… Y coño, gordo, qué cagada contigo. Mira en lo que acabaste.

—En lo que acabamos, Magdalena. Le acabas de meter un tiro en el pie a tu amigo que te ayudaba con los exámenes de estadística. No te la des de pura… verga, me duele, chama, me duele, llévame al médico. Me quema el dolor del pie.

Ella vio que Dimas sudaba; el color había abandonado su rostro.

—Pediré que te manden una ambulancia.

—No me jodas, carajo. ¿Dónde piensas que estás? Aquí no hay ambulancias ni pendejadas, la gente se desangra en los taxis o en la camioneta que se atreve a llevar a un herido a un hospital. Los años fuera te han vuelto una pajúa.

Magdalena se dio la vuelta y dejó a Dimas tirado en la tierra.

Caminó un par de cuadras y llamó a Toni.

El hombre le respondió con voz cálida; celebró que siguiese viva y le preguntó si tenía nuevos detalles sobre el caso.

Ella le contó lo que sucedía en ese preciso momento; pensaba que esa misma noche tendría que rescatar a Begoña.

—Si no la salvo hoy, creo que esa carajita amanece muerta. Ten todo listo para sacarla del país.

—Eso está hecho, Magdalena.

—Ah, y de pana… mira si puedes mandar a alguien a que busque un herido por los lados de la Andrés Bello. Nada grave. Una herida en un pie. Se me disparó la pistola cuando la estaba limpiando y un amigo trató de atajar la bala con su zapato.

Toni soltó un soplido.

*

Jaime era hermoso.

La luz de la tarde lo envolvía y Magdalena pensó en un dios tallado en piedra.

Lo contempló en una esquina de la Nueva Granada; lo contempló con asombro, con miedo. Estaba en la moto, detenido, mirando hacia todas partes. La camisa sudada se le pegaba al torso. Ella pensó que en una película cruzarían unas palabras finales, definitivas. Unas palabras esclarecedoras y hasta ambiguas en la que ella dudaría si el muchacho era un simple traidor o un superviviente; y entonces ambos se mirarían con respeto, deseo y odio. Luego dispararían al mismo tiempo y uno de los dos caería sobre el asfalto. «Pero en Caracas no hay películas, corazón; solo hay plomo y sangre».

Cuando Jaime alzó el rostro ella apretó dos veces el gatillo. El hombre saltó y se derrumbó de espaldas. La gente a su alrededor salió en carrera. Magdalena aprovechó para escabullirse. Vio moverse las piernas del muchacho como si estuviese intentando ponerse de pie, pero comprendió que era un gesto de dolor. «Creo que sigues vivo. Malherido pero vivo. Pero ya sé que estabas buscando rematar la tarea y matarme. Lo siento por ti. Vivir es un vicio que me encanta. Tuviste suerte, papi. Quizás hasta te salves. Te disparé con cariño».

Ahora tocaba darse prisa. Le temblaban las manos. Siempre que le disparaba a un hombre con el que le hubiese gustado compartir una feroz cama le temblaban las manos.

Respiró hondo. Magdalena invocó las fuerzas de María Lionza y sus veinte cortes espirituales. Les pidió claridad, lucidez. Empezó a mirar las primeras casas. Era como leer un texto en alemán. Signos incomprensibles. Trazos. Señales mudas. Piedras.

Por instantes recordó la sesión con Juana Urganda. Recordó sobre todo esa frase que creyó escuchar cuando «transportada» la mujer pegó su frente en la frente de ella. «En el mensaje está el lugar». «En el mensaje está el lugar». Carajo. El mensaje de Begoña a Carlos. Tenía que ser ese. Era tan inocuo que quizás en esas palabras la muchacha intentó colar la información que no se atrevía a enviar a Toni. Lo buscó en su smartphone: *Tengo miedo, acabo de presenciar algo espantoso, algo muy gordo que saldrá en muchos periódicos. Tengo las manos llenas de sangre, pero yo no hice nada. Tú no tienes la certeza, pero yo vivo en ella provisionalmente.* Claro. Sí. Era una descripción de lo que había visto, de quién había sido el criminal: un hombre gordo que sin duda era Dimas, y luego esas palabras que ahora refulgían en sus ojos: «vivo en ella provisionalmente». Tenía que ser una referencia a un lugar. Eso era. Sí. Carajo.

Miró la fachada de una de las casas. Trató de contemplar cada detalle. De leerlo con nitidez. Una casa un poco derruida, paredes color salmón; un jardín cuidado a medias, dos ventanas con flores, una puerta con rejas poderosas, un perro adormecido y junto a la puerta el nombre de la casa: *Quinta Luz Mary.*

Claro. «Tú no tienes la certeza, pero yo vivo en ella provisionalmente». La certeza. Debía buscar una quinta que se llamase La certeza.

Magdalena voló por la acera. A toda prisa. Leyendo.

Muchas de las casas conservaban el nombre, otras lo habían perdido.

No debió avanzar demasiado. Al fin la tuvo frente a ella. Quinta La certeza. Solo se mantenía en pie la mitad de la construcción; la parte de lo que debió ser un garaje que habilitaron como vivienda en años posteriores y que tal vez por eso todavía no se había derrumbado. El resto eran escombros, trozos de paredes, ventanas caídas. Imaginó que pronto construirían allí un edificio. No se atrevió a entrar. Prefería hacerlo cuando fuese completamente de noche. Las sombras la ayudarían. Se trataba de esperar unos minutos. Le angustió que la casa no estuviese demasiado alejada de la avenida Nueva Granada. La gente de Diana llegaría pronto a ella, incluso comprenderían que era un sitio ideal para esconderse, quizás la revisarían primero que el resto.

Aguzó la mirada y contempló unos trazos debajo de una ventana. En tiza azul estaba escrito: *Y en nosotros mire / los hijos del Cid.* Sí. Había funcionado. Creía recordar que era un fragmento del *Himno de Riego*. Su pañuelo, días atrás, había funcionado para que Begoña supiese que ella la estaba buscando. Ya no tenía dudas de que entre esas paredes destruidas la esperaba una muchacha aterrorizada.

Miró al cielo.

La noche aún tardaba. Una última claridad bajaba desde las nubes.

***

Y era un libro. Un libro que ahora leía sin leer. Un libro que le dio su madre a escondidas. Nada pecaminoso ni terrible, pero solo un libro, un libro sin mensajes claros, como exigía el padre. Una novela de Verne y esa palabra. Una palabra larga y sonora en la novela de Verne que ella iba leyendo. Una novela en la que sucedía un río, como la fiebre que ahora mismo la dejaba apoyada en esa pared, junto a la noche que se iniciaba en el cielo. El Orinoco, una novela, un río. Y ahora la fiebre. *La fenêtre s'ouvre comme une orange... Le beau fruit de la lumiére.*

Y ese momento en que unas tortugas gigantes corrían espantadas y devoraban la selva y dos hombres saltaban sobre sus caparazones para no morir aplastados por los animales. Una tierra que se movía en las tortugas. Una tierra verde, desesperada. Las tortugas que eran la tierra y Begoña desesperada al imaginar el zumbido, el terremoto de todos esos animales gigantes.

Como la fiebre. Como esa tarde cuando soñó que su tumba era una tortuga gigante.

Y al fin la noche. Y el Orinoco tan lejano como ese libro.

La noche que era el peor momento, porque las pesadillas ocurren de noche, y en la noche entran las tortugas gigantes y los pistoleros que la buscan y nadie comprende que en la noche la noche es demasiada noche para Begoña.

*

¿Entonces, gordito? Empezamos sin ti.
Ese fue el mensaje que llegó al celular del gordo Dimas.
Magdalena sintió un escalofrío. No podía esperar más. Tomó impulso y saltó el pequeño muro que separaba la casa de la calle. Avanzó hacia la puerta mientras tropezaba con trozos de basura, televisores rotos, cajas húmedas, botellas. Dio un traspié: una mancha de grasa la hizo resbalar.

Forzó la puerta. No fue difícil. Era un trozo vencido de madera. Entró a una boca de lobo que olía a atún y a excrementos. Quiso encender la linterna de su smartphone. Estuvo unos segundos intentándolo. Cuando lo logró, pudo distinguir un largo espacio deshabitado, paredes donde quedaban las marcas pálidas de antiguos cuadros y fotos, y al fondo, muy al fondo, una sombra que la apuntaba con una pistola.

Sus pupilas tardaron un rato en distinguir el rostro de Begoña. Estaba demacrada y sus ojos flotaban extraviados en medio de su cara. Magdalena supo que no contaba con demasiado tiempo para identificarse y evitar que la muchacha le clavase un balazo en el pecho. Silbó un trozo del *Himno de Riego*. Un pequeño trozo que salió de sus labios, desafinado, temeroso. El vacío de la habitación hizo que el sonido rebotase por las paredes como una bola de pimpón. Los segundos parecieron estirarse.

Begoña siguió apuntándola y susurró.

—«*O Paris... Du Rouge au vert tout le jaune se meurt... Paris Vancouver Hyères Maintenon New-York et Les Antilles... La fenêtre s'ouvre comme une orange... Le beau fruit de la lumiére*».

La chica se veía débil, desorientada, incluso lo suficientemente delirante para citar a Apollinaire sin que viniese a cuento.

—Métete en las llagas del Cristo crucificado. Allí aprenderás a guardar tus sentidos —susurró Magdalena al ver que Begoña continuaba apuntándola.

La chica entrecerró los ojos. Bajó la pistola.

—¿Qué mierda quieres, tía?

—Vengo de parte de tu padre. Vengo a buscarte. Tenemos que irnos ahora mismo. No pasará ni media hora hasta que te pillen.

Begoña la contempló con gesto exhausto.

—¿Qué pasa con ese carca?

—Está preocupado. Muy preocupado por ti.

—¿Y quién te dijo que quiero saber de él?

—No tenemos tiempo, tía. Debemos salir de aquí. Si luego en España no quieres verlo, de puta madre. Pero si no salimos, él te irá a buscar a Barajas en una cajita de madera, así que venga, tenemos que pirarnos, joder.

La chica intentó levantarse; parecía aturdida. Magdalena le quitó el arma y la colocó en el suelo. Luego intentó pasarle el brazo por la espalda. La piel de Begoña ardía. Dio un quejido de dolor y se recostó de la pared. Magdalena pudo ver que la muchacha se había entablillado la mano izquierda.

—¿Qué te pasó?

—Al llegar aquí resbalé en la puerta. Era de noche. Me hice daño.

Intentó moverla, pero Begoña le resultaba un fardo inmanejable. Se le escurría; se le iba de los lados; se tropezaba y en segundos rodaba por el suelo. Le tocó la frente. Quemaba. Sería muy difícil escabullirse con la muchacha en esas condiciones.

Le puso entra las cejas el trozo reseco de una hoja de llantén que siempre llevaba en la cartera. «Reina María Lionza, doctor José Gregorio Hernández, corte médica, ayúdenla, ayúdenla, traigan de nuevo la salud a esta muchacha; ángeles de la llama verde, vengan, vengan, vengan, enciendan la llama verde del amor divino».

Repitió siete veces el pedido y sintió que le vibraban los dedos.

Begoña abrió los ojos por completo.

—*Merde!*, joder tía, ¿qué me has hecho?

—¿Por qué?

—Me siento mejor… Me cago en todo, eres bruja.

Magdalena contuvo una sonrisa. Sintió que se le humedecían los ojos.

—Un poco. ¿Crees que puedas caminar?

La chica resopló y se sentó unos instantes.

—Sigo aturdida. Anoche se acabaron el agua y las aspirinas, y solo me quedaban dos latas de comida —dijo señalando unos envases agrupados en una esquina—. Pero ya no me duele la cabeza, cago en Dios.

Magdalena tuvo unos segundos de infantil alegría; esta zona de Caracas era el lugar de sus pequeños milagros. Nunca debería haberse movido de este sitio.

Poco le duró la alegría; el teléfono de Dimas recibió un nuevo mensaje: *Ahora sí. Ya vimos la vaina. Tenemos la casa de la ovejita.* Se asomó con discreción a la puerta y distinguió varias sombras. Tomó a Begoña por la mano, apretó entre sus dedos la Smith and Wesson; luego se guardó la Glock en sus pantalones, tomó por la camisa a la muchacha y le dijo que huyesen por la parte de atrás.

—Quizá no han tenido tiempo de rodearnos —susurró.

Saltaron por la pared. Se ayudaron con el tronco de un mijao, cayeron a un pequeño jardín y se subieron al techo de la casa. Magdalena calculó que si avanzaban en línea recta llegarían a la avenida El Cortijo, entonces deberían correr hacia la izquierda y tratar de alcanzar la avenida Nueva Granada. Allí habría más gente. Tenían más posibilidades. Los pies le pesaron igual que si sus zapatos se hubiesen llenado de cemento. Pero a ver. A ver. No. Ni de vaina. Esa ruta sería precisamente la que imaginarían sus perseguidores. Si salía a la avenida una parte del grupo de sicarios las estaría esperando para rematar la faena. Le hizo una señal a Begoña; se movieron hacia la derecha; comenzaron a saltar de techo en techo.

Siguieron huyendo por instinto, Begoña parecía fatigada, pero lograba avanzar entre jadeos y arcadas de dolor. No le perdía la pista a Magdalena y pese a su debilidad intentaba moverse a la mayor velocidad posible.

«¿Estos desgraciados van por la calle? ¿O van detrás de nosotras?». Al fondo descubrió que la avenida se encontraba taponada por otro grupo de gente armada. «Joder, ¿qué vaina es esa? Y no son los mismos que tengo pegados en la espalda», comprendió al distinguir decenas de uniformes grises. «Quizás el G2 ha mandado al SEBIN para que le eche el guante a Begoña. Carajo… o pienso algo rápido o nos jodimos». Realizó una nueva señal a la chica y le indicó que bajaran subrepticiamente al jardín trasero de una de las casas. Vio pasar algunas siluetas en lo alto de la casa, llevaban varias Glock con peine de caracol. Sería imposible defenderse.

«Logramos despistarlos; creen que estamos delante de ellos», suspiró aliviada.

Quedaron silenciosas en ese jardín minúsculo donde apenas podían distinguirse varios rosales y un par de macetas vacías. Un tendedero atravesaba el lugar de una a otra punta. La ropa exhalaba un olor limpio, reconfortante. Apetecía quedarse a vivir en ese olor. Flotar en él. Magdalena pensó que, durante unos segundos, la paz de ese aroma casero, familiar, las envolvería con tersura.

Calculó las pocas posibilidades que tenían. No podían permanecer allí mucho rato.

Escribió un mensaje encriptado a Toni. *Ya la tengo. Creo que aquí hay dos grupos que me siguen. Deberías esperarme en la autopista Francisco Fajardo. Hacia la parte trasera del Urbaneja Achelpohl. Intentaré llegar.*

La noche quedó en silencio.

Un silencio espeso, gélido.

Apretó el revólver con fuerza.

Si moría en los próximos minutos, José María sufriría al conocer la noticia; el pobre imaginaría que los últimos pensamientos de ella habían sido para él y tendría toda la razón.

Era terrible.

No era justo convertir a José María en un doble viudo que en pocos meses lloraba dos mujeres.

Vivir estaba razonablemente bien. De hecho, vivir era del carajo.

Se imaginó cabalgando sobre el cuerpo desnudo de José María. Un cuerpo que en su imaginación fue mutando y por momentos era José María y en otros se hacía más delgado, más grueso, más pálido, más oscuro. Un cuerpo que era muchos cuerpos que jadeaban y no lloraban por una viudez repentina.

Miró una vez más la ropa colgada en el tendedero. Le parecieron las fatigadas alas de un animal cansado, oloroso a lavanda.

Recibió otro mensaje de Toni:

Los sicarios la quieren asesinar. Los de gris, si no les resulta muy difícil, quizá desean capturarla viva. Espero que esto te sirva. Suerte. Te esperamos en la autopista en una Hummer.

Magdalena hizo un chasquido con la boca. Así que los de

gris tal vez querían viva a Begoña. Los otros no. Pero, desde luego, a unos y a otros Magdalena les resultaba incómoda. Por una, por otra vía, podía venirle un balazo en medio de las cejas; la vida de ella no parecía una prioridad para nadie.

Recordó un pequeño truco que había utilizado una vez en Tegucigalpa. Miró en el jardín. Encontró una vieja botella de cerveza. El olor agrio atacó su nariz. Pensó en esos patios donde orinan los gatos.

Sonrió. Le pareció que la botella era una posibilidad todavía más prometedora que la de un pedrusco.

El problema era calcular el punto preciso. Dar el toque, dar la estocada en el lugar exacto o resignarse a recibir una lluvia de balas.

Apretó los ojos. Imaginó la calle; entreabriendo los labios contó los metros hacia una dirección, hacia otra. Luego tomó a Begoña por la mano y le susurró:

—A ver, muchacha, esto va a ser como el momento rico con un hombre; ya sabes, primero suavecito, lento, y después rápido, muy rápido y muy fuerte.

Begoña la miró confusa. Magdalena volvió a hablarle.

—Métete en la cabeza eso que acabo de decirte. Es un asunto de ritmo. Si hay buen ritmo lo demás viene solo. Ahora vamos a ir escalando de jardín en jardín. Primero con mucho sigilo, con mucha lentitud. Pero cuando te lo advierta, tendremos que avanzar a toda pastilla. Si te caes, te levantas; si te tropiezas, saltas; si un perro te muerde, sigues adelante. Nunca te detienes.

—Vale —dijo la muchacha con un hilo de voz.

—Y cuando yo te lo diga, te subes al techo y regresamos a la avenida Zuloaga. En ese momento vas a seguirme, vas a correr a toda prisa y a saltar por donde yo salte. Sin dudar ni preguntar.

Magdalena sintió que apenas respiraban. Al moverse de uno a otro jardín le pareció que ambas se escurrían por las paredes. Era como si fuesen un mar de aceite que avanzaba y avanzaba.

Creyó que ese sigilo era una ayuda inesperada que les prestaba María Lionza.

Magdalena calculó que habían saltado unas diez casas. «Este es un buen sitio», concluyó. Miró su revólver. Contaba con dos balas. Hurgó en sus pantalones: la 9 mm de Dimas ya no estaba; seguro que se le había caído en la huida. Pero también tenía la pistola de Begoña. No valía la pena ni contar cuánta munición le quedaba a la muchacha para la Glock; el arsenal de los malandros de Diana y el SEBIN alcanzaba para una batalla.

Tomó aire. Apretó los ojos. Imaginó a María Lionza, Guacaipuro y el Negro Felipe flotando sobre las aguas de un río de transparentes aguas. Apretó el cuello de la botella y la lanzó por encima de la casa. Durante unos segundos, la miró en el cielo de la noche como un pájaro extraviado. Luego desapareció de su vista. Apretó los dientes. Al fin la escuchó estallar en el asfalto. Una pequeña explosión de vidrio. Un crepitar agudo, como el de un hueso roto.

Tenía que funcionar.

Cruzó los dedos.

Magdalena esperó uno, dos, tres segundos.

Escuchó la primera ráfaga, luego la siguiente y la siguiente. Sí. Del carajo. Hasta ese momento la gente del SEBIN y los malandros no se habían percatado de la presencia del otro. El botellazo en ese punto de la calle les resultó alarmante a ambos. Por reflejo, cada grupo alzó sus armas y disparó.

Las balas comenzaron a volar entre unos y otros.

Magdalena tomó a Begoña por la mano; le dijo que ahora debían seguir avanzando por los jardines pero a toda velocidad. Saltaron sobre la pared con desesperación. Se rasparon los brazos, las rodillas; se rasgaron la ropa, tropezaron con lavadoras viejas. Parecían dos gatos asustados.

—Al techo, al techo —gritó Magdalena en el momento en que calculó que habían llegado al lugar preciso.

Saltaron a la calle. Vieron que la gente del SEBIN estaba media cuadra por delante de ellas. Intentaron cruzar pero un policía rezagado les disparó un par de veces al distinguir el parpadeo de sus sombras.

Magdalena respondió con dos tiros.

Tomo airé y puso la Glock cerca de su mano. Tosió. Luego invocó a la corte vikinga en voz alta.

—Pido permiso a mi Reina María Lionza, pido permiso al Negro Felipe para invocar a mis espíritus guerreros: Erik el rojo, Erika, Rosmelyn, Mister Safaris, Mister Safiro, hermanos que en Valhaya moran tras quinientas murallas de lanzas; hermanos todos que en Sorte instalaron su paraíso, denme fuerzas, devoren el vidrio; salten por encima de la sangre, venzan el fuego, las balas, los cuchillos.

En ese momento fue como si el tiempo se rompiese igual que un folio blanco. Una rasgadura; un gesto, un sonido seco.

—¿Qué haces tía? O espabilamos o nos matan —gritó Begoña.

La chica recuperó su Glock y tan solo con la mano derecha disparó diez veces; cuando se acabaron las balas metió la Glock entre su pantorrilla y su muslo, sacó un nuevo peine de sus pantalones, recargó, y volvió a empuñar el arma.

«Joder con la carajita», pensó Magdalena.

Le gustó comprobar que la muchacha parecía haber retomado energías.

El policía rezagado dejó de disparar.

Magdalena comprobó que se encontraban frente al Liceo Urbaneja Achelpohl.

Aguardaron en cuclillas. Begoña tenía la ropa mugrienta y sus brazos se notaban llenos de raspones. Bajo su camisa se podía adivinar que en las costillas llevaba pegadas con adhesivos varias fotocopias de pasaportes.

La balacera entre los dos grupos se hizo más frenética.

De repente, un fogonazo se vio a lo lejos. Un resplandor y luego un humo ascendió hacia el cielo. Se escucharon gritos y siluetas que arrastraban bultos pesados.

—¿Qué vaina es esa? —dijo Magdalena.

—Joder, tía, una granada fragmentaria —gritó Begoña—... le han tirado a los polis una granada. Me cago en todo. Cómo van armados esos tipos. Ahora mismo allí hay una buena escabechina. Menos mal que estábamos como a cuarenta metros. Si nos pilla la onda nos vamos a la mierda tú y yo también.

—Están bien armados.

—Mucho, pero son unos torpes... si tuviésemos un FAMAS, no nos aguantaban ni tres minutos —dijo Begoña y luego quedó en silencio, como si hablar la dejase exhausta.

Magdalena miró la reja azulada del liceo que tenía enfrente. Desde lejos llegaban insultos, alaridos. La confusión creada por la explosión de la granada era una inesperada ayuda. Tomó a Begoña por el brazo y le dijo en susurros:

—Conozco este sitio. Di clases aquí un tiempo. Sígueme; no mires hacia atrás. No dispares, solo corre. Necesitamos cada segundo.

Saltaron la reja del liceo. Un balazo silbó junto a ellas y se hundió en una pared blanca que crujió como una galleta.

Avanzaron por el lado derecho, bordeando el salón de usos múltiples. Giraron a la izquierda, pasaron junto a la cantina y enrumbaron hacia el campo de béisbol. Lo cruzaron en segundos y entraron en un huerto oloroso a abono. Magdalena sintió cómo iba pisando materias blandas: lechugas o zanahorias. Creyó escuchar voces, creyó escuchar disparos; nunca supo si las perseguían, o si era la sombra del miedo la que les pisaba los talones.

Se encaramó en un muro de bloques y brincó al otro lado. Begoña quedó atascada entre las dos paredes. Debió ayudarla.

Un olor de gasolina y humo las envolvió como un remolino.

Rodaron por un declive de tierra. Solo las detuvo el asfalto de la autopista. Magdalena se puso de pie. Le dolían los huesos, le dolía una ceja. Begoña, casi descoyuntada, cayó a su lado. Tuvo que levantarla.

El olor amargo del río Valle sopló sobre el rostro de las dos mujeres.

Una Hummer que avanzaba con mucha lentitud hizo cambio de luces.

—Joder, los españoles —musitó Begoña.

—Allí vienen —acotó Magdalena—. No le dispares a esa camioneta. Vuelves a casa, muchacha.

*

En el jardín se escuchaba un coro de sapitos. La oscuridad era absoluta, pero aquel sonido parecía soltar mínimos chispazos. Magdalena extendió la mano para atrapar ese ritmo agudo que pinchaba el aire. Las sombras transformaban el rostro de Toni en una inmensa esfera y sus ojos se hundían como alfileres dentro del cráneo. Se veía mayor. Se veía maduro y cansado.

—El CNI me debe un favor.

—¿Tú crees? —respondió Toni.

—Pues sí. Acabo de rescatar a alguien que les interesaba especialmente. Evité que la asesinaran o que cayese en manos de la policía política venezolana. Las dos cosas habrían sido muy malas para vosotros.

—¿Piensas que Begoña trabaja para el CNI?

—Toni, una okupa que toca la flauta no sabe disparar de esa manera y mucho menos es capaz de cambiar el cargador usando una sola mano. Si fuera tan solo una pija del barrio de Salamanca, al disparar la Glock se le habría roto la muñeca. Además, dijo que si tuviésemos un FAMAS jamás nos pillarían. Sabe mucho de fusiles de asalto. Así que no. No creo que trabaje para vosotros. Seguramente trabaja para la inteligencia francesa, seguro trabaja para el DGSE. Imagino que la tenían en Barcelona infiltrada entre los antisistemas mirando si había islamistas o algo parecido, allí debe haber hecho un trabajo excelente, un trabajo de puta madre y decidieron enviarla a Venezuela.

—El mundo es un lugar lleno de misterios, Magdalena.

—Sí, pero con todos los problemas de presupuesto que vosotros tenéis ahora en «la casa», no os tomarías la molestia de rescatar a una chica por muy hija de un político que sea, solo por ayudar a la paz de una familia en la calle Serrano de Madrid. Eso solo se hace para ayudar a un servicio de inteligencia con el que colaboráis de tanto en tanto. Es natural, el DGSE os ayuda en Mauritania a rescatar cooperantes y vosotros le echáis un cable aquí, cuando uno de sus agentes se queda descolgado. Por eso le diste el cuatro; desde el principio estabais apoyando el trabajo de ella.

—Eres muy creativa.

—No tanto. Al verme Begoña me dijo unos versos de Apollinaire, supongo que se trata de una clave de reconocimiento. Luego recordé que estuvo perdida en Francia un tiempo; imagino que haciendo su formación, y cuando os vimos hace un rato en la autopista dijo: «Ah, los españoles»; es decir, no es de los vuestros, pero se sintió muy aliviada al veros…

—Oh, quilla, qué chica ingrata —sonrió Toni—. Y eso que nació en Madrid.

Toni suspiró y se frotó el rostro con la mano.

Magdalena sonrió.

—Ni falta que hace. Por cierto que comienzo a escucharte un interesante acento gaditano. No me cuesta mucho imaginarte de chavalito correteando por la plaza de San Antonio. Transformar a un muchacho de Cádiz en un venezolano no parece muy complicado.

—Tal vez sea tu imaginación.

—De todos modos, si vas a seguir aquí un tiempo, no vuelvas a decir «quilla». Escucha ese consejito que te doy. Igual cualquier día nos volvemos a ver en algún lugar del mundo y serás un inversionista panameño.

—Puede. Espero que no me sigas dando hostias. Y que la próxima vez no me mientas. Creemos que tenías el *pen drive* que ella dejó para mí. Si me lo hubieses dado, a lo mejor habríamos podido descifrar información encriptada y habríamos sabido exactamente dónde estaba escondida.

Magdalena suspiró.

—Pero igual en ese *pen drive* estaban informaciones que os interesaban y si llegaba a tus manos, capaz que luego perdías interés en la chica y no me ayudabas a sacarla del país.

Toni hizo un gesto ambiguo con la cabeza.

—Eres muy desconfiada.

—Y ella muy lista. Igual había una importantísima información encriptada allí, pero también dejó señales más claras por si alguien que no fuese un espía de su agencia encontraba esos datos. La chica siempre pensó que por la parte del padre podía venir ayuda. Lo odia, pero no es tonta.

El carro los había llevado media hora atrás a una quinta en la Alta Florida. Allí dos médicos recibieron a Begoña. Ahora mismo la estaban hidratando y le escayolaban la mano. Magdalena escuchó que le darían acetaminofén y que le tomarían una muestra de sangre para saber si el motivo de la fiebre era viral o bacteriano.

Dos hombres con fusiles vigilaban la calle y una mujer con un traje de taller intercambiaba informaciones en clave hablando a través de un smartphone. Magdalena supuso que se trataría de los detalles previos al vuelo. A más tardar en media hora un avión privado despegaría rumbo a Aruba con un supuesto empresario.

—Sois personas con suerte, Toni. Estabais con las manos atadas —dijo Magdalena.

Toni volvió a suspirar. Se contempló las manos y se rascó una rodilla con indolencia. Luego buscó en su bolsillo un caramelo de menta y lo mordió con esa saña de quienes han dejado de fumar pero conservan todavía las ganas de un pitillo.

—La suerte ayuda, pero hay que ayudar a la suerte… Y aunque al principio tratamos de mantenerte al margen, lo cierto es que nos vino muy bien que el padre de la chica te contratara. Incluso fuimos nosotros quienes ayudamos a Gonzalo para que te hiciese llegar un nuevo smartphone y que ustedes se comunicasen.

—Tardó mucho en llegarme ese cacharro; eso fue un poco chapucero.

—Venga ya. Te he salvado la vida dos veces; hace unos minutos y cuando estuviste en el edificio de Orden Cerrado.

—Y yo os he salvado el culo también… —acotó Magdalena y se sacudió las manos; las sentía llenas de polvo y óxido.

—Es verdad. Le habíamos perdido el rastro a Begoña. Además sospechábamos que teníamos un topo filtrando información.

—Otro favor que me debes.

La noche de Caracas sopló un aire de árboles cansados.

Desde El Ávila, un aroma de tierra fresca voló sobre la ciudad. Magdalena pensó que ese aroma la asaltaba muchas veces en cualquier lugar del mundo, sin aviso, sin señales previas, como si Caracas fuese capaz de seguirla a donde ella fuese y respirar sobre su rostro igual que un amoroso fantasma.

—Al final eran dos topos. Marcos y la secretaria de don Manuel, que muy hábilmente no entregó el mensaje que Bego envió.

—Cabrona. Las mujeres que se tiñen de rubio siempre tienen algo que ocultar.

—Gonzalo no te dijo nada, pero comenzamos a investigarla gracias a tus quejas porque no te habían dado la información completa sobre Begoña.

—¿También del G2?

—Colaboradora. Les hacía trabajillos. Ahora mismo está en Madrid cantando lo que sabe, que no es mucho; era una pieza pequeña.

—Yo hasta llegué a pensar que el Marcos quería asesinar a Bego, pero no... el G2 quería viva a Begoña para demostrar que el CNI colaboraba con una agente infiltrada por los franceses en los colectivos, así podrían montar un escándalo internacional. Por eso me dejaron trabajar, por eso permitieron que me marchase de la sede de Orden Cerrado. No es que yo logré escabullirme, es que ellos lo permitieron... qué listos los hijos de puta.

—En nuestro trabajo los amigos y los enemigos se transforman en minutos.

—Lo mismo pasó con Dimas, al principio quizá tuvo temor de mí, pero luego descubrió que podía utilizarme; él me daba cuerda para que yo siguiese avanzando, yo era como el humo que entra a la cueva de la liebre para que salga corriendo y otros la atrapen...

—Pero ya empezabas a sobrar, Magdalena.

—Lo sé. Y a vosotros os iban a pillar.

Magdalena suspiró; pensó que daría un trozo de vida por beber en ese momento una chicha morada.

—Toni, ¿y por qué los franceses y vosotros tenéis interés en estos grupos?

—Están bien armados, manejan mucha pasta, tienen negocios de todo tipo y son parte de un ajedrez político complicado; ya comienzan a tener algunos problemas de coordinación con los militares a los que sirven. Para los franceses tienen además un interés particular: desde Canadá han intentado entrar a París varios yihadistas; todos llevaban pasaportes venezolanos y no hablaban ni una palabra de español. No hay que descartar que sean gente que viene a Caracas a dar entrenamiento a los colectivos y que como premio reciban del Gobierno de aquí un pasaporte venezolano.

—Joder, qué peligro —dijo Magdalena apretando los labios en un gesto de aprehensión.

—A los colectivos es necesario conocerlos al detalle. Saber de ellos lo mismo que saben los cubanos, los chinos, los iraníes, los americanos, los rusos...

—Venezuela es una ruina de la que no deja de salir un inmenso chorro de petróleo. Todos los países necesitan conocer qué sucede en esas ruinas —suspiró Magdalena.

—Algo así —dijo Toni.

Una puerta de la casa se abrió y apareció Begoña; se había cambiado de ropa y tenía mejor cara. Miró a Magdalena y la señaló con el índice.

—*Ça, c'est bien!* Esta mujer es bruja. Es una bruja de puta madre —dijo con voz exhausta.

*

Al principio Toni no estaba de acuerdo. En sus instrucciones solo constaba que debía trasladar a Begoña a Aruba. Magdalena lo miró con rostro muy serio. Se acarició el crucifijo con la banda tricolor y con lentas palabras volvió a insistir.

—Quiero ir en ese avión, chaval.

—No lo veo posible.

—Es una gran idea. Si regreso al hotel, allí puede aparecer una comisión del SEBIN. Aquí hay gente que lleva presa un año por tuitear una mentada de madre a algún coronel. Dimas les habrá contado que yo soy quien les ha quitado a Begoña de sus garras y mis huellas están en un revólver color rosa que seguro encontraron en la sede del colectivo. Además, Marcos ya me tiene fichadísima. Puedo pasarme presa unos años en una celda de dos por dos o aparecer flotando en el Guaire con un tiro en la nuca. No me gusta ninguna de las dos perspectivas

—Lo imagino. Y Dimas debe estar muy cabreado. Quizá no pueda volver a caminar con normalidad.

—Es una lástima —susurró Magdalena sinceramente compungida—. Bailaba muy bien. Pero el caso es que si me capturan a mí, todo lo que hemos logrado esta noche se perderá. Los milicos tendrán menos argumentos que si hubiesen capturado a Begoña, pero igual podrían usarme para demostrar que vosotros y los franceses estabais husmeando por estos lados. Hazme caso, la mejor idea es sacarme y que mañana esté yo en Oranjestad bebiendo una piña colada junto a una piscina, escuchando a Clara Schumann y leyendo el *Tristam Shandy*.

—Debo consultarlo, Magdalena. No estaba previsto.

—Voy a cabrearme mucho si no me montas en ese avión.

Toni se frotó el rostro con la mano. Alzó los hombros y tomó una bocanada de aire. Luego tosió un par de veces.

—Bueno, pero te tengo una buena noticia. Jaime está fuera de peligro.

—El cabronazo ese. ¿Me quieres explicar por qué debo alegrarme?

—Eso es lo otro que debo comentarte. Jaime no te traicionó. Dimas dijo eso para confundirte, y le salió bien porque en cuanto viste al chamo le pegaste dos tiros.

Magdalena sintió un pinchazo en medio del estómago.

—Mierda… ¿Pero qué hacía Jaime en la Nueva Granada?

—Había ido allí para ayudarte. Supo que lo habían engañado con la información que le dieron y fue allí para echarte una mano. Igual le gustabas, mujer. Pero, desde luego, el hijo de puta es otro.

—¿Quién?

—Uno al que rechazaste: Guillermo Solano, el abogado. Fue él quien se alió con Dimas, filtró esa información tóxica, se la hizo llegar a Jaime y luego cobró por ello.

—Desgraciado. No hay que fiarse nunca de los hombres con manos tan pequeñitas.

Magdalena sintió un clavo ardiente atravesando su cerebro. Desde luego, su olfato con los hombres debía mejorar; conseguía un hombre bueno y ella no tenía mejor idea que meterle dos tiros.

«De todas maneras, gracias, María Lionza, por hacerme temblar el pulso. No probé a ese muñecote, pero al menos no lo maté».

Rezó para pedir que en un próximo viaje la vida le permitiese un par de cosas: pedirle perdón a Jaime en una playa caribeña tomando daiquirís; y también reencontrarse con Solano para meterle un balazo en cada nalga y estrujarle los dedos de las manos con sus tacones.

Se sintió triste, pero supo que esa información inesperada era una táctica de Toni para distraerla y dejarla fuera de ese vuelo a Aruba. Respiró hondo. Miró al cielo de Caracas y soltó una frase:

—Ya ves que cuando me sacan de mis casillas le doy plomo a todo lo que se mueve. Pero en el fondo soy una mujer de paz. Y lo que son las cosas, Toni, tengo la impresión de que si voy en ese avión con vosotros, en mi asiento conseguirás el *pen drive* que tú y tus compis del CNI queríais mirar.

*

El camino hacia el avión fue silencioso.

Nadie lo admitía, pero era razonable imaginar que de manera intempestiva se atravesaba un carro y de allí bajaban policías armados o miembros de los colectivos.

Caracas dormía. Pesada. Nerviosamente. En las calles no se veía ni un alma. De tanto en tanto, desde alguna pared, los ojos del Comandante Eterno contemplaban con severidad el aire de la noche.

Magdalena imaginó que sobre el valle había caído una bomba, una bomba que al explotar arrasó con las personas dejando intactos los edificios. Siguió mirando cada calle, cada esquina. Le parecía un modo de despedirse de esos lugares a los que apenas había podido prestar atención esos días.

En ocasiones, y en el fondo de sí misma, le gustaba pensar que un lugar era igual a otro lugar. Eso podía ser cierto para otros. Para ella no. «Los lugares nos contienen», pensó. Esta casa en ruinas, este malentendido llamado país era su casa. Su primera casa. Por eso se sentía como un caracol que lleva sobre sí mismo una materia enferma, supurante.

Estuvo un buen rato con los ojos cerrados oliendo Caracas:

flores estrujadas, aceite, parchita, piel de hombre, agua, tierra húmeda.

No todo era hostil, carajo. También la ciudad preservaba sus fragancias, la posibilidad de algún abrazo.

Apenas se escuchaban las respiraciones en el carro. Toni había aclarado que irían sin armas y que si los interceptaban se entregarían sin rechistar. Eso podía estar bien para todos ellos, pero Magdalena intentaría resistir aunque fuese con su cinturón navaja de Sayula. No estaba en sus planes entregarse.

Miró a Begoña. Parecía exhausta pero satisfecha. ¿La habría captado el DGSE espontáneamente? ¿O quizás ella en algún retiro espiritual decidió que su vida debía ser muy concreta, muy intensa y real? Lo más probable es que después de enrollarse con Gonzalo la chica se diese cuenta de que estaba tocando fondo. Algunos hombres sirven para eso, para advertir de la debacle. Es posible que después de ese encuentro Begoña supiese que era necesario darle un sentido a su existencia o seguiría perdiendo el tiempo con señores de pelo engominado y bolsillos llenos de devocionarios.

El rostro de la chica parecía refulgir en la oscuridad.

La imaginó unas semanas en casa de su padre, falsamente arrepentida, acudiendo a misas y retiros espirituales hasta que desde París le asignaran un nuevo destino y quizá le cambiasen su identidad para una misión.

Llegaron al aeropuerto. Pudo ver a lo lejos cómo dos guardias nacionales recibieron varios sobres de color sepia que presurosos guardaron en sus mochilas. Ahora nadie revisaría el aparato antes del despegue. A pesar de eso, ella y Begoña debieron entrar a un contenedor de metal, y encerradas, con un aire tibio y húmedo rodeando sus cuerpos, escucharon cómo las introducían en el avión. «¿Qué tal seguirá José María?», pensó, «ahora a la vuelta tendremos que hablar con calma», susurró y sus brazos intentaron extenderse para disipar la sensación de ahogo que le producía encontrarse dentro de esa caja metálica.

El aire hirviente, el encierro, la oscuridad hicieron que Magdalena tuviese mareos.

Debieron esperar unos minutos hasta que les dijeron que podían salir. Magdalena se sintió aturdida al dejarse caer sobre un cómodo asiento de cuero.

Oyó a los pilotos enviando los mensajes de rutina y sintió cómo el avión avanzaba por la pista y se elevaba. Su estómago se apretó como un puño. En su mente, comenzó a tararear una canción de la Dimensión Latina. No recordó el nombre de la pieza. Se vio tiempo atrás bailándola con el gordo Dimas. Le ardieron los ojos. Apretó fuerte los párpados y luego al abrirlos vio El Ávila que se alejaba junto con las luces pequeñas y las calles dormidas.

Le pareció que El Ávila, sin que nadie se percatase de ello, se había transformado en una ola gigante que estaba destruyendo la ciudad.

Suspiró.

Por su serenidad, ella debía fingir que Caracas seguía intacta.

Se frotó el rostro con las manos. Al llegar a Aruba se compraría un pintalabios. Al menos quería tener un poco de color en la boca.

Pensó que deseaba volver pronto para mirar el mural de Wilfredo Lam en el jardín botánico. Solo eso. Mirarlo un rato, en silencio.

—Marica, no llores, pareces una jevita —le dijo Begoña imitando el acento de las muchachas venezolanas de su edad.

Magdalena rio y se quitó de un manotazo los lagrimones que bajaban por su rostro.

Los motores del avión parecían susurros. Un lento sonido que entró en Magdalena y la adormeció unos instantes hasta que una mujer apareció con unos jugos de durazno. Ella y Begoña bebieron en silencio, con esa mirada perdida de quienes sienten en su cuerpo un cansancio demoledor que les va royendo los huesos.

Desde la cabina, el piloto, anchas espaldas, barba cuidada y castaña, se asomó a saludar. Luego mirando a Magdalena le susurró con un tenue acento afrancesado:

—Me han dicho que eres una bruja muy buena. ¿Me leerías la mano alguna vez?

Magdalena sintió un escalofrío. Los ojos del hombre le produjeron el vértigo de esos riscos donde el océano bate furioso, brillante.

—Mi método es distinto —acotó ella—. Suelo leer el futuro en las espaldas de la gente. En Aruba si quieres te lo muestro.

El hombre enrojeció un poco, pero alzó las manos y le dijo que permanecería en la isla una semana.

Magdalena apretó los labios. La imagen de su regreso a Madrid y su conversación con José María se fue disipando como el humo que arrastra el viento. Miró por la ventanilla; solo se distinguía el mar, un mar color acero que iba virando hacia tonalidades de cobre, como si dentro de las aguas estuviese sumergido un sol que comenzaba a despertar.

—Creo que una semana es tiempo más que suficiente para leerte el presente y el futuro —le dijo al piloto.

AIX EN PROVENCE - CARACAS - MADRID

MAYO 2015 - FEBRERO 2017